教育部人文社科规划项目结项成果，批准号16YJA751003

德州学院出版基金资助

丰 云 著

# 漫游在
# 第三空间

## 新世纪以来新移民小说的主题嬗变

中国社会科学出版社

图书在版编目（CIP）数据

漫游在第三空间：新世纪以来新移民小说的主题嬗变／丰云著．—北京：
中国社会科学出版社，2020.12
ISBN 978 - 7 - 5203 - 7715 - 7

Ⅰ.①漫…　Ⅱ.①丰…　Ⅲ.①华人文学—小说研究—世界—
现代　Ⅳ.①I106.4

中国版本图书馆 CIP 数据核字（2020）第 270562 号

| 出 版 人 | 赵剑英 |
| 责任编辑 | 郭　鹏 |
| 责任校对 | 刘　俊 |
| 责任印制 | 李寡寡 |

| 出　　版 | 中国社会科学出版社 |
| 社　　址 | 北京鼓楼西大街甲 158 号 |
| 邮　　编 | 100720 |
| 网　　址 | http://www.csspw.cn |
| 发 行 部 | 010 - 84083685 |
| 门 市 部 | 010 - 84029450 |
| 经　　销 | 新华书店及其他书店 |

| 印　　刷 | 北京明恒达印务有限公司 |
| 装　　订 | 廊坊市广阳区广增装订厂 |
| 版　　次 | 2020 年 12 月第 1 版 |
| 印　　次 | 2020 年 12 月第 1 次印刷 |

| 开　　本 | 710×1000　1/16 |
| 印　　张 | 15.5 |
| 字　　数 | 239 千字 |
| 定　　价 | 89.00 元 |

凡购买中国社会科学出版社图书，如有质量问题请与本社营销中心联系调换
电话：010 - 84083683

# 目　　录

# 引　言

　　新移民文学研究的推进是伴随着对它命名的争议进行的。很多学者认为这一命名不够严谨，只能是一个权宜之计。譬如潘凯雄《热热闹闹背后的长长短短：关于"新移民文学"的再思考》（《当代作家评论》1993 年第 3 期）、季仲《新"移民文学"的兴起》（《世界华文文学论坛》1998 年第 1 期）、吴奕锜《寻找身份——论新移民文学》（《文学评论》2000 年第 1 期）、刘俊《经典化的条件及可能——北美（新）移民华文文学的创作优势分析》（《华文文学》2006 年第 1 期）、曹惠民《华人移民文学的身份与价值实现——兼谈所谓"新移民文学"》（《华文文学》2007 年第 2 期）、朱崇科《"新移民文学"："新"的悖谬?》（《华侨华人历史研究》2009 年第 2 期）等文都对这一概念提出了看法或者质疑。时至今日，"新移民文学"与"海外华文文学""世界华文文学""海外华人文学""华人移民文学""离散华文书写"等概念仍然存在内涵和外延上的交混。在拙著《新移民文学：融合与疏离》中，我曾经梳理过此问题，至今，我的看法并没有本质上的改变。为了便于论说，我想有必要重申一下我在本研究中对新移民文学的认定。

　　"新移民"本来的含义是指第一代移民，但在国内文学研究界，"新移民"的概念则有特指性。20 世纪 70 年代后期，中国实行改革开放政策之后，中国内地出现了赴外留学的出国潮，其热度持续到现在。在这些留学生中，毕业后选择定居者就由"留学生"身份转换为移民身份。由于他们都是高学历群体，定居后在就业、居住区域和生活方式的选择上都有别于传统的聚居在"唐人街"的华人移民。为了表示区分，他们称早期出国的、定居在"唐人街"的华人移民为

"老侨",称自己则为"新移民"。在其隐含的意义上,"老侨"多是通过劳务、投亲、甚至偷渡等渠道实现移民的,知识水平普遍较低,从事的职业多为传统的餐饮、洗衣、制衣、货运等服务性工作。"新移民"则是通过留学、访学、技术、投资等渠道实现移民的,大多属于所在国的专业人士,职业声誉和生活境况整体较好。而目前从事文学创作的华人作家绝大多数属于"新移民"群体,绝少见到出身"唐人街"的劳工群体。当"新移民"与文学研究界所指称的"新移民文学"联系在一起时,"新移民"的身份进一步限定在由中国内地——不包括由港、澳、台地区或东南亚国家等其他区域移居出去的华人群体。据研究者统计,这一群体已经超过800万人,分布上集中于欧美发达国家和澳大利亚、日本、新加坡等国。由此,"新移民文学"就是由20世纪70年代后期,中国实行改革开放政策之后,自中国内地移居到其他国家、目前已获得永久居住权或已加入所在国国籍的华人群体所创作并发表、出版于中国内地以及港、澳、台地区或其他国家的作品,语言可以是汉语,也可以是英语、法语等获得语。本研究关注的是新世纪以来新移民小说的主题嬗变,所涉及的主要是中文文本,使用其他语言创作的作品,则采用其中文译本。

# 第一章

# 新世纪以来新移民小说的
# 主题嬗变

新世纪以来，新移民文学的小说创作呈现出相当繁荣的状态，每年十多部长篇小说出版，大量的中短篇小说发表于国内的文学期刊，在各类小说排行榜和文学评奖中，也不时可以见到新移民作家的名字。在文学研究领域，对新移民文学的研究也已经成为热点之一，每年发表大量的研究论文，相关专著、论文集也陆续出版，如钱超英的《"诗人"之"死"——一个时代的隐喻》（中国社会科学出版社2000年版）、陈涵平的《北美新华文文学》（宁夏人民出版社2006年版）、陈瑞琳的《横看成岭侧成峰——北美新移民文学散论》（成都时代出版社2006年版）、庄园编著《女作家严歌苓研究》（汕头大学出版社2006年版）、丰云的《新移民文学：融合与疏离》（中国社会科学出版社2009年版）、倪立秋的《新移民小说研究》（上海交通大学出版社2009年版）、刘艳的《严歌苓论》（作家出版社2018年版）、程国君的《全球化与新移民叙事——〈美华文学〉与北美新移民文学研究》（科学出版社2018年版）、董娜的《严歌苓小说的叙事伦理》（中国社会科学出版社2018年版）等。至于包含有新移民文学研究的海外华文文学研究论著和论文集就更多了，如黄万华主编的《美国华文文学论》（山东文艺出版社2000年版）、黄万华的《中国和海外：20世纪汉语文学史论》（百花文艺出版社2004年版）、彭志恒的《海外中国：华文文学和新儒学》（花城出版社2005年版）、刘俊的《世界华文文学整体观》（人民文学出版社2007年版）、陈晓晖的《当代美国华人文学中的"她"写作》（中国华侨出版社2007年版）、杨匡汉的《中华文化母题与海外华文文学》（长江文艺出版社2008年版）、黄万华的《在"旅行中""拒绝旅行"——华人新生代和新华侨华人作家的比较研究》（中国社会科学出版社2008年版）、江少川的《海山苍苍——海外华裔作家访谈录》（九州出版社2014年版）、宋晓英的《身份的虚设与命运的实存：海外华人写作透析与欧美中国文学研究》（中国社会科学出版社2016年版）、古大勇的《文化传统与多元书写——台港暨海外华文文学研究论稿》（中国社会科学出版社2018年版）、陈学芬的《美华文学中的美国形象研究》（中国社会科学出版社2018年版）、王红旗的《灵魂在场——世界华文女作家与文本研究》（现代出版社2019年版）以及由中国世界华文文学学会与花城出版社合作推出的《世界华文文学研究文库》（1—3辑），古远清编撰的《世界华文文学年鉴》系列也包含部分研究内容。在这20年的发展中，新移民小说无论是在主题的拓展还是文学性的提升上都发生了诸多变化。因此，在新世纪的第三个十年开始之际，盘点和梳理一下新世纪以来新移民小说所取得的成就以及其展现出来的新的特质是很有必要的。

## 第一节　跨国主义视角下的新移民文学

新移民文学是随着中国的改革开放而产生、发展的，因此，其发展的每一阶段都与中国的政治、经济发展进程有着微妙的对应关系。20世纪的新移民小说，主题集中于几类：一是异国场景中对故乡的深情回望，二是新移民在移居地的生存窘迫、文化震撼或成功炫示等。这正是与中国的政治、经济形势相契合的。在交通成本，甚至通讯成本高昂且不够便利的当时，故乡是重洋阻隔的难以回归之地，遥远的地理距离让移民带着对亲人的浓烈思念下意识地美化着故乡：小桥流水、稻香蛙声、乡情淳朴、平和静谧，在唯美的雾霭背后那影影绰绰的故乡，有时不免有几分虚化。而第二类主题的作品则记录着从国门初开的发展中国家初抵西方最发达区域的新移民的窘迫、悲欢与文化不适。进入新世纪之后，中国飞速发展的经济以及对全球化进程的进一步融入，不仅改变着本土国人的生活，也对全球的华人移民发生着潜在的影响。华人移民的生存状态和文化心态都在某种程度上回应着这种变化。他们通过回国定居、回国创业和参与同故国的经贸文化往来活动而越来越深度地介入到故国的经济与文化发展变迁之中。这使得他们在生存状态上成为"跨国华人"。

"跨国华人"这一概念由曾担任新加坡南洋理工大学人文与社会科学学院院长的刘宏教授提出。20 世纪 90 年代，美国移民史研究领域出现了跨国主义理论。所谓跨国主义是指"由移居者建立并维持的，并将他们的祖居国和移居国社会以多种方式实时连接起来的社会过程……并因此而建立一种跨越地理、文化和政治领域的社会场阈"①。由此，移民研究中出现了"跨国移民"的概念，与传统的"叶落归根"和"落地生根"的移民模式相区别。刘宏教授据此提出了"跨国华人"的概念，这一概念随后被国内史学界和社会学界广泛使用。刘宏教授认为："跨国华人指的是那些在跨国活动的进程中，将其移居地同出生地联系起来并维系起多重关系的移民群体。他们的社会场景是以跨越地理、文化和政治的界线为特征。作为跨国移民，他们在两个或更多的国家拥有直系亲属、社会网络和事业；持续的与经常性的跨界交往成为他们谋生的重要手段。与传统的华人移民形态（'落叶归根'或'落地生根'）相比，新兴的跨国华人群体代表了一种介于落地生根和落叶归根之间的移民模式，有其自身的特征。""从文化认同的角度来看，跨国华人既是中华文化在海外的重要载体，也是在东西文化融合与创新基础上形成的第三文化的建构者。"跨国华人通过持续性的跨越国界的活动作为其生活与事业的主导方式，在两个不同的社会实现同步嵌入。"跨国教育、工作背景以及由此产生的跨国知识和'既在此处，又在彼处'的心态，对于他们的社会和文化活动有着直接而重要的影响。这种跨国性成为他们在海外和中国的比

---

① Linda Basch，Nina Glick Schiller and Cristina Szanton Blanc，*Nations Unbound：Transnational Projects*，*Postcolonial Predicaments*，*and Deterritorialized Nation - states*，Langhorne：Gordon and Breach，1994：7. 转引自朱骅《离散研究的学术图谱与理论危机》，《世界民族》2018 年第 3 期。

较优势。"① 跨国主义理论目前主要适用在移民史、社会学、政治学和经济学的研究领域，在文学研究领域多见于族裔文学的研究中。而当我们从跨国主义视角来审视新移民文学时，可以有很多新的思考。

其实，新移民文学从它诞生之日就带有一定的跨国主义特质。新移民文学的发展是从 20 世纪 80 年代的"留学生文学"起步的，很多作者的写作开始于中文网络，其原初的创作动机确实具有排遣异国孤寂、抒发个人愁绪与感慨的偶然性和无功利性。但当"留学生文学"发展到新移民文学、且开始成为内地的阅读热点、并引起研究者关注之后，这种自发性和无功利性渐趋改变。因为新移民作家虽然身在中国以外，但作品的发表和出版大多是以中国两岸四地的华语文坛为依托的。在其后的发展历程中，非中文写作者——戴思杰（法国）、山飒（法国）、哈金（美国）、李翊云（美国）、李彦（加拿大）、应晨（加拿大）等，作品一般发表和出版于所在国，但部分作品仍会以中文译本的形式回到两岸四地的华语文坛；中文写作者的作品则绝大部分是首发于华语文坛，仅有少量在国外的华人出版社出版。因此，新移民作家虽然工作、生活于海外，但通过作品的发表、出版、评奖和影视改编等一系列的文学活动，事实上建构起了一个跨国社会场域。而新世纪以来，随着国内文坛对新移民文学研究的日益重视，各地举办的相关笔会、研讨会、评奖等文学活动日渐丰富，新移民作家群体中的很多作者与国内的互动越来越多，一些作者甚至是半年时间在国内生活，半年时间在国外生活，成为从生活上到创作上的全方位的跨国华人。这种生存状态使得新移民文学的跨国主义特质愈益显著，具体而言，表现在如下几个方面：

（1）作家本身的跨国环流状态。一些作家的现实生活存在着明确的回流或环流状况，比如王芫（美国），她的写作起步于国内，曾是北京市作协的签约作家，2006 年移民加拿大，2012 年"海归"；2015年再次移民到美国。毕业于北京大学中文系的凌岚（美国）1991 年赴美留学后定居美国，2010 年举家"海归"，回到北京；两年后迁居

---

① 刘宏：《当代华人新移民的跨国实践与人才环流》，《中山大学学报》（社会科学版）2009 年第 6 期。

香港；再两年后又返回美国。曾晓文（加拿大）1994年赴美，2003年通过技术移民再次迁移至加拿大。江岚（加拿大）在移居加拿大数年后，又转赴美国高校任教。张惠雯（美国）1995年赴新加坡留学，后留居，2010年再次移民到美国。陈思进和雪城小玲这对夫妇作家也是先移居美国，再移民至加拿大。严歌苓在留居美国后，因丈夫的工作关系而在世界多国不断迁徙，目前居住德国。施雨（美国）、庄伟杰（澳大利亚）都在出国定居多年后"反向留学"，在福建师范大学攻读了文学博士学位，并先后回归中国工作。秋尘（美国）和吕红（美国）也分别在北京师范大学、华中师范大学攻读了文学博士学位。陈谦（美国）2018年受聘成为广西师范大学文学院的客座教授，每年为本科生开设30课时的"创意写作工作坊"。施玮（美国）每年也有四分之一以上的时间生活在中国，在北京宋庄还有画室。少君（美国）近年虽鲜少创作，却是深度参与了故国的经济建设，2015年受聘回到清华大学任教，并参与了清华同方的智慧城市等很多项目的研发。李彦（加拿大）在加拿大滑铁卢大学瑞纳森学院任教的同时，还担任了孔子学院的加方院长，几乎每年都组织中加作家和学者之间的文化交流活动，频繁往返于中加之间，这些跨国交流活动同时也成为她非虚构创作的素材之一。老作家木心，生命的最后五年，也在故乡乌镇度过。其他如王威（美国）、陈希我（日本）、陈永和（日本）等许多新移民作家也都处于一种跨国生存状态。当然，这种回流并非是新世纪才开始出现的，有的新移民作家在20世纪末已经开始进入跨国生存状态，如少君、薛海翔（美国）等。只是，在20世纪，这种情况为数较少。多次迁移的经历，对他们的创作都产生了很大影响，既丰富了创作的素材，也提供了多重视野。在作家个人回流或环流的同时，新移民文学社团也日渐增多，且与国内文坛、高校、传媒等交流十分密切。比如洛杉矶华文作家协会、日本华文作家协会、欧洲华文作家协会、新移民作家笔会等都先后与中国作协、世界华文文学学会等国内官方的组织或学会联合举办了一些华文文学论坛、研讨会等文学活动。这些跨国文学活动经常得到各级侨办等政府部门的大力支持，显示出新移民祖籍国在移民跨国主义行动中的强大推动性。可以说，新移民作家的跨国社会场域，基本上是以国内的大中城市为节点，以文学研讨会、创作笔会等文化活动为经络来构建的。另外，互联网技术的发展为新移民作家跨国社会场域的构建提供了最重要的技术支持，创建于美国的"文心社"网站和诸多新移民作家微信群等都已发展成为联结海外新移民作家和国内新移民文学研究者的重要网络园地，部分新移民作家甚至是通过这些网络园地而进入国内学术视野的。

（2）从"双重边缘"到"全面内转"的文学生产。新移民文学的汉语文本从始至终都是以中国两岸四地的华语文坛为依托的，在其初期，确乎处于"双重边缘"的境地：在新移民作家生活的移居地，无论是北美、欧洲、澳洲还是日本，汉语作品都属于华裔族群内部的文学，对主流的文坛而言存在感是很低的，因为非华裔能够并且有意愿阅读汉语作品的人数是极少的，最多有个别作家能被部分高校的文学研究者作为族裔文学引入课堂，影响力仅限于学术小圈子；在中国当代文坛，新移民文学一度也被轻忽，被贬为"输出的伤痕文学""洋插队文学"和"海外打工文学"等。严歌苓曾经颇为不平地说过："为什么老是说移民文学是边缘文学呢？文学是人学，这是句Cliché。任何能让文学家了解人学的环境、事件、生命形态都应被平等地看待，而不分主流、边缘。文学从不歧视它生存的地方，文学也从不选择它生根繁盛的土壤。有人的地方，有人之痛苦的地方，就是产生文学正宗的地方。有中国人的地方，就应该生发正宗的、主流的中国文学。"① 新世纪以来，这种双重边缘的境地显然已经不复当初。在国内，每年有大量的新移民文学作品被推出，花城出版社、上海文艺出版社、作家出版社、北京十月文艺出版社等都是主力。《人民文学》《北京文学》《上海文学》《收获》《小说月报》《花城》《江南》等很多纯文学期刊也都发表了大量新移民文学作品。海外的华文期刊与国内部分文学研究期刊之间也存在互动交流，如美国旧金山的杂志《红杉林》就与汕头大学主办的《华文文学》保持定期交流。各类文学奖项中不乏新移民作家的名字，严歌苓、李彦、陈谦、陈河、张翎、袁劲梅等都多次获奖。显然，在国内文坛，新移民文学已经成功

---

① 严歌苓：《主流与边缘；波西米亚楼》，陕西师范大学出版社 2009 年版，第 118 页。

摆脱了边缘地位，参与到了中国当代文学的审美品格和叙事类型的建构当中。当中国当代文学在努力谋求"走出去"、获取外在世界的充分关注时，新移民文学——主要是汉语创作，却一直沿袭着相反的路径——"全面内转"。虽然经历了多元文化的洗礼，但华人第一代移民大多仍然以获得故国世界、母语文化的价值认同为精神追求，于是新移民文学显现出越来越强烈的文学生产的目的性，即获取内地文坛和读者群的最大肯定，包括图书发行量、影视改编版、获奖、入排行榜、评论反响等。这使得许多作家在强烈的读者意识支配下，在叙事方式上追求脚本化、画面感，譬如虹影的新作《罗马》和孙博、曾晓文合著的《中国芯传奇》就是非常典型的代表。部分作家对主题的选择也更为审慎，尽量不触碰一些争议性话题，也不乏一些追逐内地热点的情形。于是有意识地贴合某些限制性规定就成为必然，那么在写作中不可避免地就存在着一定程度上的自我审查、自我规约、自我禁锢。而新移民文学最初引起内地文坛的关注恰恰在于其挣脱言说桎梏的表达方式。正如张福贵教授指出的："一些海外华文作家是通过海内读者和学界而产生和发展的，即为国内——不一定只是读者——写作，成为文学生产和消费的'出口转内销'。这甚至成为许多作家从事创作的主要动力和目的。因此，在写作中许多作家必然极力去适应国内的价值尺度，成为当代中国的一块文学'飞地'。"① 至于在移居国的边缘状态，对于汉语文本可能是短时间内很难改变的。华裔族群要实现对主流文化的"反抗遮蔽""抵制遗忘"或者是"文化协商"，恐怕还是应该借助于获得语书写。因为以获得语写作的作家在移居国能够凭借无障碍的文学表达获得主流文坛的关注，哈金、李翊云、李彦、应晨、山飒等都获得过所在国的主流文学奖项。他们的部分作品以中译本回流至国内后，也受到了国内文坛和研究者的重视，从而实现了双重的文化融入。

　　新移民文学的这种发展现状，应该说间接地对陈思和教授与徐学清教授以及其他一些学者关于海外华文文学与中国当代文学关系的争论给出了一种回答。

---

　　① 张福贵：《"世界华文文学"学科性的三个概念》，《江汉论坛》2013 年第 9 期。

新移民文学中的华文作品，大多在海外华文文学的框架中被解读，而海外华文文学与中国当代文学之间的互动关系如何定义，一直是学术界争议的学科建构的基本理论性问题。以陈思和教授为代表的一些学者认为，新移民文学——主要是华语文学是中国当代文学的有机组成部分。他在《旅外华语文学之我见——兼答徐学清的商榷》中认为："活跃在北美、欧洲的华语作家，大多数是来自中国大陆或者台港地区的第一代移民作家，他们的写作还没有融入在地国的文学体系，他们用华语写作，创作内涵是从母国带来的生活经验，发表作品的刊物和出版社基本上是在海峡两岸的范围，主要的读者群也是来自两岸。这一类旅外作家的创作，在我看来，应该属于中国当代文学的一部分，只是他们的活动场所转移到了海外。在这个意义上，我认为中国当代文学研究者不应该忽略这样一个创作群落，应该把他们的创作视为中国文学在世界文学频繁交流过程中的一脉支流，即我称之为旅外华语文学，是当代文学创作格局中的有机构成。"当然，他也指出："应该强调的是，我所指的'中国文学的一部分'之'中国'，不是具体的国家政权的意义，它更是象征了一种悠久的文化传统的传播与延续，国籍只是一种人为的标签，在文化解读上并不重要，对于文化传统还是要有更大的包容性和模糊性的理解。"① 而刘登翰教授则认为"海外华文文学"应当归属移居国文学中的少数族裔文学。他在《华文文学理论建设的几个问题》中指出："移居海外并取得了所在国国籍的中华子民，其身份已不再是中国人，而成为所在国的公民。将他们的华文创作放在与中国文学的比较和对话中进行讨论是可以的，但将他们的创作再视为'中国文学的一部分'不仅不妥，还可能引起某些不必要的政治纠葛（此类事情曾经发生过）。这种说法较多出现在新移民文学的讨论中。确实，20 世纪 80 年代以来十分活跃的新移民文学，其作者虽移居海外并大多取得了移居国的国籍身份，但其文化认同并未改变。他们最初的文化养成是在母国获得的，其跨越两地的人生经历使其创作题材往往是从海外回眸母国的社会人生，是

---

① 陈思和：《旅外华语文学之我见——兼答徐学清的商榷》，《中国比较文学》2016 年第 3 期。

一种双重经验的跨域写作；由于海外的华文阅读市场相对狭窄，其大多数作品都寻求回到母国（大陆、台湾、香港）发表和出版，主要的读者群也在母国。他们的作品进入中国当代文学研究者的视野并对中国当代文学产生影响并不奇怪。但能否因此就将其称为'中国当代文学的一个组成部分'或者称为'中国现当代文学的一个分支'而被写入中国现当代文学史呢？文学史是一种区域性的国别叙述，创作主体的国籍身份是界定的首要标准。今天许多所谓的'新'移民，不少已有了三四十年甚至更长的移居历史，许多也都取得了移居国的公民身份，宣誓效忠于移居国，严格地说他们是移居国的华裔文学；他们是世界华文文学的一部分，但不是中国文学的一部分，这是必须分清的。"① 加拿大约克大学的华人学者徐学清教授也认为新移民的华文创作是移居国的"少数民族文学"，是"中国文学大叙事之外的华语文学"，因为海外华人作家"共享有离散、客居、移民的经历，经验着在多种文化冲突的夹缝里的彷徨和徘徊，从边缘向中心转移的努力，在性别、种族和阶级关系之间的抗争和斡旋，以及在抵制和被同化之间的挣扎。这种移民的心态和创作来源，国内作家是不具有的，差异是很明显的。加之，这样的生活经历必然给作家带来方法论和认识论上的变化，和从单一到多向的视角的变位"② 。黄万华教授则在研究海外华文文学的经典化问题时借鉴程抱一的"第三元"概念提出：海外华文文学是中国文学、文化与移居地文学、文化之间的"第三元"，认为不能"用中国现当代文学经典化的尺度对待海外华文文学。对于中国内地的研究者而言，海外华文文学经典化过程发生在'双重跨文化'（所谓'双重跨文化'是指作家的创作产生于跨文化语境中，而中国内地的研究者对其的解读又发生于跨文化语境中，这种'双重跨文化'阅读会增加研究的难度，包括误读的程度）阅读中，而从海外华文文学自身传统中产生出来的'第三元'更应该成为我们展开百年

---

① 刘登翰：《华文文学的几个理论问题》，《文艺报》2019 年 7 月 26 日。
② 徐学清：《多元文化语境中的华文文学的杂糅——与陈思和商榷》，《中国比较文学》2016 年第 3 期。

海外华文文学经典化的一种重要视角"①。张福贵教授则认为"世界华文文学"是一个"大文化"概念："世界华文文学具有先天的文化认同和文化差异特性，中国文学和文化面对世界时所具有的诸多问题和现象都首先在世界华文文学中体现出来。所以说，这是中国文学和文化现代性转型和世界化过程的试验场。华文文学作为一种空间概念和主体体验，经过当地作家通过自己的文学创作，首先成为促进世界文化融合交流的先行者，这是其他学科所不能比拟的。"②

学者们的观点各有其立场，主要是就海外华文文学来谈的，就新移民文学来说，如果要容纳哈金、李翊云、裘小龙、应晨等以获得语写作的新移民作家，那么或许只有海外华人文学的大框架最具容纳性。当然，辨析这个问题并非本研究的宗旨。笔者个人倾向于认为新移民文学的汉语写作属于中国当代文学的特殊局部。

（3）跨国华人形象的增多。新移民小说中越来越多地出现了对华人移民的回流和环流现象的描写，表现出了移民回流或者环流对于移民群体现实生活的深度冲击，相应的跨国华人形象也日渐增多。在经济全球化的时代，资本与人才在各国间越来越自由地穿梭，形成一股涌动不息的生机之流。而中国已然成为世界第二大经济体，因此在中国与他国之间的资本和人才流动也是这股生机之流中的重要一束。在新移民小说中，这种跨国流动通常被叙述为高科技人才的"海归"创业或者是被称为"海鸥"的跨国生存。对于已经在移居国落地生根的华人新移民来说，"海归"意味着生活方式和文化认知上的再次冲击。黄宗之、朱雪梅（美国）的《平静生活》、陈谦的《无穷镜》、二湘的《暗涌》、曾晓文的《捞人》、秋尘的《盲点》、尧尧的《你来，我走》等许多作品中都对跨国华人是否回归母国、回归后的二次文化冲击以及"海鸥"式生存所带来的家庭分隔两国造成的亲情、爱情的耗损等问题进行了思考。"移民的跨国流动也带来了其文化及身份认同的动态性和不确定性，他们被认为是嵌入在一种变动的领域中，其身份认同越来越具有跨文化的特征。""要理解当今全球化背景下人类社

---

① 黄万华：《第三元：百年海外华文文学经典化的一种视角》，《中国现代文学研究丛刊》2013 年第 10 期。

② 张福贵：《"世界华文文学"学科性的三个概念》，《江汉论坛》2013 年第 9 期。

会文化的变迁，需要重新审视甚至突破传统以民族国家为视角的方法和理论，以一种动态的、联系的、整体的视角来探究跨国流动性对跨国移民的身份认同、文化适应和社会融合的影响。"① 对于跨国华人而言，他们构建的跨国社会场域联结着两端，移居国与母国，这两端通过全球化进程而产生着紧密的关联，产生着某些越来越趋同的社会生活和文化元素，但它们毕竟是两个建基于不同制度、文化传统和意识形态的社会空间。作为穿行于两端的跨国移民，既有对双重情境的切身体认，又有一定程度上的双向情感疏离，因而他们一方面能够较为客观地认知、深度地比较两种文化、两种制度，使得这种双向开放的场域，成为移居国文化与母国之间的第三文化空间。当然，由于一定程度上的双向的情感疏离，他们在心理上的国族归属感也可能有所弱化。这种弱化或可视作跨国移民在精神上蜕变为"世界公民"的一种必然表现。

这些因素必然使得新移民小说创作产生新变。因此，在跨国主义视角下审视新世纪以来的新移民文学的小说创作，其在主题上的深度嬗变、在华人移民形象塑造上的多重突破，都值得研究者关注和思考。学者杨剑龙把这种变化概括为："海外华文文学创作的变化，可以说是从'边缘人'转向'两栖人'的生活与心态的描写，从类自传体转向历史或现实描写，从情绪性写作向思想性写作转换。"② 这种概括是比较恰切的。

当然，我们也应该承认，新移民小说的新变可能只是存在于一部分作品之中。因为在新移民小说繁荣的另一面，是其芜杂性。新移民小说虽然在数量上不断攀升，但精品仍是少数，还有一定数量的作品属于通俗的婚恋小说，充满着一见钟情、艳遇、出轨等习见情节。这些小说如果不是有一个故事发生的异国背景的话，与国内的通俗文学别无二致。作者虽然身体嵌入到了新的国度，但精神上也许没有，因为在他们的写作中对移居国的呈现是表层的和肤浅的，"无法以一种

---

① 余蓝、郭世宝：《跨国移民时代加拿大多元文化课程建构——基于跨国主义与跨文化主义》，《比较教育》2019 年第 7 期。

② 杨剑龙、叶周、黄宗之等：《海外华文文学创作的现状与困境》，《世界华文文学论坛》2017 年第 4 期。

有穿透性的视点切入其中"①。移居国在他们的叙事中始终只是一个僵硬的布景。也有一些作品，从技巧层面看，圆熟、精致，但却缺少叙事的真诚和移民生活的烟火气，只满足于讲述传奇故事，像流水线上生产的无瑕疵商品，虽然是合格的阅读物，却未免缺少了几分心灵的冲击力。因此有学者认为部分新移民作家的写作"远离新移民血肉征战的沙场，在'象牙塔'闭门造车，批量出产国内历史传奇和当代都市传奇。……移民文学最常见的身份意识、文化困惑等已被她们抛弃"②。认为新移民文学一定要书写何种类型的主题或许是一种苛求，但新移民文学从诞生之初就被视为具有"跨国性""跨民族性""跨文化性""双重经验"的写作，如果无法体现这些特性，那么是否可以被视为真正意义上的移民文学也是值得讨论的。

　　不过，正如北京大学中文系陈晓明教授在评点新世纪十年的长篇小说时所指出的："'佳作难觅'这个问题其实是一个'永恒的'问题。……如果俯拾即是，怎么可能是佳作？"但是，寻常之作"也构成了这个时代的文学氛围，如果没有这些基础和氛围，也就不会有'佳作'从中脱颖而出"③。山东大学（威海）文化传播学院的张红军教授也认为一些影响力仅限于小圈子的"无名状态的写作""实际上构成我们这个时代文学写作的一种常态。从这个角度讲，追问这种写作状态的价值与意义，实际上就是对一种普遍存在的文学写作状态的价值与意义的追问"。"假若思考文学写作活动的价值与意义时，完全把眼光局限在极少数的精英作家与顶尖作品的产生上，把这当成一个时代文学写作的全部目的，不仅仍然意味着对无数无名写作者的忽视，而且还将一个时代文学写作者的心态引到急功近利的方向之上，最终使文学写作失去其作为艺术创作活动应当给写作者本人带来的精神乐趣，甚至把整个文坛变成追名逐利的竞技场，最终是不利于一个

---

① 陈晓明：《无法终结的现代性——中国文学的当代境遇》，北京大学出版社 2018 年版，第 121 页。

② 罗玉华：《新移民文学的原罪与原味——重评〈北京人在纽约〉和〈曼哈顿的中国女人〉及其历史影响》，《宁波大学学报》2019 年第 1 期。

③ 陈晓明：《无法终结的现代性——中国文学的当代境遇》，北京大学出版社 2018 年版，第 212 页。

时代文学的进步的。"① 从这个意义上说，那些在语言与技巧的精致、圆熟上有所逊色的作品，以及欠缺一些心灵冲击力的作品，都是在新移民文学的底色之中的，亦有值得关注的文化元素。

## 第二节　新世纪以来新移民小说创作概览

20 世纪八九十年代，新移民文学发轫之初较有影响的一些小说作者，在进入新世纪以后，出现了较大的分化。譬如苏炜（美国）与查建英（美国）都是新移民文学发展初期最杰出的作家，查建英的中篇《丛林下的冰河》《到美国去，到美国去》是新移民小说最杰出的作品之一，但她在写作了数量不多的中短篇（结集为《留美故事》）后就放弃了小说写作，成为文化学者。苏炜在 1988 年出版的短篇集《远行人》是"留学生文学"的代表作品，新世纪以来陆续有《迷谷》《米调》以及《磨坊的故事》等长篇小说问世，但近年主要致力于散文随笔的写作。曹桂林（美国）、周励（美国）等都属于成名作具有极大影响，但学述界评价很有争议、且后继乏力的作者：周励的《曼哈顿的中国女人》在 1992 年出版时曾畅销百万册，但新世纪以来仅出版了《曼哈顿情商——我的美国生活与励志实录》一部作品，与上部作品的风靡全国相比，几乎是无声无息，近年主要致力于旅行散文的写作。曹桂林的《北京人在纽约》由于同名电视剧的热播而影响深远，之后继续创作了《绿卡》《偷渡客》等，但反响远不能与《北京人在纽约》相比，新世纪以来只出版了《纽约人在北京》一部作品。

此外，林湄（荷兰）、戴舫（美国）、章平（比利时）、薛海翔（美国）、少君（美国）、宋晓亮（美国）、欣力（美国）、丹娃（美国）、方思（美国）、毕熙燕（澳大利亚）、抗凝（澳大利亚）、刘奥（澳大利亚，亦用刘澳）、蒋濮（日本）、华纯（日本）、樊祥达（日本）、吴民民（日本）、张石（日本）等都在 20 世纪 90 年代开始创

---

① 泓峻：《文艺缀思录》，安徽文艺出版社 2015 年版，第 39 页。

作。林湄出版有长篇《泪洒苦行路》《漂泊》等，戴舫出版有长篇《第三种欲望》，章平有长篇《孑影游魂》《冬之雪》以及很多中短篇，薛海翔有《早安，美利坚》《情感签证》等，少君出版有《现代启示录》《大陆人生》等，宋晓亮有长篇《涌进新大陆》《切割痛苦》《梦想与噩梦的撕扯》、中篇《无言的呐喊》等，欣力有《联合国里的故事》，丹娃有《风雨花季》《毁誉婚变》《纽约情殇》等，方思有《纽约遗恨》《金子街的女人》《缓慢的绞刑》等，毕熙燕有《绿卡梦》，抗凝有小说集《女人天空》，刘奥有《云断澳洲路》《蹦极澳洲》，蒋濮有《东京有个绿太阳》《不要问我从哪里来》，华纯有《沙漠风云》，樊祥达有《上海人在东京》《上海新贵族》等，吴民民有《中国留学生心态录》，张石有《东京伤逝》等。这些作品在新移民文学或海外华文文学研究界都引起过关注。新世纪以来，部分作者依然在坚持写作，林湄出版了长篇《天望》《天外》，戴舫出版了中短篇集《猎熊之什》，章平出版了"红尘往事三部曲"《红皮影》《天阴石》《桃源》，毕熙燕有长篇《天生作妾》，薛海翔发表了非虚构作品《长河逐日》，欣力出版了长篇《纽约丽人》，丹娃有科幻小说《穿梭魔域》，抗凝推出了长篇财经小说《金融危机 600 日》，刘奥有《澳洲黄金梦》，少君有《人生自白》《少年偷渡犯》，吴民民有《世纪末的晚钟》《海狼》，宋晓亮有《传奇老北漂》等中短篇作品。总体来说，他们在新世纪的小说创作数量不甚多。

还有一些作者，犹如电光朝露，在小说写作圈子一闪而没，如《娶个外国女人做太太》的作者武力（澳大利亚），在 2000 年出版了纪实作品《我与五个英国小鬼佬》之后因患病归隐，后成为到处演讲、从事企业培训的"潜能开发"训练导师。曾因出现于纪录片《流浪北京》中而广为人知的张慈（美国），在出版过长篇小说《浪迹美国》后，主要从事专栏写作，出版有散文集《我的"西游记"：从云南到加州》，之后转型成为纪录片制作者，拍摄过纪录片《哀牢山的信仰》《硅谷中国人》等。音乐人刘索拉曾是中国先锋派小说的佼佼者，出国后主要从事音乐创作，新世纪以来仅见《女贞汤》和《迷恋·咒》两部作品出版。而《漂流北美》的作者陈霆（加拿大）、《自由女神俱乐部》的作者纪虹（美国）、《美国围城》的作者邬红

（美国）、《纽约的天空》的作者殷茵（美国）等大批作者，今天都已很难检索到他们的创作信息。这种情形在新移民文学中十分常见，与新移民文学作者写作的业余性质有关。一时兴起，浅尝辄止，或者工作繁忙、家事所累，难以分身，都是可能的原因。也有一些作者主要在所在国的华人报纸发表作品，在国内少为人知，如施国英（澳大利亚）、黄惟群（澳大利亚）等。在新世纪最初几年，也有一批作者，如美国的严力、程宝林、石小克、鲁鸣、木愉、沈理然、裔锦声，英国的苏立群、张朴等，都是在发表了一两部小说后淡出。他们有的在大学任教，致力于学术研究；有的供职于金融行业，无暇分身；有的主要从事诗歌创作、音乐剧、影视编剧工作等。20 世纪 90 年代后期，还曾有一些影响较大的海外题材小说，是由当时正在留学或访学的国内作者创作，如王小平的《刮痧》、王周生的《陪读夫人》、刘观德的《我的财富在澳洲》、朱世达的《哈佛之恋》、李蕙薪的《月是故乡明——北京姑娘在东京》等，今天来看是不能归入新移民小说的。

在 20 世纪影响较大的作家中，严歌苓（美国）和虹影（英国）的作品数量是最多的。她们的写作均起步于国内，20 世纪 90 年代就有大量作品问世。新世纪以来，她们依然保持了比较密集的创作节奏，严歌苓几乎每年都有长篇推出，《一个女人的史诗》《寄居者》《第九个寡妇》《小姨多鹤》《金陵十三钗》《赴宴者》《陆犯焉识》《妈阁是座城》《补玉山居》《床畔》《舞男》《老师好美》《芳华》等均有较大影响；虹影在新世纪出版了《孔雀的叫喊》《阿难》《上海王》《上海之死》《上海魔术师》《康乃馨俱乐部》《好儿女花》《小小姑娘》《罗马》等多部小说。

张翎（加拿大）也在 20 世纪 90 年代开始写作，出版了长篇《望月》，发表过一些中短篇，但她的主要作品发表并引起关注是在 21 世纪，继 2001 年推出《交错的彼岸》后，先后有《邮购新娘》《金山》《睡吧，芙洛，睡吧》《阵痛》《流年物语》《劳燕》等长篇出版，并有数量颇多的中短篇发表，结集为《雁过藻溪》《盲约》《生命中最黑暗的夜晚》《胭脂》《死着》等。

当然，有消失的，也就有新起的。新世纪以来，一些作家仿佛是突然间盛开的花朵，他们作品的成熟技巧、创作节奏的密集等都令研究者瞩目，譬如李彦、陈谦、陈河、袁劲梅、曾晓文、薛忆沩、黄宗之与朱雪梅夫妇、秋尘、施玮、施雨等人。

李彦1995年就在加拿大出版了英文小说《红浮萍》，并获得1995年度加拿大全国小说新书提名奖，在加拿大颇具影响力，但当时在国内鲜为人知。进入新世纪以后，她的中文创作开始发力，从2000年的《嫁得西风》开始，陆续有《羊群》《海底》《吕梁箫声》等作品问世，《红浮萍》中文版也于2010年在国内出版，其文笔的优美流畅和叙事的圆熟都令人印象深刻。最近几年，她转向了非虚构写作，先后有《尺素天涯——白求恩最后的情书及其他》《不远万里》《校园里那株美洲蕾》等作品出版和发表，致力于书写中加之间的红色历史渊源，在新移民作家中独树一帜。

从旅居阿尔巴尼亚经商到移民加拿大的陈河是新移民文学中异军突起的典型，其创作从2006年在《当代》发表中篇《被绑架者说》开始，十几年来出版了《沙捞越战事》《红白黑》《在暗夜中欢笑》《米罗山营地》《甲骨时光》《外苏河之战》等多部长篇小说，并有《黑白电影里的城市》《布偶》《女孩和三文鱼》《去斯可比之路》《义乌之囚》等多部中短篇小说集，他对域外战争主题的关注、对东欧华商形象的塑造取得了很大的成功。

硅谷工程师出身的陈谦在创作上对文字和叙事结构精益求精，从2002年发表中篇《覆水》开始，每一部作品都语言精致、叙事流畅，长篇《爱在无爱的硅谷》被视为第一部塑造硅谷华人的长篇小说；《莲露》《繁枝》《特蕾莎的流氓犯》《下楼》《虎妹孟加拉》以及新作《哈密的废墟》《木棉花开》等中短篇小说对女性心理创伤的深度挖掘在新移民小说中无出其右；而《望断南飞雁》《无穷镜》与早期的《爱在无爱的硅谷》等作品对中产阶级女性自我实现的探讨，也是颇具深度的。

美国克瑞顿大学的哲学教授袁劲梅的写作，具有极强的目的指向性，她的小说对故事性的追求远逊于她在思想内涵上的着力，从早期的中短篇集《月过女墙》，后来的《罗坎村》《老康的哲学》《九九归原》《忠臣逆子》《青门里志》，再到2016年的长篇《疯狂的榛子》，她的叙事追求始终都落脚在中西文化的沟通和国民性批判、民族文化批判上面。

退休前在加拿大某建筑公司担任 IT 总监的曾晓文的创作也是从国内起步的，但作品产生广泛影响则在移民之后。从 2006 年发表长篇《梦断得克萨斯》（后改名为《白日飘行》）开始，先后有《夜还年轻》《移民岁月》《中国芯传奇》（与孙博合著）等几部长篇问世，以及《金尘》《鸟巢动迁》《寡妇食物指南》等大量的中短篇小说发表于国内的文学期刊，并结集为《爱不动了》《苏格兰短裙和三叶草》《重瓣女人花》等。

生活在加拿大蒙特利尔的薛忆沩虽然是在新世纪引起关注的作家，但他的创作开始于 20 世纪 80 年代的中国。移居加拿大之后，他从 2003 年发表短篇小说《通往天堂的最后那一段路程》开始，陆续出版了《流动的房间》《不肯离去的海豚》《首战告捷》《与狂风一起旅行》等多部短篇集，还有长篇《白求恩的孩子们》《空巢》《希拉里、密和我》，以及旧作翻新的长篇《遗弃》、短篇集《深圳人》和部分随笔集等。

洛杉矶的黄宗之、朱雪梅夫妇，本职是医药研究，业余从事写作，在小说创作上用力甚勤，从 2001 年出版《阳光西海岸》开始，先后创作了《未遂的疯狂》《破茧》《平静生活》《藤校逐梦》《幸福事件》等多部长篇，以及《科技泄密者》等中短篇，对教育主题十分关注。

洛杉矶的施玮，其创作起步于国内诗坛，移居美国后，创作了长篇《放逐伊甸》《红墙白玉兰》《世家美眷》《故国宫卷》及大量的中短篇小说。

旧金山的秋尘，退休前供职于旧金山市政府，在公职之余创作，新世纪以来先后发表了数量不少的中短篇，长篇则有《时差》《九味归一》《盲点》《青青子衿》等数部，她对办公室政治的这一主题切入在新移民文学中是比较早的。

施雨创办的《文心社》网站为海外华人的文学创作和交流提供了一个很好的平台，对推动新移民文学的发展有很大的贡献。她基于自己的外科医生从业经历而创作的《刀锋下的盲点》《纽约情人》《下城急诊室》等长篇，是为数不多的涉及美国医疗行业的新移民小说。

旧金山的吕红，在主编美国著名的华文文学杂志《红杉林》的同时，自己也创作有长篇《美国情人》，小说集《午夜兰桂坊》等。其中，《美国情人》是新移民文学中为数不多的触及到美国华人社区政治生活的作品。

老作家木心，2006 年被画家陈丹青引介至内地后，因其文字风格的古意氤氲而被学者孙郁视为"民国的遗民"，吸引了诸多年轻读者。他的作品以诗歌、随笔为多，往往文白相间、文采斐然，小说作品数量较少，但《爱默生家的恶客》和《温莎墓园日记》两个短篇集中的篇什有着油画般的丰富层次与光影色彩，令人印象深刻。

此外，还有很多较受关注的作家，如旧金山的范迁出版有《古玩街——柏克莱童话》《错敲天堂门——曼哈顿童话》《丁托雷托庄园》《桃子》《风吹草动》《失眠者俱乐部》《锦瑟》等长篇小说。加拿大多伦多的孙博，从 2000 年的长篇小说《男人三十》开始，出版了《回流》《小留学生泪洒异国》《茶花泪》《中国芯传奇》（与曾晓文合著）等多部作品。融融（美国）曾出版《素素的美国恋情》《夫妻笔记》等异域爱情主题的小说，新世纪则有《来自美国的遗书》《折翼人》等作品。旧金山的沙石，通过中短篇集《玻璃房子》以另类笔墨触及到了移居国的底层群体，而他的长篇《情徒——一个中国人的美国故事》，以元小说的手法，对新移民作家群体本身进行了毫不留情的讽刺，其辛辣极为少见。曾以短篇小说《伤痕》而进入中国当代文学史的卢新华，在移居美国后沉寂数年，进入新世纪后重拾创作，2004 年推出长篇《紫禁女》，2013 年出版长篇《伤魂》。日本的元山里子（原名李小婵，中日混血）的非虚构作品《三代东瀛物语》《他和我的东瀛物语》，对自己的中日跨国家庭的沧桑历史和丈夫元山俊美从侵华日军到反战人士的艰辛历程的述说，在日本新移民文学中也是独特的存在。加拿大文章的《失贞》对于新移民在留居与归国上的情感挣扎有着独特的切入角度，她的《剩女茉莉》则是叙事圆熟的职场小说。美国的二湘的《罂粟，或者加州罂粟》与加拿大蒙特利尔的陆蔚青的《纽曼街往事》都是对移居地的边缘人群和底层人群进行描摹的精彩短篇；二湘的长篇《暗涌》对新移民的跨国生活场景作了较大的拓展。加拿大的笑言的《香火》以子嗣问题为切入点，对文化的融合与传承提出了新的见解。曾以《花季雨季》少年成名的郁秀（美国），新世纪以来陆续推出了《太阳鸟》《美国旅店》《不会游泳的鱼》和《少女玫瑰》，始终对成长小说兴趣浓厚。

部分作家虽然作品数量不甚多，但甫一出手即是较为成熟的作品，如日本华文作家陈永和，大器晚成，其《光禄坊三号》和《一九七九年纪事》，将常见的故乡叙事以悬疑笔法写出了新意，语言精致流畅；学者作家王瑞云的《戈登医生》《姑父》等短篇，对人性的裂变、创伤的深重与人类情感的复杂给出了精彩的表达；德国的海娆，其《早安，重庆》是新移民作家中少数能够真正切入到当下中国变迁之腠理的作品；比利时的谢凌洁创作的长篇《双桅船》对二战创伤的书写既有强烈的故事性，又含蕴丰富的知识内容；孙康青（美国）的《解码游戏》是叙事节奏把控很好的犯罪小说。美国华裔文学批评家林涧教授在致力华人文学研究二十余年后，又以自己的英文回忆录《我的教育：一位好学生的回忆》和中文回忆录《一号汽车：旧上海的故事》而成为新移民写作群体的一员。

除此以外，欧阳昱（澳大利亚）的《淘金地》、倪湛舸（美国）的《异旅人》、陈思进和雪城小玲（加拿大）的《心机》、董晶（美国）的《七瓣丁香》、黄鹤峰（美国）的《西雅图酋长的谶语》、张惠雯（美国）的《在南方》、余泽民（匈牙利）的《狭窄的天光》《纸鱼缸》、余曦（加拿大）的《安大略湖畔》、钟宜霖（英国）的《唐人街：在伦敦的中国人》、穆紫荆（德国）的《情事》《活在纳粹之后》、江岚（美国）的《合欢牡丹》、方丽娜（奥地利）的《蝴蝶飞过的村庄》《夜蝴蝶》、王琰（美国）的《落日天涯》《我们不善于告别》《归去来兮》、海云（美国）的《金陵公子》、常琳（加拿大）的《雪后多伦多》、应帆（美国）的《有女知秋》、枫雨（美国）的《八零后的偷渡客》、李凤群（美国）的《大风》《大野》、夫英（美国）的《洛杉矶的家庭旅店》、刘瑛（德国）的《不一样的太阳》、柳营（美国）的《姐姐》、于仁秋（美国）的《请客》、陈九的《挫指柔》、孟悟的《逃离华尔街》、南希（美国）的《娥眉月》《足尖旋转》、哈南（日本）的《猫红》等都是受到研究者关注的作品。

除了汉语作品以外，使用获得语写作的作家新世纪以来也发表了不少作品，主要有加拿大的李彦、应晨，美国的哈金、裘小龙、李翊云，法国的戴思杰、山飒、黄晓敏，以及英国的魏薇等。李彦继《红浮萍》之后，又出版了英语小说《雪百合》；哈金出版了短篇小说集《新郎》《落地》，长篇《疯狂》《战争垃圾》《南京安魂曲》《通天之路：李白传》等；裘小龙出版了系列侦探小说《红英之死》《石库门骊歌》《外滩公园》《红尘岁月：上海故事》《红旗袍》等；李翊云出版有短篇集《千年敬祈》《金童玉女》，长篇《漂泊者》《无因无果》等；导演兼作家戴思杰有长篇《巴尔扎克与中国小裁缝》《狄的情结》《无月之夜》等；山飒有《围棋少女》《裸琴》等；法国尼斯大学中文系的教授黄晓敏出版有《翠山》和《莲花》。应晨20世纪90年代就在加拿大开始写作，先后出版了法语小说《水的记忆》《自由的囚徒》《再见，妈妈》《磐石一般》《悬崖之间》等，在加拿大法语区和法国获得了高度承认；魏薇出版有《幸福的颜色》和自传体小说《一个壮族姑娘》。

总体而言，目前比较活跃的新移民小说家，他们的主要作品基本上都是在进入新世纪后面世的。不过，有部分成熟作家虽然出版的作品数量很大，但也的确存在不断重复自身的状态。在他们频繁推出的作品中，表层故事虽然不断变换，但作品内涵、人物类型却鲜有变化。对于这些作家而言，如果没有真正的突破，靠自我复制和稀释自己的文学才情来推高作品数量，多少有一点虚假繁荣的意味。正如学者李建军在《文贵好而不贵多》中所言："文贵好而不贵多。多写固然显示着勤奋，但少写才意味着成熟。文章的精致与完美，与用心的'少写'之间，有着深刻而密切的关联。……它要求作者必须切近地了解社会和人生，必须深入地开掘所要表现的生活的意义，必须全面地了解人性的复杂和美好，而不是根据一点浮泛散乱的印象，或者根据几句道听途说的传闻，随便写来，敷衍成篇。"①

不可否认，在新移民小说创作中，模式化是存在的，即留学/移民＋爱情，部分小说过度执著于对强烈戏剧性的追求，习惯通过艳遇、性描写和极端事件来推动叙事进程。这或许是由于部分新移民作

---

① 李建军：《文贵好而不贵多》，《文艺报》2009年3月31日。

家有着大致相似的生活经历、生活体验和共同的情感结构，文本生产背后这一群体相对稳定、一致的生存本相使得许多以个体经验为书写资源的小说有着同质化倾向。从研究和解读的角度来看，当然存在着价值和意义不断稀释、阐释空间不断逼仄的状况。但从创作者的角度来说，即便经验相似、体验雷同，但千万人的书写亦不能抵消个人的诉说冲动。这是写作者最原始、最强烈的文本生产动力。

由于本书的研究目的主要是新世纪以来新移民文学主题的嬗变，并非是对新移民小说精品杰作的全面盘点——而且，全面的盘点也是笔者不可能完成的任务，因为囿于阅读的有限性，任何研究者都无法触及到领域内的所有文本，盲点是必然存在的，且个人的认知与评价终究是一孔之见，因此，本书所分析的文本主要是选取了符合问题指向的一部分，并非仅仅是以文学性和影响力来作为遴选标准的，未涉及文本并不代表笔者对其文学性高低的评判。

## 第三节　新世纪以来新移民小说的主题嬗变

新移民文学曾被部分国内学者视为"输出的伤痕文学"和"洋插队文学"，应该说在新移民文学发展的最初阶段，这确实是其显著的特征之一。在一些表现生存苦痛的作品中，尽管都是以移居地为叙事背景的，但这个背景经常很模糊，读者透过这些文本所窥见的往往并非是一个客观的、层次丰富的异域国度。除了生活细节的碎片外，当地的政治生活、经济运行、教育机制、文化事件、艺术活动等，或者缺失，或者面目模糊，移居地仿佛只是置放在现实生活背后的混沌布景。新世纪以来，由于互联网技术的极速发展，特别是2010年以后新媒体的崛起，信息的传播方式发生了根本性的变化。无数涌向西方世界的留学生和跨国从业者都在通过新媒体传达域外的各种信息和风土人情。这种传达更为及时、甚至是迅速，而新媒体"所有人向所有人传播"的特性，也使得这种传达所辐射的范围更广阔。由此造成新移民文学原本具有的异域时空下的现场感已经不再是其独有的叙事表征。读者也就不再对域外的人与事具有那么强烈的浅表性好奇。在这种时代语境之下，部分有自觉性和判断力的新移民作者都已经意识到，不能再继续沉溺于个人的异域悲情或者在不同文化之间、不同国度之间转运西洋景和生活碎片，而应当从文化比较、尤其是一些制度建设、社会运行机制等方面做更多的勾画。在新世纪以来出版的作品中，我们可以看到有越来越多的小说开始摆脱旧日的标签，走出了浅表的景观化描述，更为注重对现实经验、尤其是异国情境中政治、经济、法律、教育、族裔文化特性等重要社会层面上的文化思考，再现和传达中国文化与世界的对话和沟通。在这些沟通中，华人移民开始建立起自己的文化自信，从单纯的反思自身到客观地认知双方。

新世纪以来新移民小说的发展，从主题的丰富性来说，宛如一场正在绽放的绚烂烟花，有多个精彩的爆点。一方面，20 世纪新移民文学发轫之初比较集中的主题依然在延续中，譬如生存苦痛、故乡叙事等。另一方面，随着部分新移民生存境遇的改变，一些新移民作家开始从初抵异国的"漫游者"式的肤浅、猎奇的凝视向定居者的介入式观察转变。这使得他们对居住国的教育运行、医疗制度、职场文化、生态意识等制度层面、文化层面的思考更趋深入和阔达。由此，他们也力图在创作中勾勒出移居国的立体多维面目，涤荡部分猎奇和观光文本所创造出的刻板印象，从而构建一个更具认知价值的新移民文学的意义场。同时，作为跨国华人，部分作家对居住国与母国之间的历史勾连与文化往复产生了浓厚兴趣，从而发掘出许多掩埋在历史烟尘中鲜为人知的故事。这些变化反映在创作上，也就产生了一批有深度的新移民小说以及非虚构性叙事作品。

虽然新移民文学已经走过 40 年，但从目前的创作态势看，由个人经验出发的创作仍是新移民小说最主要的类别，如着重于移居经历中的生存苦痛描写的类自叙传、故乡叙事等主题。有的研究者认为，书写新移民群体围绕生存、求学、居留权获取等问题产生的情感痛楚和精神迷茫，以及对事业成功的炫示等主题的作品主要存在于新移民文学发展的最初阶段。事实上，这类主题的书写是具有一定延续性的。综观新世纪以来的新移民小说创作，这类书写从数量上依然很大，从世纪之初至今，不断在出版。如叶周（美国）的《美国爱情》（2001）、融融（美国）的《素素的美国恋情》（2002）和《夫妻笔记》（2005）；少君（美国）的《人生自白》（2003）；凌之（澳大利亚）的《海鸥南飞》（2004）；曾晓文的《梦断得克萨斯》（2006）；夏尔（澳大利亚）的《望鹤兰》（2008）；尧尧（加拿大）的《你来我走——一个中国女人的移民日记》（2009），刘加蓉（美国）的《洛杉矶的中国女人》（2009）；钟宜霖（英国）的《伦敦爱情故事》（2010）；洪梅的《梦在海那边》（2012）；老木（捷克）的《新生》（2016）；王海伦（加拿大）的《枫叶为谁红》（2016）；二湘（美国）的《狂流》（2017）；牧童歌谣（美国）的《北美枫情》（2018）；岳韬（荷兰）的《一夜之差》（2019）等。这种延续性应该说是新移民文学的一种常态。在这种类别的新移民小说中存在一种常见的情节结构模式——出国留学/定居＋情感波折＋事业成功，可以说是新移民小说情节元素的"三位一体"。虽然也有一些小说本身的选题很有新意，但却缺少相关生活经验或者实际调研的可靠材料的支撑，因此呈现出主题先行的状态，叙事的骨架依旧是"三位一体"。

学者陈思和教授曾多次指出，海外华文文学一直是靠从国内向国外横向移植来延续的，因此新移民文学之"新"是永恒的。在笔者看来，新移民文学呈现两端开放的状态，一方面，永远有刚刚抵达的"新"移民汇入华人移民群体，因此也就永远有人在书写初抵异国的生存苦痛、乡愁与故国回忆；有些作者虽然并非是初抵异国，但他们开始写作、开始书写个人生活经验的时间点却是各有不同的。生存苦痛和乡愁于新移民文学或可视为老生常谈，于写作者个体却是无可取代的切身经验，不吐不快。正因如此，使得这类主题的书写长盛不衰。另一方面，留居日久、写作多年的移民作家，则在写尽回忆和浅表的新奇之后，逐渐向纵深开掘，开始关注留居国的制度运行和周遭其他种族的生存世相。因此，由于移民个体的生活经验与文学经验各有不同，必然产生风格各异、主题纷繁的作品，它们以各自的方式在共同书写着新移民文学史。"文学的千姿百态正在于呈现了万千生命体验的万千不同。"①鉴于本研究是在个人前期研究之上的进一步拓展，因此，在拙著《新移民文学：融合与疏离》中已经探讨过的问

---

① 李锐：《自由的行魂，或者史铁生的行为艺术》，《读书》2006年第4期。

题，将不再作重点解析，本研究关注的新世纪以来新移民小说在主题上的嬗变，突出表现在以下几个方面：回归主题的嬗变、故乡叙事和历史叙事的嬗变、底层书写、生态书写、创伤书写和中产阶级话语的书写等。

（一）回归主题的嬗变

新移民作家群体最初大多是以留学、访学的方式开始去国离家的，"归"与"不归"的选择一直是他们必然要面对的人生课题，这种选择的犹疑、痛苦不仅关乎个体的人生路径走向，而且承载了许多道德上的自我批判、尊严上的心理失衡。因此，回归主题在新移民小说中的嬗变映射的是中国的国力发展、在世界舞台上的话语分量以及对全球化的融入进程等诸多政治、经济和社会性问题。新世纪以来，黄宗之、朱雪梅夫妇的《阳光西海岸》《平静生活》、孙博的《回流》、文章的《失贞》、尧尧的《你来，我走——一个中国女人的移民日记》、洪梅的《梦在海那边》，以及孙博与曾晓文合著的《中国芯传奇》等诸多小说对于回归主题的表达，都是值得解析的。

（二）故乡叙事的嬗变

故乡书写作为依托于个体经验而产出的文学叙述，是新移民文学的重要主题之一。新世纪以来的故乡书写仍以延续性的家族叙事为主，如李彦的《红浮萍》、元山里子的《三代东瀛物语》、陈永和的《一九七九年纪事》等，这些家族叙事通常都是以家族的历史变迁为坐标轴的。在这些传统的故乡书写之外，袁劲梅的故乡书写显示出了独有的启蒙主义特色——作为去国离乡的知识分子移民群体的一员，当在定居国已经走过了最初的求生存、求发展的艰难阶段后，精神世界的重心也相应的发生了转移，不再过多地关注"小我"，而是更多地瞩目留在身后的故国，试图借助异域文化的他山之石，以攻故乡传统伦理和民族心理积淀中的痼疾与沉疴。这种强烈的现代启蒙冲动背后是对故国故乡的绵厚情感以及知识分子的济世情怀。此外，还有海娆的《早安，重庆》这样真切呈现中国当下时代变革洪流中小人物的悲欢苦痛的作品。

（三）历史叙事的嬗变

新世纪以来，新移民作家的历史叙事作品蔚为繁盛，陈河的《沙捞越战事》《怡保之夜》《米罗山营地》《外苏河之战》、哈金的《南京安魂曲》、严歌苓的《金陵十三钗》、郑洪的《南京不哭》、袁劲梅的《疯狂的榛子》、张翎的《劳燕》等都聚焦二战/中国抗战；李彦的《不远万里》《小红鱼儿你在哪里呀》、老木的《义人》、薛海翔的《长河逐日》、元山里子的《他和我的东瀛物语》等非虚构作品致力于穿越历史迷雾，追寻大时代中个体命运的起伏；这些作品的写作源起大多与作者的移民身份、移民经历有关。因此，新移民作家的历史书写与内地当代文学的历史书写具有不同的叙事语法和美学品格。

（四）底层书写

全球化时代，大规模的、普泛的迁徙和流动，几乎已成为现实生活的常态。全球流散人口成分复杂，既有技术与文化精英、跨国商人，也有合法与非法的劳工群体。当跨国华人的中上层尽享全球化时代的迅捷交通和发达资讯所带来的优裕生活之时，身处底层的劳工群体、尤其是非法移民，却可能面对着物质和精神的双重窘迫。因此，关注底层华人移民群体的生存，关注所在国当地的底层劳工群体，描摹他们悲喜交织的精神世界，也应该是新移民文学的书写重点之一。钟宜霖的《唐人街：在伦敦的中国人》、夫英的《洛杉矶的家庭旅店》、沙石的《玻璃房子》、曾晓文的《金尘》、陈河的《在暗夜中欢笑》《红白黑》、枫雨的《八零后的偷渡客》、范迁的《桃子》、少君的《少年偷渡犯》、陆蔚青的《纽曼街往事》、李彦的《泥藕的羞惭》《吉姆老来得子》、二湘的《罂粟，或者加州罂粟》等作品，都是新移民文学中较有价值的"底层书写"。

（五）生态书写

在生态环境发生剧烈变化的当下，如何构建人类与自然环境的相处模式成为当下的热点议题之一。在这样的时代氛围中，注目新世纪以来的华人移民文学，可以发现有不少作者将写作的触角探入到对生态问题的关注中，如陈河的《猹》、李彦的《大雁与乌龟》、朱颂瑜的《大地之子穿山甲》、袁劲梅的《父亲到死，一步三回头》、黄鹤峰的《西雅图酋长的谶语》、曾晓文的《鸟巢动迁》等都蕴涵很强的生态意识，涉及了生态文学中的动物关切、人类中心主义批判等主题，提出了关于物种关系的新思考，也对现代性的生态悖论进行了反思，倡导生态整体主义，展现出新世纪以来的华人移民文学所具有的超越性文学视野。

（六）创伤书写

巨大的情感容量和哲思空间使得创伤书写成为当代文学创作中的重要主题类别。新世纪以来，新移民作家也先后推出诸多创伤书写的作品，其中以陈谦的创作最具代表性，她的《繁枝》《莲露》《哈蜜的废墟》和新作《木棉花开》等都涉及家庭空间之内的心理创伤呈现及其疗治。袁劲梅的《疯狂的榛子》、曾晓文的《巴尔特的二战记忆》、谢凌洁的《双桅船》、戴舫的《手感》等都是对战争创伤的书写。陈谦的《特蕾莎的流氓犯》《下楼》和王瑞云的《姑父》是对时代创伤的书写。张翎的《余震》聚焦自然灾难带来的创伤后应激障碍。二湘的《暗涌》是通过跨国漂流的移民吴贵林的生活轨迹，将不同时代、不同个体的隐秘创伤勾连在一起。

（七）中产阶级话语

新移民作家群体在其居住国基本都属于中产阶级，但与国内的中产阶级构成不甚相同的是其知识分子背景更加深厚，因为这一群体是以赴外留学群体为主力形成的，这一背景决定了他们的书写中既包含对自身阶层属性中浅薄、平庸、保守等特质的批判，也彰明较著地将自身阶层属性中的正面价值进行了精彩的表达。陈谦的《爱在无爱的硅谷》《望断南飞雁》和《无穷镜》主要表达中产阶级女性如何在各种现实的撕扯中拼力追求个人实现；张惠雯、曾晓文、毕熙燕多表现中产阶级女性婚姻中的沉闷、家庭中其他成员对于婚姻本身的干扰，以及家庭之内女性在试图保持精神独立、自足时所遭遇的世俗阻击。而秋尘的《盲点》、裔锦声的《华尔街职场》、文章的《剩女茉莉》、孟悟的《逃离华尔街》、董晶的《实验室的风波》等作品表达的是职场女性对自我价值的认知和对社会角色的评估。吕红的《美国情人》、陆蔚青的《乔治竞选》、余曦的《安大略湖畔》、陈思进和雪城小玲的《心机》、抗凝的《金融危机600日》等都是涉及对居住国在政治选举、法律体系、金融体系等基本社会制度方面的深度观察的作品。黄宗之、朱雪梅夫妇的《破茧》《藤校逐梦》是对华人移民教育焦虑之下的中西理念碰撞和重塑的书写。

当然，很多新移民小说内涵饱满、语意丰赡，简单地将之归置在不同的主题之下难免生硬。只是从全书整体的平衡性等方面来说，又不得不作一定的分类，由此造成的割裂或者模糊等等问题在所难免。

# 第二章

# 回归主题的嬗变与跨国华人形象

新世纪以来，尤其是全球金融风潮之后，华人移民的回归成为引发中国社会强烈关注的经济和社会现象。"回归移民"是跨国主义研究中的重要部分。"跨国华人"群体相比普通的华人移民而言具有明显的特征，即"行动上的跨界性、文化上的掺杂性、经济上的全球性、社会上的互动性以及认同上的多元性"。[①] "跨国华人"群体通常在居住国有着较为稳定的生活，有良好的职业声誉和较高的事业成就。他们依托自己的技术和知识优势，在居住国和母国之间从事投资、贸易、经营活动，以及一些文化交流项目的运作，不仅获得了自身事业的新发展，而且，凭借双重文化优势，对母国的政治、经济、文化等方面，都施加了一定程度的影响。因此，在全球化时代，跨国移民群体的存在是政治、经济和社会研究中不容忽视的一个局部。而文学，从来就是对现实最敏感的反映。在新世纪以来的华人移民小说中，回归成为一个越来越重要的主题。华人移民文学不断唱响的回归歌谣，正是跨国华人群体的心态映射。

其实，在移民文学中，回归是伴随移民文学发展的核心主题之一。只是，在华人移民文学发展的早期，回归主题经常是与乡愁主题缠绕在一起的，因而极易被遮蔽在乡愁的解读中。在新移民文学的早期作家苏炜和查建英的作品中，对归国问题的思考就是很重要的主题。但纵观新移民文学在过去三十年中的发展，相比乡愁、诉苦、文

---

① 刘宏：《战后新加坡华人社会的嬗变：本土情怀、区域网络、全球视野》，厦门大学出版社2003年版，第235页。

化比较、异国婚恋等习见主题，这一主题始终只是在诸多文本中间或闪现、倏忽即逝的一个附带表现，因而也就没有引起研究者足够的关注。进入新世纪以来，移民文学创作开始着力观照移民生活的进行时。因此，回归主题也就从乡愁主题中分离开来。近年来，先后有数部以"海归"为主要探讨主题的作品问世，其间所表达的关于"归"与"留"问题的思考，正是与跨国主义时代的经济与文化走势相一致的。

# 第一节　从外在的道德承担到内在的个体尊严

在华人移民文学的发展中，回归主题先后呈现为几种不同的类型。早期回归主题，凸显的是留学生或移民在个人生活的选择与国家、民族的需要之间的犹疑。

这类作品在移民文学发展的早期诞生，作品的主角多是即将学成毕业的留学生，他们在"留学"与"学留"之间的转换上矛盾挣扎。在这一阶段，回归与否，是关乎道德的承担，因而无论学子们如何选择，都流露着沉痛的精神挣扎。在改革开放的早期，国家百废待兴，对各个领域的高端人才需之若渴，相应的，国家在留学政策制定、政治宣传等方面，格外强调海外学子要通过学成归国来表达个体的爱国情感。而存在于中国与欧美发达国家之间巨大的经济、科技水平的差距，又使得归国者毫无疑问面临可能丧失个人事业发展上的重要机遇和失去某些经济利益的风险。因此，这一时期面临着回归选择的学子们，他们选择的做出，是在个体命运与报效祖国之间的非此即彼，很难兼顾。譬如在苏炜的短篇集《远行人》中，《柏华利山庄之夜》一篇，就是通过三个留学生苏菲、安邦和赵博的静夜对谈，呈现出留学生在"归"与"留"之间的痛苦挣扎。安邦在美国学的是建筑，虽也想毕业后报效国家，但是担心回国后与国内的设计观念完全不同，个人事业前途迷茫。同时由于家境困难，回国后，他很难忍受与继母和异母弟妹们一起挤在十几平方米的小房子里生活。赵博是自费留学，当初为了办出国护照和签证，受尽委屈，如今面临回归，不免踌踬。在他们的谈话中出现的刘芳诚，是满腔爱国热情的归国华侨，赴美留学、完成学业后，他毫不迟疑地再次回到祖国，奉献自己的热血。他在赵博出国前，一再地叮嘱他要"学成归国"，使赵博无言以对。在安邦和赵博的痛苦挣扎中，叙事突然峰回路转，苏菲拿出父亲的家信，说刘芳诚因工作问题正在考虑再次出国。叙事至此戛然而止。于是，这番关于"归"与"留"的探讨，终于没有结论。但刘芳诚两次"归来"与"离开"，无疑会对三个留学生的选择产生重要的影响。

　　这一类回归主题的作品，反映了在留学大潮的初期，赴外留学的知识分子群体的强烈社会责任感。他们虽然多少都背负一些精神的创伤，但在国内几十年主流教育的影响下，"国家兴亡、匹夫有责"的社会担当意识很强，个体的每一个抉择，都会与国家、民族利益勾连起来。在国家需要面前，对个人前途利益的考量，会使他们不自觉地有一种羞愧，甚至是负罪感。因此，在《柏华利山庄之夜》中，自费出国留学的赵博，虽然曾经受尽刁难，但依然会为了是否回国效力而挣扎。《远行人》中《墓园》一篇，主人公方祖恒在参加论文答辩时，美国教授与他的对话明晰地解说了这一代留学者做出回归选择的动因——教授疑惑他作为一个非宗教信仰者远渡重洋学习梵文、拉丁文、希伯来文的价值，他的回答是"因为我的祖国一定需要它"。教授不解："为什么你们每一个中国人身上，都要背着一个沉重的——'中国'？""这是有必要和愉快的吗？"方祖恒的答案是："并不全是愉快的，却是有必要的——或者更确切地说，是无法摆脱的。""有人甚至是被这个背负所压垮了的；可是，事实上又有多少人仍然心甘情愿地背负着，同时也愉快地站立着、行走着，虽然愉快中也常常显得过于沉重。"[①] 文中在美国去世的老高、吕大智，便是被这种个体，吕大智的墓碑上刻着的遗言，是"也思归去听秋声"。同样创作于20世纪80年代的查建英的《丛林下的冰河》则以主人公的无尽悲哀为她的滞留美国涂上了道德自我谴责的色彩。主人公当年辞别恋人 D 意气风发奔赴美国找寻"伟大的发现"，但岁月如流，她获得的只有"生

---

① 苏炜：《远行人》，北京十月文艺出版社1988年版，第173、174页。

存的某种空洞隔膜",失落的却是"某种理想与精神"。①在临别时对她说过:"你将来就是爬着回来,也是我的英雄。"①可她最终滞留美国,而D在大西北生死不明。在她赴美找寻"伟大的发现"的征途上,她永远地失落了爱人D,也失落了自己满怀理想的生存可能性,绝望地面对着空虚的未来。

20世纪90年代中期以后,涉及回归主题的作品,大多较为个人化,其中归与不归的冲突,一般不会上升到国家和民族利益的高度,而是更多地考虑个体的尊严与心理的平衡。1996年出版的阎真的《曾在天涯》是其中的一个代表。历史学硕士高力伟,作为妻子林思文的陪读到了加拿大。由于语言障碍,生活、工作处处碰壁,凡事都要依靠姿态强势的妻子,心理严重失衡,最终夫妇二人劳燕分飞。在与林思文由分歧走向分离的过程中,以及离婚后与情人张小禾相爱但无法结合的情感折磨中,高力伟始终挣扎在男性脆弱的自尊和现实的严酷之间。日复一日的打工生活,使这个曾以研究历史为业的知识分子思索出移民生活的荒诞、生命的短暂,无法找到生活的基点。林思文、张小禾在困境中拼命挣扎,不肯回国,是怕失去了在加拿大生根的机会。而高力伟更留恋在中国的生活,更看重在中国的根。于是,高力伟最终放弃了等待加拿大绿卡,只身返回了中国。

2001年出版的黄宗之、朱雪梅夫妇的《阳光西海岸》聚焦的是美国高校和研究所中各个实验室里的华人"科技苦力"的生活悲欢。与大量的赴外留学生一样,访问学者也是中国出国人群中极具代表性的一个群体。理工科背景的访问学者出国后多半在各个高校、科研机构的实验室中工作,听上去体面,实质上却是廉价的"科技苦力"。他们拿着比当地人低一半的薪水,却付出双倍的劳动,为老板拿出了一个又一个宝贵的科研数据,是"用智慧在建造一条美国的高速公路"。主人公刘志翔与妻子宁静因为在国内的大学无法获得满意的物质生活和事业发展,倾尽家产举债赴美,希望在美国实现有房有车的美国梦,同时获得学术上的进益。然而,几经挣扎后,他们虽然拿到了绿卡,实现了最初的物质梦想,却是"以放弃自我、放弃追求、放

---

① 查建英:《留美故事》,花山文艺出版社2003年版,第176页。

弃社会地位和作为主人的尊严为代价的"①，辛苦取得的所有科研成果都是归属老板的，他们沦为异国的高级打工仔。得失之间，他们有着无法排解的心理失衡。这使得他们不断思索自己的出国选择是否正确，留在美国是否值得。终于，在经历一场婚变危机后，他们选择了回国发展。作品中与他们经历相似的路明、老严等学者，也都做出了相同的选择。

在关于留与归的书写中，还有一类聚焦失意者的文本，主人公多是那些本属于知识阶层、甚至是权力阶层，却由于专业背景、语言能力等种种问题，在移居国沦入蓝领阶层、甚至底层的群体。2001 年出版的树明的《暗痛——两个中国男人在美国》，主人公就是两个陪读丈夫。陈宏志本是某国家机关的处长，赴美探亲，在妻子的压力下逾期未归，被单位撤职除名。哲学专业的陈宏志，无法像妻子那样实现"美国梦"，沦落为搬运工、小摊贩。妻儿以他为耻，他自己心理失衡，只能不断在梦中体味着升迁的喜悦。董克永本是科研所的骨干，为了陪读，逾期未归，被开除。1989 年，他被裹挟着成为绿卡持有者，自感成为祖国的罪人，再也没脸回国，沦落为荒废了专业的蓝领工人，实验动物饲养员，最后身染艾滋病，几乎客死异乡。可以说，他们的移民是被动的，是妻子"美国梦"的牺牲品。而曾经与他们同病相怜的王彼得，在决然回国后，受到单位重用和赏识，一路春风得意，最后作为国家战略研究机构派驻美国的高级官员，风光回到美国。这使本已麻木的陈宏志再次痛切地体味到自己没有回国的悲哀。这类表现人生失意者的文本中，隐含着作者的某种训诫之意。作者将主人公置于精神失落的生存困境之中，以其"苦"和"悔"来昭示一种对祖国的象征性"背叛"的惩罚。这种训诫极其切合部分读者的心态，当然也可能是某些移民失意者群体真实心态的映照。

高力伟、刘志翔等人的回归，并非关涉太多崇高的理想与道德，而主要是无法在异国他乡确立起自身的价值和尊严。这种回归与苏炜、查建英笔下的回归相比，少了悲情，多了平实，淡化了政治色彩，回避了道德承担，凸显的是寻常的芸芸众生在"留"与"归"

---

① 黄宗之、朱雪梅：《阳光西海岸》，百花文艺出版社 2001 年版，第 367、421 页。

的选择上所经历的精神窘迫与现实考量。这从一个侧面见证出，中国进入 90 年代后，随着经济的快速发展，整个社会处在金钱带来的躁动和焦虑中，这种躁动和焦虑使得原本在象牙塔中清高度日的知识分子也开始心理严重失衡，试图通过出国谋职、凭借知识技能快速改变个体和家庭的生存状况。这种侧重物质欲望满足的出发点已经与改革开放之初赴外留学群体更重视理想和责任的情形有了较大的区别。当然，这种情形也同时说明，随着国家的发展重心转向经济建设，国家的政治和文化空间趋于宽松，民众已经不再像过去一样自觉不自觉地动辄将个人的生活选择涂抹太多的政治色彩，个体生活开始回复到正常的社会氛围中。

# 第二节　从经济驱动到心灵安宁

新世纪以来华人移民文学中的"回归"主题，呈现出较为复杂的情形。一部分作品主要是描摹"海归"创业者生活，以及在回归选择上的得失纠结，如孙博的《回流》，施雨的纪实作品《上海"海归"》，尧尧的《你来，我走——一个中国女人的移民日记》，洪梅的《梦在海那边》以及孙博与曾晓文合著的《中国芯传奇》等。

《回流》被称为是第一部表现"海归"创业的长篇小说。它通过留美博士高峰、留日 MBA 罗永康等"海归"人才在上海浦东新区的创业历程和情感波澜，展现了全球化时代资本和人才在国际间的加速流动，以及跨国华人群体在事业和生活上面对的诸多问题。《上海"海归"》则通过素描生活于上海各个行业中的"海归"人士，全景式展现了"海归"群体独特的生活面貌。这类作品中的"回归"主角多半是跨国华人，他们"在两个或更多的国家拥有直系亲属、社会网络和事业；持续的与经常性的跨界交往成为他们谋生的重要手段"①。他们的回归较多考虑的是个体职业发展的前景和经济利益的最

① 刘宏：《当代华人新移民的跨国实践与人才环流》，《中山大学学报》（社会科学版）2009 年第 6 期。

大化。不过，尽管没有道德上的压力，但对于归与留的选择依然是纠结的和痛苦的。"与当年留不留学的选择相比，归不归去似乎更难选择。当年青春年少，行囊一背就可以漂洋过海，如今有了家累，归去，孩子学业、夫妻情分、个人生活习惯、竞争能力诸如此类皆是天平上的砝码。"① 类似的描写也出现在尧尧的《你来，我走——一个中国女人的移民日记》和洪梅的《梦在海那边》中。

《你来，我走——一个中国女人的移民日记》中，主人公姜小宁和丈夫高向东因为受到周围人群的影响，为了后代的教育而在 1999 年选择移民加拿大。不同于 80 年代先留学后留居的新移民，他们是拿到了移民许可而去加拿大的，而且有一定的经济基础，自认为是"正大光明去开创新生活的新生代"。因此，他们适应加拿大的生活相对比较容易，没有为了学费和居留权而苦苦煎熬的悲情。但时移世易，在移民十年后，稳定的生活却令姜小宁感到了空虚："自从生活和工作都在加拿大稳定下来后，我常常有这种空空的感觉，仿佛生活走到了尽头。今天重复着昨天，明天重复着今天。"而身边的同胞都在忙着回流，于是他们夫妻也陷入归与留的挣扎："移民就像是一个美丽的陷阱，在美丽中不知不觉地给自己下了一个套。移民让我们沉迷，选择让我们自寻烦恼。"②

《梦在海那边》描写的是 20 世纪 90 年代初开始出国的新移民群体的情感与梦想，作品集结了新移民小说最常涉及的情节元素：留学、绿卡、跨族裔的爱情、"九一一"事件和"海归"创业，内容非常丰富，叙事也极为流畅。这部小说虽然主要的内容在于同学校友之间的爱情纠葛和各自的事业发展，但在作品的结尾部分所涉及的移民群体回归问题上所体现的思考也是比较有代表性的，杜宏杰、伍国梁等人选择"海归"，都是源于在美国的事业发展遭遇瓶颈，而事业稳定的陈晓歌面对回归选项则感受到再次选择的艰难："那些没有出国的同学，就像一批从未被移栽过的树苗，免去了一番水土不服的折腾。也许他们生根的那片土地并不是最肥沃的，但是比起面临二次移

---

① 施雨：《上海"海归"》，文汇出版社 2010 年版，第 185—186 页。

② 尧尧：《你来，我走——一个中国女人的移民日记》，新星出版社 2009 年版，第 13、293、295 页。

植的海归们，他们显得太有累计优势了。唉，当年出国留学是一道多么耀眼的、让人艳羡的光环，曾几何时它竟变成了孙悟空头上的金箍呢?"① 肖逸在归与不归之间的犹疑，尽管有爱情上的牵绊，但国内的吃喝生意经让他难以招架也是重要的原因。

《中国芯传奇》则是一部非常具有当代文学主旋律色彩的新移民小说。它围绕留美博士袁焜归国创业，研发具有中国自主知识产权的芯片的过程，塑造了一批"海归"华人的形象，包括创办国际学校的教育学博士艾珊、社会学博士刘倩蓉、袁焜的师弟岳东等。袁焜在美国生活稳定后失去了奋斗的激情，被老师调侃为"厅长"——满足于大客厅中的安逸生活。他所谓的梦想实现，在老师看来不过是"三十亩地一头牛，老婆孩子热炕头"的美国版本。袁焜在老师的警醒和鼓励下归国创业，在中关村创立芯科公司，生产的"中国芯五号"打入了国际市场，袁焜也当选为中国工程院院士。《中国芯传奇》具有鲜明的脚本化特征，也许在创作之初就已经预设了影视改编的前景，也因此作品中有着太多的婚恋纠葛，设计了一个事业、爱情皆大欢喜的高调结局。

这些作品中对回归的探讨，过滤掉了早期回归主题中的道德承担和悲情色彩，也甚少关涉新移民脆弱的个体尊严，而是开始将"海归"现象视为华人移民的一种理性选择，客观呈现出跨国华人群体在回归选择上的个体复杂性，在得失的纠结背后既有经济驱动，也有个人价值实现以及家庭利益考量等多维因素。他们的回归行为是全球化时代高技术人才的正常而理性的流动，也是跨国华人生活的真实图景。

文章的《失贞》是回归主题作品中较为独特的一部，它可以说是对华人移民文学早期回归主题中所满溢的道德悲情的一次跨时代回应。作品的表层故事从一次看起来小题大做的婚姻裂变开始。生活在加拿大 Q 城的东方涓是从事大气环境研究的学者，个性沉静、感情细腻、气质文艺，而丈夫陆放鸣却长期从事蓝领工作，性格简单、随意散漫、感情比较粗糙。两个人的婚姻充满着不和谐。在一次因丈夫偷

---

① 洪梅：《梦在海那边》，中国青年出版社 2012 年版，第 366 页。

去酒吧跳舞而发生的争执之后，东方涓离家出走，决心离婚。陆放鸣对妻子的过度反应百思不得其解，在追寻妻子行踪的同时，发现了自己从前未曾了解到的妻子的另一面。而东方涓在出走后，动笔书写了一部自传体小说《失贞》，回顾了自己赴加留学后，先后邂逅高原、夏阳等情人，终于在肉体上背叛了初恋情人乔力波，导致双方黯然分手、多年无法抚平情感创痛的人生经历。最终，东方涓回到中国寻找小说的结尾，与乔力波重修旧好，而陆放鸣也找到更适合自己的爱人。但这个表面上充满着对性爱与婚姻问题讨论的故事，最后却落脚于华人移民在"归"与"留"的选择上对于祖国忠诚与否的思考上。东方涓通过小说表达了自己作为早期赴外留学、滞留不归群体的一分子对于祖国的忏悔，同时也指出，不管当下的"海归"群体是出于事业发展的需要，还是出于含蕴着乡土、亲情以及语言文化的"中国情结"，但"他们把在别国获得的知识和人生积累用于祖国的发展，已经构成了事实上的忠诚"①。忠诚不是行为的前提，而是结果。这部作品针对当下社会上对于"海归"群体是爱国还是投机的质疑，通过一个情爱故事来探讨华人移民群体对于祖国的相关问题，可以说是对于华人移民文学早期回归主题中的困惑、迷惘和道德焦虑的一个迟到回答。

　　黄宗之、朱雪梅夫妇的《平静生活》，则对华人移民群体的回归问题做出了更深入的思考。这其中移民的回归与再次出走不只是一个简单的基于利益和前途的选择，而是与中国目前的经济崛起所带来的机遇、所引发的躁动及其对华人移民群体的精神世界构成的冲击有关。从事药学研究的林杰与同学卢大伟、张天浩及他们各自的妻子赵琳、萧昕、殷樱先后通过留学、访学等方式赴美，三年后他们都拿到绿卡，分别从事药物研究或医生、护士等职业，生活安定。他们以为美好的生活将会平静地继续。但几年后，他们却因种种机缘先后加入"海归"的大军。先是卢大伟不甘于在美国的平庸生活，率先回国发展，先在高校，后从事药品营销，一时间事业风生水起，只是要忍受一家三口分居两国三地的孤独；而后，林杰夫妇在经济危机中先后失

---

① 文章：《失贞》，九州出版社 2012 年版，第 255 页。

业，林杰在经历了失业、破产的连番打击后，酗酒、抑郁，几乎走入杀人、自杀的绝境，终于在一场牢狱之灾后仓皇选择回国，从事在美国时曾经做过的抗抑郁药物"血安达"的研究。与此同时，张天浩也在朋友鼓动下，回国创业。然而，最早回国的卢大伟却因为卷入商业腐败，差点失去自由、失去家庭，痛定之后，返回美国，重新选择了过去认为平庸、平淡、实则是平静的生活。张天浩也因为无法适应国内复杂错综的人际关系，以及无法处理好家庭跨国分居带来的生活困难而返回美国，重归自己平静的美国中产阶级生活。林杰的"血安达"研究曾一度受挫，但他在老同学范时宕的劝说下，选择了留下，终于使"血安达"研究取得突破性进展。

三个老同学在中美之间的往复流动，充满着复杂的情感激荡，折射着跨国主义时代资本与人才的国际化流动中所裹挟的文化冲突、利益冲突，以及跨国流动者个体身在其中所感受到的复杂况味。他们的归与不归，都是与中国经济快速崛起的社会现状密切相关着。中国经济上的崛起与某些规则的相对滞后，以及特有的复杂人际关系，是影响他们回归抉择的关键因素。"错失良机的恐慌"和"被潮流抛弃的伤感"在折磨着许多移民个体，尤其是男性，中国传统的功名思想使得他们具有强烈的自我价值实现的渴求。林杰的遭际很大程度上就是由于在归与不归之间患得患失而导致的。

对作品中几个主人公的回归与再次出走行为而言，政治上、道德上、经济上的考量似乎都不再是最重要的，这些外在的附加都逐渐在剥离掉，心灵的安宁成为他们最终的追求。回归移民对个体生活的方向选择在经历了重重回旋后回到了最本初的状态，选择之中展现的是新移民个体在喧嚣的"海归"浪潮中对人生与命运的纯粹思索。而作者通过几个移民的回归历程，不仅是试图记录当下华人移民群体的生活境况，更是通过他们在回归过程中遭遇到的挫折与震撼，间接地表达了作为时刻关注祖国发展的移民个体对祖国的某种期望，期望中国社会在经济快速发展所引发的躁动中能够逐步寻找到一个平衡点，期望中国有一个相对冷静而有序的长远进步发展环境，同时也希望在激烈竞争的社会里丧失了幸福感的人们能够在事业与个人生活之间寻找到契合点，拥有平静的幸福生活。

"海归和海不归是所有出国人都必须面对的选择，虽然是个人问题，可它与整个国家的发展紧密联系在一起。""中国正在经历其他国家都没有过的最为快速的发展，这期间有数以万计的中国人拥到海外，这前所未有的出国潮与随后的海归对中国社会的高速发展有着重要的历史意义。"①纵观华人移民文学中回归主题的几个发展阶段，我们可以从中触摸到改革开放四十年来中国经济和社会发展的脉搏。华人移民群体在"海归"问题上的痛苦、纠结与思索，也从一个侧面映射出中国对待移民群体的政策与态度的不同发展阶段，从施加政治与道德的压力，到淡化崇高、尊重个体，显示着中国经济实力的不断增长所催生出的政治自信与文化自信，国家终于有余力让游子从个体出发做出自己的事业和生活选择，不再以国家利益的崇高理由，给海外游子施以沉重的精神压力，不再让回归与否成为衡量新移民个体道德水准的评判标准。

## 第三节　回流/环流中的跨国华人形象

全球化的时代，随着资本与人才在各国间越来越自由地穿梭，跨国华人形象由此也越来越多地成为新移民小说中的人物类型。除了以上以回归为主题的作品外，在其他一些涉及新移民的回流/环流问题的小说中，也都塑造了鲜明的跨国华人形象，如陈谦的《无穷镜》、黄宗之的《科技泄密者》、二湘的《暗涌》、秋尘的《青青子衿》、黄宗之、朱雪梅的《藤校逐梦》、曾晓文的《捞人》等。

《无穷镜》聚焦硅谷的科技精英群体，探讨的是多种人生态度和价值选择的意蕴以及高科技带来的人文后果。其中的高科技风险投资人郭妍和主人公珊映都是非常典型的跨国华人。郭妍20世纪80年代赴美留学，毕业后进入华尔街工作，90年代跟随丈夫一起"海归"，到深圳创业，在取得成功后，退出职场，成为全职母亲。但由于生活中的一时疏忽，儿子被小区保安绑架杀害。郭妍备受打击，患上抑郁

---

① 黄宗之、朱雪梅：《平静生活》，《小说月报》（原创版）2012 年第 12 期。

症，夫妻关系也走向疏离。但郭妍最终战胜磨难，重返职场，成为风险投资人，奔忙在中美之间，为那些想在事业上有所建树的女性创造机会。主人公珊映是毕业于斯坦福大学的电机工程博士，对创业有着极其执著的渴望，为此甚至失去了婚姻和孕育中的孩子。她靠天使投资在硅谷创立自己的"红珊技术公司"，从事可供第二代谷歌眼镜使用的裸眼 3D 图像处理芯片的研发和设计。她的硬件设计、测试团队在硅谷，软件设计团队却是在北京中关村清华科技园。当她的研发遭遇技术瓶颈时，指点她解决困难的是美国老师。她再通过越洋视频会议指挥国内的技术改进。而她的投资来自于穿梭在中美之间的跨国华人郭妍。她以自己为中介，将两种文化、两国资本和技术连接在了一起。在小说的最后，珊映借助老师尼克的介绍，将自己的 3D 眼睛测试器产品提前展示给谷歌的高层戴维·沃克，从而有了跟谷歌合作的可能性，公司的前景一片大好。却不料自家客厅的这次会面被邻居用高倍望远镜拍了照片发在博客上。珊映看到后惊吓不已——因为老师尼克出现在照片中了。身为硅谷高端的软件科学院院长的尼克正在带领团队主攻国防和航天工业软件的纠错功能。他出现在珊映这个有中国背景的高科技公司 CEO 的客厅里，极有可能引发政府的调查，带来难以预测的麻烦。敏感的尼克为了避免这种可能的麻烦，甚至在指点珊映解决技术难题的时候，也谨慎地用玫瑰花枝蘸水将公式写在地上，不肯留下任何痕迹。"No Evidence"是他的口头禅。珊映虽然立刻找到邻居删除了照片，但是照片已经流出，甚至被人传回到尼克的手机上。达摩克利斯之剑悬在了珊映的头顶。

　　珊映的恐慌是很多游走于中美之间的高科技人才都可能面临的处境。由于大国之间的势力均衡、国力竞争等原因，西方国家对崛起的中国设置了许多的技术封锁。在西方从事尖端科技研究的华人学者和专业人士，在与母国的高校和研究所合作研究课题、回国创业等过程中，都天然地背负着某种嫌疑。近年屡屡曝出的美国华人学者被调查、被解雇，甚至被捕的新闻就是注脚。跨国环流的华人在体验着母国与定居国之间多元的文化、多国的技术和资本之间的双重优势的同时，也承担着双重的风险，面临着国家和民族忠诚的选择难题。黄宗之的中篇小说《科技泄密者》就是以此为主题的。小说中的梁华是美国癌症研究中心的科学家，在与国内制药公司合作研究肺癌抗体免疫治疗的过程中，因在与中国往来的邮件中提及了研究计划、交换了实验方法等，就被别有用心的同事控告，以"科技泄密"的罪名遭到FBI逮捕，以间谍罪告上法庭。而梁华之所以选择与国内的制药公司合作进行实验，一是为了让癌症病人尽早得到有效的治疗，二是作为在国内接受了高等教育的华人科学家，希望对祖国有所回报。这是华人新移民特有的情结，是故国、民族之爱的自然流露。但美国的一些政客出于狭隘的政治偏见而将科学家之间的正常学术交流与科技泄密或盗窃知识产权的界线故意混淆，使得这些华人科学家成为无辜的牺牲品。最终，在梁华的朋友、华人科学家邢维擎和邢维擎的导师柏利斯科特教授等人的主动作证和律师的有力辩护下，梁华得以无罪释放。这篇小说紧扣时代，将跨国合作的华人科学家身处大国博弈的世界格局中面临的困境展现出来，成为新移民小说中真正切入现实的作品。

　　二湘的《暗涌》中塑造了一个以漂泊漫游来疗治创伤的跨国华人吴贵林。吴贵林原本姓钟，湖南邵阳人，四岁丧父，母亲后来改嫁离开湖南，他与奶奶相依为命。六岁时，奶奶去世，他成了吃百家饭的孤儿。为了能上学，他接受了被收养的命运，改姓吴，跟着养父母去了大连，再然后跟随复员的养父母返回家乡小城。但是，性格暴躁的养父和生性淡漠的养母，让敏感自卑的贵林与养父母始终无法真正亲近起来——特别是在养母生了女儿之后。在哪里他都找不到家的归属感，他渴望离开家庭，离开家乡。他到北京读大学，然后留学美国，在美国娶妻生女。他的身心刚得安顿，却因为创业的压力，不慎误将女儿月月锁在车里，导致死亡。巨大的心理创伤，以及随之而来的婚姻破裂、公司倒闭，让他患上了抑郁症。治疗好转后，为了逃离伤心之地，他通过朋友推荐成为联合国人口基金会的雇员，外派到阿富汗统计局做计算机培训老师。在喀布尔，他与一个从国内被拐骗来到阿富汗的性工作者圆圆互相吸引，由此卷入了一起蛇头谋杀案。圆圆被遣返后，他也完成合约返回美国。在硅谷就职期间，吴贵林又被外派至上海分公司。但不过一年多，他就因公司的办公室政治和晦暗的前景而离职去了深圳，从事互联网金融行业。在深圳，他再度与圆圆相遇，她这时改回了真名何菲芳，人称阿芳。他们经历了同居—分手—复合。互联网行业高强度的工作节奏累积起了极大的工作压力，使吴贵林的抑郁症复发。为了舒缓身心，他再次离职，申请到了联合国儿童基金会的工作机会，奔赴非洲的埃塞俄比亚。吴贵林的生活轨迹跨越了亚洲、美洲、非洲，从家乡的钟家村到大连，从邵阳到北京，从硅谷到喀布尔，从上海到深圳，从深圳到亚的斯亚贝巴，不停地漂泊着。表面上看是求学和工作让他不断迁移，但根本上是逃避痛苦的心理动机牵引着他在不同的城市、不同的国家流连，无处是家，无处可归属。在不同的城市，他与不同的女人纠缠，性的满足不能填补心灵的孤寂。直到他跨越千山万水，找到失散几十年的亲生母亲，他的创伤才开始愈合。这时候，他对漂泊有了新的感受："贵林突然发现，他其实是个自由的人，他可以有这么多选择。那些他曾经落过脚，却找不到归属感的地方，如今也在时光里慢慢变得温软，变得可以触碰。……他在慢慢地、艰难地和它们一一和解，和这个世界和解，和自己的内心和解。这样的和解如同雪山上的融雪汇成的溪流，清澈而寒凉，蜿蜒曲折地在大地上寻找自己的方向。"① 结尾，当何菲芳飞到亚的斯亚贝巴与吴贵林团聚，他们终于决定结婚时，阿芳却不幸被房东的侄子强暴。发现怀孕的阿芳一时无法确定胎儿的父亲是谁。虽然意外再次降临到身边，但已经走出心灵阴影的吴贵林面对这种生活的打击，已经从容了很多，静静等待着时间告诉他怎么做。"高技术新移民在跨国流动性的驱使下，凭借可携带技术随时寻求个人最优化发展，这也是人才环流理论所注重的一个方面。中国的全球化进程在扩大其国际影响力的同时，也给新移民创造了更多的和多元的跨国流动机会。"② 吴贵林跨洲越洋的迁徙，正是高技术移民人才环流的一种具象化呈现；吴贵林的悲欢离合是每日穿梭在洲际航线上的"空中飞人"和"世界公民"的精神世界的一种外化。

　　董晶的短篇《心事》则提供了一个特殊的跨国华人形象。59 岁的老王被公司裁员，距离 67 岁领取联邦政府的全额退休金还有八年。

---

① 二湘：《暗涌》，北京十月文艺出版社 2019 年版，第 451 页。
② 刘宏：《当代华人新移民的跨国实践与人才环流》，《中山大学学报》（社会科学版）2009 年第 6 期。

他必须尽快重新就业，因为家里有房贷要还、有医保要交，还有房产税、房屋保险费、汽车保险费等各种必须支付的费用，而妻子没有工作，儿子即将入读哈佛大学，每年需要数万美元的学费和生活费开支。巨大的经济压力让这个中产阶级家庭立刻陷入了危机之中。虽然曾经毕业于清华大学，又有麻省理工学院的博士学位，但尴尬的年龄让老王求职无门，急怒攻心，引发脑梗。幸好送医及时，没有造成严重后果。在康复期间，从国内来美国旅游的老同学徐峰给他提供了新的机会：去一家设在美国的中资公司工作。出国三十多年了，老王第一次为祖国的企业工作，觉得非常激动。老王没有在身体上进行跨国回流，但他的工作却是一种特殊的跨国回流。这篇小说从一个独特的角度呈现了全球化时代的经济运行对华人移民产生的切实影响。失业的老王在家庭经济危机的面前，痛感中美两国的退休和养老政策的落差之大，对他这样年近花甲的老人而言，其心理冲击恐怕不亚于三十年前他到达美国时产生的"文化冲击"。二十年前，国内的同学羡慕他是美国名校的博士；十年前，同学羡慕他是美国大公司的精英。而现在，他却羡慕国内的同学和朋友的退休待遇。虽然，这种比较是片面的、印象式的，不能真正代表两个国家的实际情形，但它从一个小的切面反映了华人移民对母国体制认知的一种变迁，对自身移民行动的一种再思考。

跨国华人群体中虽不乏拖家带口回流中国的，但更多的是创业者单独回流，家庭留在定居国。这种被称为"海鸥"的跨洋分居的现状，给跨国华人的家庭和婚姻生活都带来巨大的冲击。这种冲击是复杂的，存在很大的个体差异性。对这种冲击的书写是很多新移民小说中的核心情节。

曾晓文的短篇《捞人》所描写的就是跨洋分居家庭所遭遇的困境。李静与丈夫徐海涛在美国经过数年奋斗生活基本安定下来。但徐海涛在回国探亲后，遭遇第二次的"文化休克"，不甘于美国的平庸生活，选择从事中美贸易，开始了"海鸥"创业生涯，每年有 10 个月都居住在中国，李静只能独自带着两个女儿在美国辛苦度日。不料，徐海涛因涉嫌贩卖假冒名牌包而被拘留，李静被迫将大女儿托付给邻居，带着襁褓中的小女儿回国"捞人"。然而，终日在实验室忙碌的李静完全不谙国内的世情，被表哥欺骗，将仅有的积蓄完全耗尽，还被迫卖掉了房子，丈夫的牢狱之灾仍然不可改变。仅仅 14 岁的大女儿在脱离管束的日子里被邻居男孩诱骗，从单纯的乖乖女变成问题少女，不得不早早"开始面对生活中的复杂和黑暗"。面对如此变故，李静痛苦难当，悔恨没有阻止丈夫当初的回流，因为"一夜骤风，吹散了她的中产阶级生活的沙堡"①。而长时间请假，奔波于中美之间"捞人"，最终也让李静失去了工作。如果不是年幼的女儿带来的温暖，绝望的李静，差点服药自杀。

　　秋尘的《青青子衿》是一个主题复杂的小说，既有对教育问题的思考，也有对家庭关系中距离感的反思。作品中的陶三宝是一个回流创业者。他放弃了美国政府部门的金饭碗，回国创立猎头公司，并非仅仅是渴望赚钱。一方面，他是"为了那片属于自己的土地，是对故土的一种恋恋不舍。离开那里的感觉，真的就像是浮萍"。另一方面，则是因为在美国的大世界里"无法开天辟地，从而产生出一种厌战甚至是逃跑主义思想在作怪"②。因此，他将妻子和儿子留在美国，回到中国追逐自己的"中国梦"。妻子沈如熙（露茜）虽然也担心夫妻关系因为跨洋分居而受到破坏，但仍然选择承担风险、支持丈夫追梦。露茜是一个坚持落地生根、努力融入主流文化的新移民，她疏离华人同胞，坚持让儿子打橄榄球，拼命推着儿子考名校。在丈夫回国后，她的生活里更是只有儿子和工作。为了儿子的前途，她不惜重金，将儿子安迪送进旧金山最昂贵的天主教私立高中。不料，安迪却在学校受到同学影响开始抽大麻，并不慎被同学利用，卷入了贩卖大麻的事件，受到校方的不公正处理，被开除。陶三宝深感懊悔，只得关掉了中国的公司，返回美国解决家庭危机。为了帮助儿子戒毒，陶三宝冒失地决定自己尝试抽大麻，结果也上了瘾。当他发现安迪似乎仍在偷偷使用大麻时，误认为儿子复吸了。其实安迪是因为肌肉拉伤，医生给他开了大麻类的镇静止痛药。由于父子俩都把含有大麻的蛋糕放在冰箱，被不知内情的露茜误食，导致她在高速公路上发生车祸死亡。

---

① 曾晓文：《爱不动了》，鹭江出版社 2016 年版，第 207 页。
② 秋尘：《青青子衿》，《当代·长篇小说选刊》2018 年第 5 期。

　　黄宗之、朱雪梅的《藤校逐梦》主题是对教育问题的思考，聚焦的是华人家庭中的"名校情结"带给孩子的精神压力和家庭经济的重负。在主线之外，作品也展现了跨洋分居家庭的生活苦恼。刘韬在国内是研究当代文学的，随妻子赴美后，又在斯坦福读了一个文学硕士。他原以为有名校的学历，可以在美国有大好的前途，但是毕业后却始终找不到合适的工作，只能在中文报社和中文学校就职，收入菲薄，前途渺茫。适逢国内某大学赴美招聘，权衡之下，刘韬选择"海归"，留下妻子辛洁和两个孩子在美国。跨洋分居的十年里，刘韬每年只能在假期或者出差时返回美国几次，辛洁不得不独自面对工作压力和因教育孩子而产生的激烈的母女冲突。当辛洁因为焦虑孩子的学费还贷而心烦气躁时发生了车祸，造成了很大的经济损失，家庭的信用也降至谷底，几乎要卖房偿债。家庭的困境让刘韬对自己为了事业成就而选择"海归"、从而难以切实分担妻子的精神重负产生了悔意。此时已经升迁至副校长的刘韬，正主管学校的基建，时时面临着开发商的"围猎"企图。恰在这时，国内根据规定在清理"裸官"。由于妻子坚决不肯离开孩子回流中国，刘韬只能从副校长的位置上退下来。对于在离职前是否要放弃底线收下开发商巨额的贿赂彻底解决家庭的经济困境、弥补自己对家庭的歉疚，让他陷入痛苦的选择。最终，他还是退回了贿赂款，清白地返回美国。但是，再次回到美国的就业市场后，他居然连当初的中文报社编辑的工作也找不到了，最后只能接受去一家建筑公司做建筑领班这样的蓝领工作——毕竟薪水远超报社编辑这样的对口工作。但在工作中，他却意外寻找到了幸福生活的真谛。因为这家公司是承接政府修建的廉价公寓项目的，有许多来工地参加义务工作的志愿者。在他们身上，刘韬看到了工作之于社会的真正价值。而文化水平不高的建筑工人们单纯快乐的生活方式更是让长期秉持着以追求个体功成名就为至高价值的知识分子刘韬彻底放下了"屈才"的心结，真诚地热爱着普通的工作和平凡的同事，感受到心灵的喜悦。

　　此外，陈谦聚焦女性心理创伤的作品《莲露》和《繁枝》也都存在跨国分居家庭的婚变。《莲露》中莲露的丈夫朱老师和《繁枝》中何锦芯的丈夫袁志达都是"海鸥"式的跨国华人，他们都是在回国任教或创业时，经不住诱惑而发生出轨，由此造成家庭悲剧。莲露潜藏多年的心理创伤裸露出来，引发精神危机。而刚烈的何锦芯少年时就被父亲的出轨事件伤害，中年时再度遭遇丈夫的背叛，双重创伤导致她孤注一掷，利用身为化学家的便利，使用重金属毒害丈夫，造成家庭悲剧。

在孟悟的《逃离华尔街》、陈思进和雪城小玲的《心机》等作品中，还塑造了一类作为跨国资本的代表，利用双重文化的优势，合谋国内贪腐分子掠夺国家资产的跨国华人形象。《逃离华尔街》中的陈小劲明知国内的黄海集团之所以谋求海外上市，其实是公司高层为了"化公为私"、达到侵吞国有资产的目的。但他却作为华尔街投行的代表，为黄海集团设计了"空壳上市"的方案，将国有企业化身为外资企业，合理合法地将国有资产转移到海外，造成了国家财富和税收的大量流失。这些流失的财富最终被华尔街投行围猎绞杀、全部掠走，黄海集团的王总一无所得，跳楼自杀。《心机》中的陆达龙明知自己所在的巴莱银行设计的金融衍生产品——累进期权合约（KODA）的原则是"巴莱承担的风险必须是有限的，但投资者承担的风险可以是无限的，即使投资者发现了风险，也无权要求巴莱银行停止交易"[①]，但仍然昧着良心，充当公司的急先锋，回国大力推销这种理财产品。他还在国有企业大信集团的海外上市案中，极力反对采用有利于大信集团的"荷兰拍卖法"，从而使巨额利润流入华尔街的各大投行，也使得大信集团内部的腐败分子捞到了好处，却造成了国有资产的大量流失。这些代表跨国资本对自己的祖国进行"金融侵略"的华人形象代表了跨国华人构建的"第三文化"的另一重特性，那就是身份认同的游离性和民族归属感的匮乏，提示着全球化首先是资本的全球化，而跨国资本的代言人未必会将民族情感、故国利益置于自己的价值选择排序的首要位置。

沙石的《情徒——一个中国人的美国故事》所塑造的威廉是典型的"通过移民把两端的社会带到一个社会场域中"[②]的跨国华人，他

① 陈思进、雪城小玲：《心机》，安徽人民出版社 2013 年版，第 250 页。
② 潮龙起：《移民史研究中的跨国主义理论》，《史学理论研究》2007 年第 3 期。

是游走在中美之间的文娱行业经纪人，可以说是文化产业中跨国资本的代表。为了制造畅销书的卖点，他操控中国作家王大宝，把王大宝带到美国，改名查理斯王，令其在美国完成了小说《情徒》，再把《情徒》拿回中国出版；为了制造噱头，他通过政治捐款的机会，让王大宝与州长合影，把合影照片印在《情徒》的扉页上造势；之后他带王大宝回到中国签售，利用媒体炒作查理斯王是著名的"用中文写作的美国作家"，一举把《情徒》推上了畅销书的榜首。同时，他又把美国的金发美女索菲亚带到中国，让索菲亚的"棉花糖乐队"在沈阳表演摇滚二人转，为了牟利，全然不顾索菲亚的身体水土不服，用担架抬着也要逼她登台。威廉深谙两国的市场规则和人情世故，利用语言和文化优势，在移居国和母国之间从事文化包装、文化贩卖，不惜信口开河、瞒天过海。与其说这是国际文化交流，不如说是文化资本的跨国逐利。而王大宝在混沌之中被动地成了"跨国华人"。王大宝为了支付假结婚的美国妻子的生育费用，替美国的华人地产商麦当王代笔写了小说《愤怒的桔子》，他带着不负责任的态度信笔胡写，不料麦当王利用手中的资本竟然将《愤怒的桔子》炒作成了比《情徒》更成功、更畅销的书，令王大宝瞠目结舌。沙石在作品中对自身所属的新移民作家群体展开了猛烈的批判和辛辣的讽刺，这份自我开炮的勇气在新移民作家中几乎是绝无仅有的。

陈小劲、陆达龙、威廉等都是全球化时代的资本代言者，这些人物极大地丰富了跨国华人形象序列。将塑造了各类跨国华人形象的作品并置对读，我们才可以见出跨国华人的回流或者环流在总体相似性之下的复杂多面。

在跨国主义视角下审视华人移民的回流或环流，我们可以看到，跨国华人的流动，是"移民个体在跨国空间下的自主调整，是个体空间和认同重构的重要途径，实现了在场和离场，彼岸和此岸的合二为一。……从更长远的眼光来看，这种新的身份恰恰代表着人类发展的未来，即后全球化时代国界的消亡、民族的共融和文化的一体"①。新

---

① 丁月牙：《全球化时代移民回流研究理论模式述评》，《河北大学学报》2012年第1期。

移民小说通过不同的故事框架，为我们呈现出全球化时代的跨国华人在不同的国家和洲际间的流动轨迹，也塑造出面目各异的跨国华人形象，以文学的方式记录了时代的变迁，这是其作为移民文学的意义之一。

# 第三章

# 故乡叙事与跨国华人的启蒙冲动

就现代社会的人员流动性而言，离开故乡几乎是人的生存常态，而国际移民无疑是离乡最远的群体。在新的空间之中展开文学书写，故乡常常成为观照当下的常规背景。因此，故乡书写作为依托于移民个体经验而产出的文学叙述，是新移民文学的重要主题之一，可能也是其永远的主题之一。新世纪以来新移民小说的故乡书写仍以延续性的家族叙事为主，如李彦的《红浮萍》、陈永和的《一九七九年纪事》、元山里子的《三代东瀛物语》等，这些家族叙事通常都有一个较长的时间线。不过，海娆的《早安，重庆》有所不同，是少有的真切呈现中国当下时代变革洪流中小人物的悲欢苦痛的家族故事。在这些传统的故乡书写之外，袁劲梅的故乡书写显示出了独有的启蒙主义特色。

## 第一节 家族叙事中的时代光影

一个家族中的悲欢离合往往是民族或国家历史变迁的缩影，但民族和国家大历史所表述的治乱兴衰中势必要舍弃亿万普通个体和平凡家庭的碎片般的小历史，而从个体或者家族的小历史来呈现时代的复杂性正是文学的使命之一。或许这也是每一时代的小说都不缺少家族叙事的原因之一。新移民小说中的家族叙事作品风格多样，纪实、半纪实和全虚构都很多见。

李彦的《红浮萍》最初是英文作品，1995 年在多伦多出版，

2010 年由作者本人重新译写为中文，在国内出版。由于最初面对的读者为西方读者，因此李彦的创作初衷有纠偏的意图。她说："我发现，外国人用英文撰写的各类中国题材，包括历史事件、政治运动等等的书籍，在他们的图书馆和书店里也不少见，只是某些书中的内容，缺乏客观和公正，误导了西方读者。我觉得，作为生在中国长在中国的局内人，我们有责任也有能力更加客观公正、更加细腻准确地向世界展示一个真实的中国。于是我决定创作英文小说《红浮萍》，直接向西方英文读者介绍 20 世纪真实的中国社会和中国人，通过一个家族三代人在百年历史中命运的变迁，忠实地再现在历史大潮的裹挟下人们难以自主的漂浮，真切地描述历经沧桑的人们的坚韧与追寻。"① 在这种意图之下，李彦摆脱了很多面向西方读者的华人写作中常见的以控诉和暴露为基调的倾向，而是着力于反思，通过客观的再现与冷静的反思，重建西方世界中的中国形象。正是这种客观和冷静，使得《红浮萍》成为新移民小说家族叙事的杰出作品之一。

《红浮萍》是在作者的真实家族史基础上的半纪实作品。叙述者是留学加拿大、尔后留居的华人女性，为了谋生在富有的汤姆森太太家里做保姆，业余时间写作。文本是时空交错的，在汤姆森太太的庄园和旧日的中国之间不断穿梭；在当下的加拿大，汤姆森太太称呼叙述者为"莉莲"，在旧日的中国，她是亲人口中的"平"，全名虞平。叙事从平接到母亲的越洋电话、得知生父"楠"去世的消息开始。这个消息令平陷入了一种复杂的情绪之中。一方面，她心情沉重，却没有眼泪。她甚至不知道楠是否算是自己的父亲，因为她与楠仅有一面之缘，从未开口叫过一声"父亲"，也没有回复楠仅有的一封来信。在母亲口中，楠是母亲半生厄运的根源。母亲的浓重怨怼深深影响了平对楠的情感接纳。但另一方面，虽然从来没有接纳过楠，但楠去世的消息依然让她彻骨寒冷，眼前恬静美丽的世外桃源一般的大庄园，却让她顿时生发出了家园何在的凄清："哪里才是我的家园，我的亲人，还有我熟悉的温馨与喧闹？"也让她对母亲和自己的人生坎坷产

---

① 江少川、李彦：《用中文写作，真有一种回家的感觉——李彦访谈录》，《华文文学》2013 年第 3 期。

生了思考。这种思考打开了平记忆的闸门："一瞬间，那已经逝去的久远的年代，那些模糊、忧伤然而却美丽的零星记忆，衬着暗蓝色夜空中纷繁复杂的星汉，交织一处，扑面而来。"①

平的母亲杨雯出身地主家庭，家族中重男轻女以及勾心斗角的黑暗、陈腐和愚昧令她形成了桀骜不驯、争强好胜的个性。家乡解放后，在旧家族的生活中感到窒息的杨雯热情拥抱了新的时代，"不费吹灰之力，她就接受了那个没有剥削与压迫、人人平等自由的共产主义社会的美妙蓝图，萌生投入到滚滚洪流中献身的冲动"②。曾经挥舞着斧头帮助母亲保住家产的杨雯不仅力劝母亲主动上交所有的财产、做开明地主，而且放弃自己即将到手的大学毕业证书，报名参加了志愿军，从此终生都跋涉在追求政治进步和政治身份纯洁的道路上。作为杨雯第一次短暂的失败婚姻中诞生的平，是母亲既爱又怨的特殊女儿。平跟随外婆长到四岁，才第一次认识自己的母亲。杨雯从不拥抱平，不仅嫌弃她的相貌，还时常指责平是自己命运坎坷的祸根。父母之间因为政治因素、婆媳关系、性别平等观念上的分歧等造成的长期冷战使平从小生活得胆战心惊。但平无论遭受了多少母亲的苛责，却始终坚定地相信母亲、挚爱母亲。这种真纯的爱使得承受了社会的歧视、排斥、冷漠等种种精神痛苦的平并没有在母亲身上制造出"伤痕"式的悲剧。

如同许多类似题材的作品，李彦的文字中也有着苦难的底色，但贯穿在作品始终的并非只有苦难本身，还有从苦难中抽离开来的冷静反思。这种反思有多重：一是通过平的外婆和母亲的人生坎坷以及汤姆森太太的婚姻悲剧来对照思考女性的人生价值和解放之路；二是在客观叙述平的家族苦难的同时，还能够跳出个体的悲欢，观照周遭底层民众的极度贫困和精神生活的贫乏。

平的外婆出身寒门，没有受过多少教育，作为传宗接代的工具嫁作富人的填房，承受了旧家族中一切的恶与黑暗，没有享受多少财富带来的荣耀和安逸，却一生为之背负原罪。但她坚忍地接纳了生命中

---

① 李彦：《红浮萍》，作家出版社 2010 年版，第 4 页。
② 李彦：《红浮萍》，作家出版社 2010 年版，第 45 页。

的一切苦难，对那些虚伪的村人邻居都宽容以待。她毫无保留地爱着孩子们，尽己所能地帮助陷于困境中的女儿，让身世复杂的平感受到了人间真爱。平的母亲杨雯是受过高等教育的知识分子，有才华有热情，但因恃才傲物而人生坎坷，数十年生活在自我反省的惶惑中。杨雯在上大学时就已经对女性的独立自我有了较为清醒的认识，鄙视那些依附男人为生的女性，立志靠自己的能力建功立业。但她的自我发现、自我肯定显然是不彻底、不成熟的——她与所有传统女性一样，在缔结第二次婚姻前，对自己带着一个与前夫所生的女儿深感自卑，且始终把自己的人生坎坷归罪于女儿的存在。作为一个政治热情很高又自负才情的知识分子，她将工作视作生命中最重要的部分，而对家务极其厌烦，鄙视家庭妇女，甚至在女儿生病时，不是像一般母亲一样加以怜爱，却是抱怨孩子给自己的工作添了麻烦，这在表层上是追求女性的事业成功，但内里不过是男性中心主义的翻版，并未真正理解女性的多重主体性及其社会角色的复合性。当第二任丈夫虞诚因政治原因准备与她离婚时，她虽然愤怒、悲哀，但并没有决然离去，而是以拖延来挽回虞诚的心，达到保住婚姻的目的。显然，杨雯的觉醒主要在于反叛男权的压迫，寻求外在世界的肯定，追求较高的社会地位，但对女性的社会角色和社会价值的认知则是褊狭的。在她的身上，可以看到女性解放之路的漫长与逶迤。而加拿大的汤姆森太太生活在相对自由、较少文化禁锢的社会环境之中，却选择为了财富嫁给年龄差距很大的丈夫，虽然享受过上流社会的奢华生活，却失去了生儿育女的机会，留下终生遗憾。在丈夫去世后，为了保住庄园和财产，她还不得不接受屈辱的限制条件，再也没有寻找爱情的自由，终生困守在一个巨大的庄园中，与狗为伴，借酒消愁。她的人生是一场自我禁锢、自我欺骗，说明女性解放不止是要面对外在的制度、文化传统等社会因素的规约，更需要自身的理性认知和独立奋斗的勇气。李彦通过叙述者平的眼睛，在时空交错中，呈现出中西不同文化背景下的女性为了寻求平等和幸福经历的挣扎和走过的歧途。

由于父母的变故，平和弟弟、妹妹不得不辗转多地，艰难生存。平和弟弟曾被寄养在东北林区的叔叔家，不仅生活极其贫困，平还要忍受婶婶对她身世的嫌弃。尽管林区生活充满着艰辛和不快，但回忆往事的平却更愿意记忆林区大自然的美丽和叔叔、婶婶的勤劳："不可否认，我曾对他们产生怨恨。但是每当我站在他们的位置上，重新审视那段艰难岁月中的点滴细节，我都会一次次原谅那些伤害过我心灵的无奈举动。贫困，能把人逼迫得难以维持道德尺度。"① 在平随同母亲在北京远郊区的杏树岭生活时，除了贫困，她对乡村女性依然无法自主决定自己的婚姻而深感同情。在文化荒漠一般的杏树岭，平带领村里的小孩子和几个年轻姑娘排演的一次简单的文艺表演，就吸引了周围深山里的人们翻山越岭地来村里观看，俨然是一次乡村盛会。姑娘们为了记住这难忘的时刻，攒了一个多月的鸡蛋和沙果，卖了钱，一起拍了一张照片。

这种对周遭的底层人群充满同情的关注，贯穿在作品的许多段落之中，使得李彦对当代历史的认知与很多海外华人有所不同。在历经苦难之后，依然能超越一己悲欢，为底层弱势群体的公正而发声，毕竟有着难得的冷静与开阔。

陈永和善于以悬疑的外壳包裹深邃的思索，《一九七九年纪事》和《光禄坊三号》都是这种叙事模式。《一九七九年纪事》虽然从标题看是发生在1979年的故事，但故事的脉络却是蜿蜒穿行在几十年的岁月之中的。陈永和的中国故事总是把地点设置在家乡福州，她说："我之所以总喜欢把自己小说的背景放在福州，或许就因为现在年纪已经足够大，大到能让褪不掉的色彩在心里充分发酵，使它足够成熟，使它从心溢出到身体，再从身体溢出到文字吧。"② 一语道出故乡在移民心中的坚硬存在。

《一九七九年纪事》的叙述者"我"是定居日本的华人，名叫陈和，接到亲戚的电话，专程从东京飞回福州处理即将搬迁的老宅内的旧书，从一本20世纪70年代的《外国文艺》中翻出了一张自己多年前写下的发黄的纸条，由此掀开了一段尘封三十年的往事。1979年，陈和在火葬场工作，一天值夜班时，发现了一个从精神病院梦游到火葬场的人陈儒谨——当地的知名作家，大学教师。陈和将此事告诉了

---

① 李彦：《红浮萍》，作家出版社 2010 年版，第 169 页。
② 黑孩：《我与陈永和》，《文学自由谈》2018 年第 4 期。

表姐陈其芳，因为她正狂热地、自卑地爱着陈儒谨。但芳表姐拒绝相信。陈和为了阻止表姐的不理性，决定去精神病院找寻真相。他在精神病院认识了美丽的女病人梅娘——儒谨过去的恋人，同时还发现儒谨在梅娘的面前一直在扮演一个并不存在的儒谨的弟弟儒奔，而梅娘把真实的儒谨认作另一个名叫银棣的人加以憎恨。在追索梅娘发疯的真相时，陈和陷入了罗生门一样的历史谜团。在儒谨的口中，梅娘的发疯是由于当年被公社书记周银棣强奸怀孕导致的。当时给她接生的是林场的哑巴关根——周银棣的养子；关根在接生后把孩子抱走，不知所终；银棣在追查孩子下落时被关根开枪击伤，致使关根入狱劳改；后来，关根越狱，带着梅娘逃走时被击毙；梅娘受此惊吓精神失常，声称是自己杀了儒谨；只有在儒谨假扮儒奔时，她才能表现出正常的依恋之情。而在梅娘的朋友黎明的口中，儒谨却是一个自私、冷漠、无用的男人，从来没有对梅娘付出任何真情；其实银棣才是真爱梅娘，那场所谓的"强奸"只是两人的酒后冲动；梅娘对银棣的感情很复杂，既恨也爱，只是自己并不承认这种特殊的爱。另一个当事人周银棣则振振有词地认为梅娘的病态完全是被儒谨所代表的知识分子和上流阶层的爱情观、道德观所害，因为"她是女人，和所有女人一样，她有她的要求、欲望，可是跟你们在一起你们叫她什么，天使？你们的知识把她毒害了，她的心受到你们的束缚而不能挣脱……""她害怕，她害怕你们，你们说我强奸她实际上是害了她……难道你们不知道，被强奸者有时名声比强奸者更恶劣吗？""她能不避开我吗？即使她再爱我，被强奸者与强奸者结婚，这种非议对于她那样心比天高的人能接受得了吗？你们毒害她心灵比我更甚。"[1]陈和感觉这场追索真相的行动将自己拖进了黑暗的深渊，无法看清这其中的是是非非。而他自己自作主张带梅娘逃离精神病院以躲避周银棣的寻找，却在平潭岛上丢失了梅娘，此后再也不知其生死和下落。

《一九七九年纪事》在悬疑的故事框架之中，铺设了多条意义索解的路径，比如关于精神创伤，关于传统的守护，关于阶层的鸿沟，关于自由的选择，关于文化对性爱意识的规约，等等。作品明确指出

---

[1]　陈永和：《一九七九年纪事》，《收获·长篇专号》2015 年秋冬卷。

了福州的居住区域与阶层之间的泾渭分野："三坊七巷跟台江三保，在省城是两块完全不同的地方。从几世纪前开始，三坊七巷多住官家，上下杭多住商家。官家看不起商家，三坊七巷人看不起上下杭人，更不用说上下杭路后街的三保。三保离码头很近，除了商贩以外，还杂居着各种各样的苦力、娼妓、外地来打临时工的农民，在台江中又算是等而下之的。"①儒谨、陈和、芳表姐、芳表姐的母亲阿旋等都是属于宫巷陈家这个大家族的一员，陈和的父亲陈孝通和梅娘也是属于这一阶层。他们带着这个阶层所独有的精神气韵，有着自尊、优雅、文静的外表。但他们也普遍的孱弱，缺少蓬勃的生命力。芳表姐的父亲陈立德三十多岁就因淋雨生了肺炎而病亡。儒谨从小清秀得看不出男女，成年后也毫无生气，从不敢表露真实的好恶，以致被压抑得人格分裂，只有梦游时才敢发泄心中的暴虐和黑暗。在梅娘精神失常后，他甚至阳痿了。芳表姐的母亲阿旋出身大户人家，父亲曾是省法院的最高法官。她不仅身体病弱，心灵也是残缺的。她在丈夫死后，遵从丈夫的遗言，背叛了所属的阶层，嫁到了最底层的三保，结果遭到陈家上下所有人的唾弃。所属阶层带给她的与生俱来的思维方式和举止教养，使她根本无法彻底融入第二任丈夫林家驹的生活中。完全没有夫妻生活的婚姻导致了林家驹的报复，长期性侵陈其芳，造成陈其芳与母亲之间的长久怨恨。

　　时代的变迁打碎了阶层之间的表层的关隘，上流社会没落了，底层崛起了。儒谨被哑巴关根百般羞辱，不敢作任何的反抗。出身上流社会的阿旋可以主动下嫁到三保，原本的底层人"看眼睛疯婆"也搬进了宫巷的大院。但是阶层之间的文化品位、道德观念和生活方式的隔阂犹如冰川，虽然是历史的遗迹，却是亘古未融。阿旋在三保的家里，依然还是"神态优雅自傲，也可以说是尊贵，浑身上下充满了宫巷人自尊自重的气质，颇有韵味，这使她完全不同于住在这一地区的人"②。而搬进宫巷的"看眼睛疯婆"还是继续捡破烂、收破烂，跟所有搬进宫巷的穷苦人一起把原本艺术品一样的古建筑住成了垃圾

---

①　陈永和：《一九七九年纪事》，《收获·长篇专号》2015 年秋冬卷。
②　陈永和：《一九七九年纪事》，《收获·长篇专号》2015 年秋冬卷。

堆。陈和的妈妈说"他们听不懂房子说的话",暗示穷人无法欣赏古建筑的艺术之美。宫巷的人看三保的人是"古古怪怪的",林家驹、周银棣和黎明看儒谨、阿旋,也是"古古怪怪、阴阳怪气"的。这种坚硬的隔阂使得儒谨、芳表姐和其母阿旋,乃至梅娘都成为夹在宫巷所代表的上层文化与三保所代表的底层文化之间进退失据的心灵残缺者。儒谨爱梅娘,但是爱的是一个冰清玉洁的完美的梅娘,不能接受她被强奸怀孕的事实,以至于伤了梅娘的心,愧悔不已,在梅娘失踪后自己也精神失常了;芳表姐幼年随母改嫁后,不听母亲的嘱咐,坚持与宫巷陈家保持往来,期望着表哥儒谨将她拯救离开三保,但她在三保的家中被粗俗的继父唤醒了身体中的强烈欲望,再也无法与儒谨的孱弱身体达到性爱的和谐,她为此既羞耻又痛苦,难以言表,只能发疯般地折磨儒谨;芳表姐的母亲嫁给了工人林家驹,尽管口口声声并没有嫌弃他,但无法剥离的教养潜藏在意识底层,却使她的身体不能主动去接受粗俗的丈夫,即便面对家庭中的乱伦事实,除了哀求女儿离开家庭,再也无计可施,痛苦终生。梅娘在精神上爱着儒谨,但并未得到儒谨的真正回应。她是否真的如黎明所言也喜欢银棣,读者不得而知,因为她本人并未明确表达。但她在精神失常后始终把儒谨错认为银棣而憎恨,似乎隐喻着她的身体与精神之间的分裂。陈和的父亲陈孝通与家族断绝了联系,到死也没有续宗谱、拜宗祖,但却着魔一般要找回妻子典当出去的传家戒指,变相表达了自己对家族和传统的不舍。在昔日的上层群体中,唯有陈和的同族长辈老陈师傅通达、睿智、坚韧,充满着不竭的生命力。他不惜放弃好工作,主动到火葬场工作,只为了默默守护陈氏家族的墓地。听到林家驹和阿旋之间的婚姻悲剧,他宽容地评论说:"他是条牛,芳表姐妈是只鸡。他骂她有理,她骂他也有理。是他们命不好,被关在一个棚里。"[1] 以家常的寥寥数语道出了阶层区隔的悲哀。

周银棣、林家驹、阿升和黎明等人是在与宫巷完全不同的底层环境中成长的。周银棣是转业军人,身体强壮,虽然出身底层,但爱读书、有知识,因此倾慕梅娘这样文雅的上层社会出身的美女,他以自

---

[1]　陈永和:《一九七九年纪事》,《收获·长篇专号》2015 年秋冬卷。

己简单直接的方式猛烈地追求梅娘，为一夜的冲动付出了巨大的代价，失去了最爱的梅娘和唯一的孩子，还有感情深厚的养子关根。林家驹倾慕阿旋，却无法走进她的心灵和身体，于是变态地进行报复，企图以此得到阿旋的主动示爱，但除了互相折磨，毁灭家庭，一无所获。忠仆阿升一辈子怀着无意间出卖了主人的内疚而生活，他不敢表露对阿旋的爱，看到阿旋沦落到嫁给三保的林家驹，他心痛万分。为了与阿旋的不幸相匹配，他自我惩罚，阉割了自己，一生为阿旋守节。然而，阿旋临终前才领悟到前夫陈立德的遗言也许是要她嫁给阿升。两个本可以相濡以沫地度过苦难的人，却阴差阳错地各自痛苦了一生。绝望的阿升最后带着阿旋的尸体一起投江，不让她在身后还做林家的人。只有黎明，"现实，开朗，热情，精力充沛，对环境有着天生的适应能力，像没有水可以游的鱼，没有土可以生长的根……"①扎扎实实地生存着；她有显赫的继父可以投靠，但并不热衷，而是满足于小县城中温馨的平凡日子。

作品开端，叙述者在杂志中发现纸条的那页刊登的是萨特的作品《肮脏的手》，而纸条上写的是：

　　萨特
　　精神病院
　　梅娘，芳表姐，儒谨……

这说明，叙述者当年写下字条的时候是试图从萨特的理论出发来认知这些家族往事的。萨特的"存在先于本质"的命题，强调人没有先在的本质。人首先生存、出场，然后通过自己的选择，把自己造就成某种人，从而才具有某种"本质"。决定人的本质的存在是一个自由选择的过程，这种自由是无条件的，是绝对自由。环境、遗传、教育等因素之所以能对人的存在发生作用，是由于人自己选择接受了它们的影响，并不是这些因素决定现在和将来。人的选择是绝对自由的，人也要为自己的选择承担全部后果，绝对的自由意味着绝对的责

---

① 陈永和：《一九七九年纪事》，《收获·长篇专号》2015 年秋冬卷。

任。因此，绝对自由带给人巨大的惶恐和责任压力。所以，人总是尽力逃避自由。

但是作品中其实并没有出现叙述者是如何理解萨特理论的。作为一个热衷阅读萨特的文学青年，陈和自称看得似懂非懂，但是"诸如自由、选择、世界是荒谬的……既是注解，又划上一个时代的句号，在以后很长一段时间对我都极具诱惑"①。作品中除了提到两次萨特的《肮脏的手》以外，只有芳表姐转述过儒谨对于奴隶和痛苦之间关系的见解。显然，叙述者对于萨特的理解只是关于人的自由和选择。他最初对儒谨等人之间纷乱往事的理解想必也是基于这几个词。他不听儒谨的警告，执意要追索真相，要帮助梅娘、帮助芳表姐，让每个人都做出自己的自由选择。但没想到，罗生门一般的真相、每个涉身其中的人那无法解脱的痛苦，使得初入社会的他陷入迷茫和绝望："我不懂得要怎样活下去了。生活中发生的这一连串事件彻底打乱了我的思维，使我无法再做一个自信的萨特青年。我虽然开始怀疑自己，怀疑生活，但是我还没有能力深入思考，甚至不懂得什么叫思考了。""我唯一好的变化是看人的眼光变了。我不再相信眼睛看到的人的样子，行义的行不义的，乐观的悲观的，后面都有一个更复杂的世界。"② 正因如此，当他今天再见到纸条的时候，萨特只是一个引发回忆的线索词了，"萨特说的那些事：自由、选择、存在……这几个曾经像探照灯一样照亮时代废墟的字眼已经时过境迁，变得非常陌生，对我，似乎就不曾存在过，却有种新鲜感，仿佛掀开一个密封的瓶盖，使我想起一些往事"③。

陈永和以悬疑的笔法、绵密的叙述，通过一个海外归乡者的回忆，将读者带入三十多年前的故乡往事。"这部多年以后重返1979年的小说，不可能是为了清算爱恨情仇，而是个人的成长和社会发展的纪念，也是发掘和铭记这个民族继续向前的根基，之所以把时间点定在1979年，大概也就在于此吧，于混乱中整理自己，孕育希望和

---

① 陈永和：《一九七九年纪事》，《收获·长篇专号》2015年秋冬卷。
② 陈永和：《一九七九年纪事》，《收获·长篇专号》2015年秋冬卷。
③ 陈永和：《一九七九年纪事》，《收获·长篇专号》2015年秋冬卷。

成长。"①

通常，家族史书写多聚焦于一个家族在数十年间的沧桑历史，基调多厚重沉郁。但《早安，重庆》主要截取的是当下生活的片段，真切呈现了中国内陆城市中的底层群体在经济变革中经历的悲欢苦痛，虽是充满着各种失意和生存的艰难，但基调是明朗温暖的。其平实而深情的语言，生动鲜明的人物形象，舒缓有致的叙述节奏，使得这部出版于2012年的小说，今天依然具有强烈的吸引力。

《早安，重庆》是半纪实的，以作者的真实家庭为基础。主人公郑长乐是一个普通的工厂保安，在全民公有制的时代，也曾经是有尊严有体面的工厂小干部，以多才多艺和热情正直而备受周边女性的瞩目。但是，随着社会变迁，他的经济地位和社会地位都不断下降，沦为收入菲薄的底层群体的一员。由于无知粗俗、贪慕虚荣的妻子给他戴了绿帽子，郑长乐毫不迟疑地选择了离婚。儿子小龙受到家庭破裂的影响，浪迹社会，不学无术，与父母关系疏远。适逢郑长乐母亲的老房子和他自己家先后拆迁，但有限的拆迁补偿款很难在重庆市区买到合适的房子，母子俩不得已合买了一套位于九楼的二手房。离婚后的郑长乐急于获得情感的慰藉，因此多次遭遇相亲骗局。在数次不成功的恋爱后，郑长乐终于与从农村来重庆打工的单身母亲陈月梅再婚。温柔贤惠的陈月梅诚心地照料郑母和残疾的郑家长子郑长宝，陈月梅的女儿婷婷的乖巧也让郑长乐十分怜爱，一家人度过了一段短暂的幸福生活。但不幸的是，陈月梅罹患脑瘤，由于没有公费医疗，难以支付巨额的手术费用。善良的郑长乐没有放弃她，四处举债为妻治疗。母亲和妹妹郑长娟也伸出援手。一家人相濡以沫，努力对抗着命运的打击。在负债累累的情况下，为了能符合领取低保的条件，郑长乐夫妻俩不得不办理了假离婚。但手术只是延缓了死亡的脚步。陈月梅日益病重，在亲生父母都拒绝看护照顾她的时候，已经在名义上没有夫妻义务的郑长乐却始终不离不弃，并一直坚持抚养婷婷，节衣缩食地供她上学。尽管生活如此艰难，但郑长乐却没有一味地怨愤，他擅长苦中作乐，自我解脱。他种菜、唱歌、热衷烹调，还时常从报纸

---

① 项静：《如何处理劫后余生的生活》，《收获·长篇专号》2015年秋冬卷。

上剪下各种格言俗语，作为自己的"幸福语录"。不管多么令人绝望的日子，他都可以高颂"幸福语录"宽慰自己和家人，让生活能继续下去。妹妹郑长娟是离异独居的小学教师，在兄弟姐妹中条件最好。于是每逢家里亲人陷于危机中时，总是她出钱出力、出谋划策，帮家人解困。她是个积极上进的人，对哥哥的安于平庸、得过且过非常不满，自己通过不懈努力考上了北京的研究生，结识德国留学生约翰，情感开启新天地。郑长乐的姐姐郑长英是回城知青、下岗工人，丈夫下岗后不肯再就业，全靠她支撑家庭，生活十分辛苦，直到女儿结婚，生活才好转。老母亲刘素珍一生勤恳、宽容，乐于助人，体贴儿女，患病后为了不拖累儿女，亲手终结了自己和残疾儿子长宝的生命，悄然离世。在陈月梅去世后，没有血缘关系的郑长乐没有抛弃婷婷，仍然视如己出。他的善良感动了街道办的工作人员小郭，把他写入了博客文章，引来网民围观点赞，最终两个热心女士共同出钱，帮助郑长乐一起抚养婷婷，解决了他的困难。郑家人终于各自走出了困窘，生活渐入佳境。

有人说，海外作家活在记忆中的中国，当他们的笔触试图探入当下中国时，难免落入走马观花的肤浅。但是，海娆的《早安，重庆》却是个例外。这部作品十分接地气，通过郑长乐一家在社会转型期经历的下岗、拆迁、买房、养老、残疾人和重病患者的医疗保障等问题，将底层群体的悲苦、无奈、坚忍与守望互助、积极乐观展现得淋漓尽致。字里行间既没有情感的过度宣泄和夸张矫饰，也没有居高临下、隔靴搔痒的空洞评议，唯有真挚的情感静静流淌，勾勒出一道中国大地上升斗小民的蜿蜒的生命轨迹。

元山里子的《三代东瀛物语》也是典型的家族史书写，属于全纪实文本。元山里子中文名李小婵，是中日混血儿，1983年赴日留学，后定居日本。元山里子的父亲李文清是厦门大学的数学教授，还是著名数学家陈景润的老师，曾于1943年赴日留学，1950年归国，是新中国最早的"海归"学者之一。元山里子的母亲游玉贞是出生在台湾的日本人，原名铃木贞子，1945年被遣返日本，为了谋生而加入了中国籍，成为在日华侨，改名游玉贞。李文清与游玉贞在日本相识并结婚，后来一同回到中国。《三代东瀛物语》的"三代"是指从李文清的义父、银行家施亨伍到李文清和李小婵（元山里子）三代人都曾留学日本，时间分别是 1920 年、1943 年和 1983 年。这部纪实作品对父亲李文清的成长、求学、工作和父母的爱情，以及作者自己赴日留学的经历等家族历史作了纪实性展现，是中日文化交流、民间友好往来的一份见证。

这些家族叙事作品的作者出身背景各异，既有最早的"海归"知识分子家庭、革命知识分子家庭，也有普通的市民百姓，不同阶层的家族都在时代的变迁中经历了跌宕起伏的命运转折。这些家族的历史也是民族历史的缩微映像，是 20 世纪时代光影的点点投射。新移民作家在异域时空中以新的视野审视家族伤痛，书写家族记忆，既是对自身记忆框架的建构，也是"一种国族文化和历史的自我诠释与重审"。①

## 第二节　启蒙主义映照下的新故乡叙事

新世纪以来，随着大批华人移民渐趋成为跨国移民，持续性的跨界生活，以及移动互联时代的便捷通讯，使得他们对母国与定居国几乎实现了同步嵌入，也使得他们对故乡的情感定位有了很多变化。借助最新的即时通讯，故乡的人与事仿佛触手可及，只要愿意，新移民们甚至是可以随时参与到故乡的人事纷争和人际关系之中的。故乡再也不是隐在唯美雾霭之后的单纯的精神圣地，它以新的方式回归到新移民的现实版图中。在巨变的故乡与文化异质的定居国之间的频繁切换中，使得新移民作家的故乡书写开始呈现更为新异的色彩。这其中以袁劲梅的写作最是独具个性。

作为美国克瑞顿大学的哲学教授，袁劲梅的小说对故事性的追求远逊于她在思想内涵上的着力，从早期的中短篇集《月过女墙》，后来的《罗坎村》《老康的哲学》《忠臣逆子》《青门里志》，再到 2016 年的长篇《疯狂的榛子》，她的叙事追求始终都落脚在中西文化的沟

---

① 汤俏：《北美新移民文学中的家国寻根与多重认同》，《当代文坛》2020 年第 3 期。

通和国民性批判、民族文化批判上面。这种追求的热情是如此强烈，以至于有时不免显出了一些用力过猛的生硬。但作为去国离乡的知识分子移民群体的一员，当在定居国已经走过了最初的求生存、求发展的艰难阶段后，精神世界的重心也相应地发生了转移，不再过多地关注"小我"，而是更多地瞩目留在身后的故国，试图借助异域文化的他山之石，以攻故乡传统伦理和民族心理积淀中的痼疾与沉疴。这种强烈的现代启蒙冲动背后是对故国、故乡的绵厚情感以及知识分子的济世情怀。

曾在 2009 年引起很大反响的《罗坎村》，是她的代表性作品。小说以一次美国的法庭陪审开始，引出叙述者戴博士的故乡罗坎村的陪审断案方式以及在背后起着主导作用的中国传统的伦理规范。戴博士穿梭在罗坎村的过去与现在之间，缩微性地呈现了传统中国与当下中国的秩序建构模式与社会运行模式，以对公平正义的追求为旨归，激烈批判了传统中国的宗法制伦理秩序，以及这种秩序建构模式在商品经济时代的变形。

在戴博士眼里，旧日的罗坎村是典型的宗法制社会，不仅村里人人都是亲戚，甚至五十里以内都是亲戚，家家户户咬合在一起，唇齿相依。因此，主导罗坎村的是宗法伦理的"三纲五常""忠孝节义"、家法族规。而公平与正义，则只在权威手中，不及于弱小者。因此，罗坎少年罗清浏因不肯代父受罚而遭到父亲当众痛打，并被逼迫写下检讨书贴在孝子牌坊上示众。他发誓长大后再不回罗坎村，要背弃罗坎村的规范。但长大后的罗清浏即使出过国、留过学，精神依然囿于传统的秩序中，臣服于权力、顺从于潜规则。

随着时代变迁，罗坎人在工业化的浪潮中，离弃乡土，投奔城市。他们迅速接受了市场经济下的某些社会运行法则，试图用钱来计算是非。但罗坎人却又没有真正蜕变成为现代市场经济运行模式下的奉行规则、尊重法律的理性人，经济杠杆只是把罗坎人的私欲刺激起来，并把罗坎人对于传统宗法制社会中的"家法族规"的尊敬和畏惧扫荡一空。于是罗坎的村长利用职权为非作歹；罗坎的新生代罗洋则视法律为儿戏，视礼貌教养为示弱，崇奉弱肉强食、金钱开道的黑色法则。这种变化，很大程度上源于改革开放后中国原有的社会组织结构发生了裂变，而"近20年中国经济的飞跃，并没有为新的社会组织结构提供足够的精神依托，反而蕴涵着一种可能的危险，即：追随'全球化'的趋势，将社会组织的协调和精神信念的平衡全部交托给'经济杠杆'和'市场化'。这只能使原有的社会组织结构在相当程度上失效"①。罗坎村的现在正是这种裂变的结果，罗坎村的未来走向在叙述者的口中则是茫然的。因为行进在现代化进程中的罗坎村甚至已不复为家园，而成为一个仅供展览的"民俗公园"。

在《罗坎村》中，叙述者戴博士的批判立场显然是当下的跨国移民的立场，她的生活边界在中国与美国之间可以很方便地自由切换，在这种切换中，她确实可以同时见证两种文化的轮廓，但同时对两种文化其实也都有所疏离。一方面，虽然戴博士声称罗坎村是自己的老家，但当年充当罗坎村法庭的猪场却是由戴博士的父亲和老耿、小耿、张礼训等一批下放知识分子运作的，作为罗坎村陪审团的他们其实是罗坎村的外来户。因而，幼年的戴博士和管理猪场的父辈们对罗坎村的价值体系和道德体系其实是相对疏离的，或者说是抱着宽容的心态一面容忍着，一面以温和的方式暗暗地做着矫正，也因此猪场的断案才可能实现。显然，戴博士的文化遗传基因与原生于罗坎村的罗清浏有着根本上的差异。罗坎村奉行的宗法制度并非戴博士的原生文化基因。另一方面，作为第一代移民，她也是美国的外来户，美国文化也不是她原生的文化基因，她看待这个异质的文化，也很难不具有外来者、闯入者的片面，更多地欣赏其优越之所在，而未必完全参透其内在的本质。因而，她对民族文化的激烈批判与试图改造国民性的急切，终究无所着落。

叙述者戴博士最后决定放弃与青梅竹马的罗清浏继续发展感情，因为在回国期间的经历让她终于醒悟："也许，我想爱的那个男人其实是不存在的。这不是别人的错，是我自己的错。我要这个男人吃中国饭，说中国话，懂中国诗文，为中国的事儿飞马扬刀，最好还要懂林妹妹耍小性子，却不活在中国那种说不清道不白的人际关系里，是是非非一出来，他就举着正义大旗，在人头顶上哗啦啦舞。这就是贾

---

① 杨慧林：《基督教的底色与文化延伸》，黑龙江人民出版社2002年版，第331页。

宝玉站在这里，也不合格呀。我们的文化不产这样的品种。"① 戴博士这番对爱情的感慨隐喻着的正是作者的一种沮丧和迷茫。作为一个跨文化生存的移民，作者显然希冀利用自己立足两种文化交汇处的优势，尝试取长补短，为故乡探索一条可以建构一种新的文化范式的通衢大道。这种新的文化应该是既保有其自身长期积淀的本土精粹，又吸取了外来文化的优良因子的复合型文化。然而，知易行难，批判易，建构难。作者虽然借戴博士之口，对以罗坎村为代表的中国文化传统和伦理秩序进行了滔滔不绝的口诛笔伐，但最终并没有指出一个可行的路径，反而悲哀地承认，以前夫"石壕吏"和童年伙伴罗清浏为代表的国人很难真正跳出"罗坎式"的生存模式，因为这是脚下的土地给予他们的千年因缘。正如爱人难以兼具中西特质，文化要走向融合中西，也非易事。

人类学家列维·施特劳斯曾在《野性的思维》中将人类的思维方式分为"野性的"和"文明的"两类。原始思维是"野性的"，现代思维是"文明的"。但他并不是将二者视为落后与进步、初级与高级之别，而是看作两种不同类型的思维方式。原始思维是"具体性"的，"整合性"的；而现代思维是"抽象性"的。它们是两种平行发展，各司不同文化职能、互相补充、互相渗透的思维方式。这正如植物有"野生"和"园植"之别一样。与此类似，传承数千年的中国文化模式与西方文化模式同样也不能简单视为处于线性发展历程中的不同阶段，而是不同类型的文明，它们各自具有的特性无法以传统与现代之别来截然区分。因此，中国文化现下问题的解决方法未必都能在西方文化范式之中找寻。步入商品经济时代的罗坎村的变化就是一个明证。叙述者最后的沮丧与迷茫恰恰说明，美国的"新世界"并非是适应中国的未来蓝图。中国文化模式将如何破茧，依然需要探索。不过，尽管充满着当下的沮丧和迷茫，作者依然执著于探寻未来的可能性，"我情愿没有，也不能放弃理想，否则，连有的希望也没有了"②。这应该说是富于济世情怀的华人移民作家始终怀抱的理想。

---

① 袁劲梅：《忠臣逆子》，中国书籍出版社 2012 年版，第 129 页。
② 袁劲梅：《忠臣逆子》，中国书籍出版社 2012 年版，第 129 页。

　　袁劲梅的启蒙显然直接继承了新文化运动时期鲁迅、胡适一代人的民族性批判和 20 世纪 80 年代的启蒙意识，但绝不是简单的老调重弹，而是基于新经验的新思考，是依托现代科学与现代政治哲学理论来展开的关于责任与批判思维的思考。这在她的《青门里志》中有着鲜明体现。

　　《青门里志》的卷首是易卜生的名言："我们对于社会的罪恶都脱不了干系。"这明确显示了作者的启蒙与批判是与"五四"时代直接相接的。"五四"新文化运动时期，鲁迅、胡适都曾大力宣扬"易卜生主义"，即真实描绘出社会的恶，以及主张个性的解放，提倡"健全的个人主义"。鲁迅在《摩罗诗力说》和《文化偏至论》两文中都对易卜生的创作表达了肯定，胡适则在《易卜生主义》一文中明确指出易卜生主义"表面上看去，像是破坏的，其实完全是建设的"。因为"人生的大病根在于不肯睁开眼睛来看世间的真实现状"[①]。袁劲梅执著于批判的痛切，看上去是"假洋鬼子"的挟洋挑刺，也或者可能被视为在安全距离之外的无效批评，实则是深爱故乡的移民对国与族的"爱之深，责之切"。

　　《青门里志》具有一种戏谑化的黑色幽默的格调。作者试图通过一个懵懂的小姑娘苏耶风的视角呈现时代的纷乱。袁劲梅采用了一种新鲜的对照手法，这种对照不是时代的对照，也不是人的对照，而是动物与人的对照。小说以对黑猩猩和博诺波猿猴的动物观察日志以及大量的动物学研究理论贯穿始终，以人类与动物的相似性与差异性来反思恶的发生根源，将人的罪恶和暴行视之为人的"返祖"。这种反思因此具有了科学和哲学的深度。袁劲梅说："哲学家对人性的深刻追究，让我观察人的时候喜欢一直看到人的细胞或者基因，才甘心。"[②]

　　小说呈现了两个生活空间，一个是作为知识分子聚集地的青门里，一个是城市平民合族聚居的市井之地剪子巷。两个空间是通过保姆吕阿姨一家和叙述者苏耶风姐弟以及小伙伴榆钱连接在一起的。两

---

　　① 胡适：《胡适谈世相》，文化艺术出版社 2012 年版，第 9 页。
　　② 傅小平：《袁劲梅：文人对社会的责任在于"进谏"》，《文学报》2012 年 8 月 16 日第 3 版。

个空间原本奉行的是不同的伦理规范和社会交往原则，青门里的高级知识分子们大多学富五车，日常以吟诗作画为乐，为人处事崇尚谦和宽容。剪子巷的市井小民们虽是通过血缘关系聚合在一个大院中，但贫穷和匮乏令他们在互相守护的同时也互相伤害，在奉行传统伦理规范的尊卑有序的同时又私下里彼此怨怼。他们在物质生活上精打细算、锱铢必较，在精神生活上崇尚知足常乐、以和为贵，从不理会外面世界的权力更迭，关起门来自足自乐，麻将一开便弥合了大家的分歧和矛盾。但不管这两个空间如何不同，在时代的剧变面前都一样消极被动。叙述者苏邺风在回顾童年翻天覆地的大变动的同时，努力地发掘其背后的人性与文化根由，试图破解文化的遗传密码。她通过对照黑猩猩和猿猴社会的习性，找到了"群体容纳性"、理性等关键词。所谓"群体容纳性"，是指"个体相信为了被认可为社会中的一员，必须做其他成员都做的事情"①。因此，当整个社会处于剧变之中时，每个希望被群体接纳的个体，都面对这样的选择。人一旦失去了理性的控制，将与动物无异。皮旦和魏青山们之所以会一夕之间性情大变，根源就是这种源自动物社会的"群体容纳性"。陈爷爷给青门里的孩子们讲的最后一个童话，昭示了理性的价值："古希腊人说，人的灵魂由三部分组成：两匹马，一个驭手。一匹好马，白色，毛色光亮，气宇轩昂，追求真理、人格和光荣，不需要鞭策。另一匹坏马，黑色，眼睛不好，耳朵不好，脾气坏，力气大，上蹿下跳，满身兽性，要不停地鞭打，才能跟着白马拉着车子向前跑。所以，驭手只能是理性。驾驭好马，管住坏马。这就是我们人。"②

汉娜·阿伦特在《极权主义的起源》《艾希曼在耶路撒冷：一份关于平庸的恶的报告》等作品中，对于人的独立思考能力、个体责任的承担都进行了很深刻的探讨。一个缺乏思考，不具有判别正邪能力的人，就是平庸的人。这种没有思想的平庸，却可以表现出巨大的破坏性能量。因此，汉娜·阿伦特认为，平庸的恶可以毁掉整个世界。反思历史，最重要的便是反思责任。作为哲学教授，袁劲梅在小说中

① 袁劲梅：《青门里志》，北京十月文艺出版社 2012 年版，第 115 页。
② 袁劲梅：《青门里志》，北京十月文艺出版社 2012 年版，第 133、134 页。

对人的理性、人的责任的思考显然与汉娜·阿伦特的思想有着很深的关联性，是通过具体的故事来演绎和呈现现代政治哲学的意蕴。

袁劲梅的启蒙叙事所批判的不仅仅是有待摆脱传统文化束缚的民众，也包括自以为掌握了现代科学与知识体系，但骨子里却是食古不化与食新未化相交织的知识分子群体。在《罗坎村》和《九九归原》中，袁劲梅对华人移民群体中的"圈子文化"进行了辛辣的讽刺。《罗坎村》中，知识分子邵志舟尽管改名叫"戴维邵"了，但骨子里依然崇尚中国的圈子文化，热衷于成立"同乡会或者联谊会"，老乡们一起喝一杯，吃吃家乡菜，写几笔书法，叙叙乡情。但叙述者戴博士却认为，华人移民们建立的各式"同乡会"等组织，"就和罗坎的那种来回吃酒席差不多，不过就是一大群走向世界却依然闲着无事干的老婆们，外加几个听老婆话的学者聚在一起互相抬举，凑热闹，都是因为在自家的金鱼缸里过惯了。美国钱要挣，中国关系要结，样样割舍不下，于是就想着切一小块中国带到美国来过"。她讽刺说，"那样的聚会叫'罗坎模式的高级阶段'……"① 无非是家长里短和互相吹捧而已。

《九九归原》中，一群在美国研究中国哲学的文人们结成了一个与"同乡会"类似的"华美哲学会"，作者戏谑而辛辣地讽刺了这些所谓的哲学家们，毫不客气地掀出他们"皮袍下的小"：搞伦理学的杨赳私下里打老婆、会议上讲"德性"；搞易学研究的老殷大办野鸡大学，批发文凭；搞儒学的方世玉兴致勃勃地搞着婚外恋。"华美哲学会"的成员尽管只有三十几个人，但排座次、搞斗争一样不少。杨赳选不上主席，就另立山头，成立"亚美哲学会"。一个本应是文人学者们探讨学问的协会，却因为权力争夺而鸡飞狗跳，鄙俗不堪。

《老康的哲学》中，老康作为研究中外关系的博士生，却顽固地试图将戴小观纳入到中国传统的伦理秩序和价值体系中，让戴小观遵循"父父子子"的规矩，按照"统一教材"确立的模式生活，却在与戴小观的较量中一次次败下阵来，最终只能一步步靠拢了戴小观的价值体系。

---

① 袁劲梅：《罗坎村；忠臣逆子》，中国书籍出版社 2012 年版，第 81、82 页。

袁劲梅塑造的戴维邵、方世玉、杨赳、老康等这些知识分子，虽然都是身处异文化空间中的移民，但其精神却是始终浸淫在民族文化之中的，而且这部分文化还不是民族文化的精华而是余孽。美国的物理时空只是他们生存的背景板而已，他们的心灵好像是处于一块文化飞地之中。这其实也间接地证明了文化融合之难。

在《忠臣逆子》中，戴氏家族中的知识分子信奉西式的"进步"和"革新"，于是，他们一代一代不遗余力地进行着叛逆上一代人的激烈行动。这行动贯穿了戴氏家族几代人的历史。戴大小姐的曾祖父是满清的忠臣，他的儿子从事国民革命，做了父亲的"逆子"，也做了清政府的"反贼"；戴大小姐的父亲则重复了父辈的道路，也做了父亲的"逆子"。戴氏家族里反复上演的"戏局"，使得"忠诚"与"忤逆"、"进步"与"反动"的标签在家族中反复错置、不断颠覆。

袁劲梅对知识分子群体的这种批判，纵贯一个世纪，横跨东西两国，在戏谑中又充满沉痛，当然也还是抱持了希望的，这希望就如同胡适当年提倡的易卜生的"救出自己"，如果知识分子都不能"救出自己"，何谈启蒙和建设。袁劲梅说："每一种文化其实都是有一些陋习的，只不过文化这种东西像空气，像水，在一个文化框架里生活时间长了，有些陋习就成了习惯，虽然我们并不喜欢，可也就这么做了。但是，如果有另一种文化作镜子，也许就可以看清楚我们陋习的可笑。"[①] 因此，作为一个处于跨文化生存状态的移民作家，她所孜孜以求的，就是把这面异文化的镜子高高地举起来，让那些可以"救出自己"的知识分子们对镜修容。

在跨国主义时代重拾启蒙，袁劲梅的新故乡叙事既尖刻地戳破了早期故乡叙事的唯美面纱，也毫不客气地抛弃了眼泪和诉苦。她带着爱之深、责之切的强烈乡情拿起手术刀，解剖传统中国在走向现代化的历程之中，一方面顽固延续着文化中的落后与保守，另一方面努力拥抱经济和科技新潮流，在二者的绞结之中所发生的奇异变形。她的作品《忠臣逆子》的题名，正可隐喻与她同行的一干新移民作家的精

---

① 袁劲梅：《创作谈：〈九九归原〉》，《北京文学》（中篇小说月报）2007 年第 10 期。

神气质，一方面，他们在情感上忠于养育自己的故土和民族，但另一方面，在异质文化中的浸淫，又使得他们不再简单认同自己的民族文化，不惜以"逆子"的姿态对民族文化发起猛烈的批判，希冀通过文化比较与文化批判，努力建构民族文化的新范式。在建构的努力与尝试中，如袁劲梅这种重拾启蒙的书写，也许在有的时候会有些力有不逮、疲于征战，其言辞激烈之下更不免有不及义之处，正如一些学者所言："问题或许不仅是'换个角度看世界'这么简单，只是这种孜孜不倦对形而上的追求以及一种积极回应与返顾中国的思考姿态，并不容轻视。我们的确不难找出思想层面的某些疏漏。作者对中国文化的回望与反观，容易陷入一种单向度的观看模式，只盯着文化之隔，看不到人性与历史境况的'通'，对于中国文化生成的特殊环境和它的合理性，也就多刻薄少同情；不仅老康附体的中国文化，就连叙事者力挺的西方文化的复杂性，也远非作者那几条简单的概括就能言尽。可是，袁劲梅的价值正在于，她提出了当代文学所不曾想像的新问题，而这问题只能在另一种文化的观照视角里才能呈现。"[①] 袁劲梅提出的问题，正是一个处于急剧变化发展中的民族所必须面对、必须思考的。而如果没有一个个为民族的前行殚精竭虑的"逆子"，那么"民族的伟大复兴"将是一个更加漫长而逶迤的历史进程。"因为只要不跳出自家的文化圈子去透过强烈的反差反观自身，中华文明就找不到进入其现代形态的入口。"[②]

---

[①]　陈思、季亚娅：《涉渡与回返——评〈人民文学〉"新海外华人专号"》，《文艺争鸣》2010 年第 2 期。

[②]　刘东：《海外中国研究系列总序》，孔飞力：《他者中的华人》，李明欢译，江苏人民出版社 2016 年版，第 1 页。

# 第四章

# 历史叙事与跨国华人的国际经验

"历史叙事乃是中国长篇小说的主导叙事方式，也是中国长篇小说的历史传统与现实需要。"[①] 而"对优秀的作家而言，强烈的历史意识，以及从整体上把握历史的能力，是必不可少的。一部文学作品的深刻与厚重大多与此相关"[②]。新世纪以来，新移民作家推出了相当数量的历史叙事作品，在国内文坛产生了很大反响。如陈河的《沙捞越战事》《怡保之夜》《米罗山营地》《外苏河之战》等，哈金的《南京安魂曲》，严歌苓的《金陵十三钗》，郑洪的《南京不哭》，袁劲梅的《疯狂的榛子》，张翎的《劳燕》等小说，以及许多见证历史、打捞历史真相的纪实作品，如李彦的《不远万里》、元山里子的《他和我的东瀛物语——一个日本侵华老兵遗孀的回忆录》、薛海翔的《长河逐日》、老木的《义人》，等等。

这些作品的写作源起很多与作者的移民身份、移民经历和作为跨国华人的国际经验有关，譬如李彦的《小红鱼儿你在哪儿住——甲骨文与明义士家族》《不远万里》的写作，皆是由于她本人因移民而与这些历史余绪中的当事人发生了奇妙的关联；张翎是由于身为温州人而得以了解到抗战时期曾存在于温州地区的中美特种技术合作所训练营；陈河则是移居加拿大后，接触到当地华人的参战历史而开始华人域外战争的系列书写；元山里子写作《他和我的东瀛物语——一个日本侵华老兵遗孀的回忆录》也是由于定居日本后与日本从事反战活动

---

① 陈晓明：《无法终结的现代性——中国文学的当代境遇》，北京大学出版社 2018 年版，第 222 页。

② 泓峻：《文艺缀思录》，安徽文艺出版社 2015 年版，第 18 页。

的侵华日军老兵结婚而获得的特殊人生经历。老木写作《义人》是因为 2015 年参与了海外华人组织的"单骑送铁证·万众倡和平"环球行。严歌苓曾自述："不知为什么，人在异邦，会产生一种对自己种族的自我意识，这种对族群的自我意识使我对中国人与其他民族之间的一切故事都非常敏感。这并不是单单发生在我身上的现象，我周围很多朋友很早就在美国开始'南京大屠杀'的资料搜集和展览……我就是在参观一个个大屠杀刑场时，感到非得为这个历史大悲剧写一个作品。"① 学者作家郑洪在《南京不哭》的自序中也提及他创作这部小说的源起是因为在 1995 年 4 月参加麻省理工学院举办的一次关于广岛事件的会议时，听到主讲人刻意歪曲历史，回避日本侵华的事实而感到愤怒，因为"历史不容以理念剪裁，我们有权对世界发声，把中国人过去身受的苦难说个清楚，提升世界对列强蹂躏中国的认知，唤醒装睡者的良知"②。而作为美籍华人，哈金、严歌苓和郑洪，显然都对美国华裔作家张纯如 1997 年发表的纪实作品《南京大屠杀》非常熟悉，也由此接触到张纯如发掘出的美国传教士明妮·魏特林在抗日战争中留下的《明妮·魏特林日记》。这应该是他们在创作中都涉及这一历史本事的原因。另一方面，这些作品的叙事风貌与他们作为移民的身份和生活方式有不可分割的关联，文本中通常存在多国时空勾连，多族裔共处。显然，当他们作为跨国移民频繁往来于故国与居住国之间时，作为文化居间者，他们已经不仅仅满足于单纯地回望故国或者是讲述在居住国落地生根过程中的辛酸与成功，而是利用作为文化居间者的身份便利，以移民的特有敏锐触角，搜寻、打捞在两种、甚至是多种文化交接处的历史遗迹，将移居国的历史文化与母国的历史文化勾连在了一起，叙述出一个个曾经湮没于历史尘烟中的跨国故事。这种书写，是新移民文学中最具价值的所在。

---

① 严歌苓：《悲惨而绚烂的牺牲》，《当代·长篇小说选刊》2011 年第 4 期。
② 郑洪：《南京不哭》，译林出版社 2017 年版。

# 第一节 非虚构写作：追寻历史烟尘中的真相

在新移民作家的纪实类写作中，有一些是致力于发掘湮没在时间之河中的历史真相，或者是对一些连接母国与定居国之间的历史人物事迹的书写，基本属于非虚构写作，比如李彦的《不远万里》《小红鱼儿你在哪儿住——甲骨文与明义士家族》《校园里那株美洲蕾》、老木的《义人》。另外，薛海翔的《长河逐日》、元山里子的《他和我的东瀛物语——一个日本侵华老兵遗孀的回忆录》等则是关于家族亲人的历史往事的追索。

## 一 穿越历史迷雾的非虚构写作

李彦早期的写作与诸多新移民作家有相似之处，主要是以个人生活经验为叙事来源。但不同于一些作家在写尽个人经验后就陷入瓶颈，李彦及时找到了新的突破路径，就是非虚构写作。她的非虚构写作，笔墨主要集中于一些与中国历史产生过交集的加拿大历史人物，先后发表了《小红鱼儿你在哪儿住——甲骨文与明义士家族》《不远万里》《校园里那株美洲蕾》等作品。而这些历史人物或多或少都在作者的生活中投下过一些实质性的影响。

《小红鱼儿你在哪儿住——甲骨文与明义士家族》讲述了加拿大的明义士家族与殷墟甲骨文、与中国之间的渊源。作者留学加拿大的第二年，在一次学术研讨会上结识了明义士的儿子，加拿大前驻华大使明明德，从而得以在其后数年中通过通信了解到明义士当年发现甲骨文出土地点的历史细节、明义士夫妇在中国生活的片段以及明义士家族对中国的深厚情感，还通过采访记录了一些鲜为人知的口述史资料。明义士出身富有的商贾之家，1910 年追随爱人安妮一起来到中国，1914 年偶然发现了甲骨文的出土地点，"此后数年，明义士……投身于举世震惊的殷墟发掘，研究殷商青铜器文化，并逐步成长为一个自修成才的考古学家"①。1917 年，他出版了第一部研究专著《殷墟卜辞》。1932 年，他受邀成为齐鲁大学的考古学教授，将搜集的许多古代陶器和甲骨的残片带到齐鲁大学，奠定了齐鲁大学博物馆的雏形，开创了齐鲁大学的相关考古学课程。他当时的讲义，后来以《甲骨研究》为名在中国出版。抗日战争中，当他得知侵华日军中配备了人类学专家，用以掠夺中国文物时，及时通知了齐鲁大学，使得八千多枚甲骨得以隐藏保存下来，后来成为山东博物馆的重要藏品。明义士的女儿明爱美和妹妹在 1945—1948 年间，还曾返回中国，在华北解放区从事战后救济服务。明明德一生都没有忘记他家的中国保姆申大嫂教给他的豫北儿歌"小红鱼儿你在哪儿住"。这篇非虚构作品，以大量的细节将在中国考古历史中留下了重要痕迹的加拿大汉学家、考古学家明义士的形象鲜活地呈现出来，并补充了诸多明义士家族在加拿大的生活状况，为我们更深入地了解这个家族打开了一扇窗。作为新移民作家，将定居国与母国之间的历史关联纳入书写版图，以文学的方式在传播史上增加一节链条，是卓有见识的，也是深具价值的。

《校园里那株美洲蕾》从校园里一株树的来处说起，在舒缓的节奏中，语词不断生长，枝枝叶叶温情地展开，最终把一株摇曳、串联着诸多历史人物的美洲蕾树立在读者眼前。作品不仅为我们描述了托马斯·亚瑟·毕森作为美国左翼知识分子的跌宕人生，而且通过这个关键人物，将 20 世纪上半叶曾经在中国历史中留下惊鸿一影的诸多汉学家们从历史的书页间打捞出来，让普通的读者了解到他们因为对红色中国的友好情感而在西方遭受的排斥和打压。

托马斯·亚瑟·毕森中文名毕恩来，出生在美国新泽西州，1923年到中国安徽传教，后转赴燕京大学任教，1928 年返回美国，曾在美国的"外交政策委员会"任职。30 年代，毕森曾用化名在纽约的《今日中国》杂志发表了数十篇关于中国工农红军和长征的文章。1937 年，毕森以"美国外交政策协会"远东问题专家的身份，重返

---

① 李彦：《小红鱼儿你在哪儿住——甲骨文与明义士家族；尺素天涯：白求恩最后的情书及其他》，商务印书馆国际有限公司 2015 年版，第 70 页。

中国。6月，他在埃德加·斯诺的帮助下，与美国资深汉学家欧文·莱提墨、《今日中国》杂志主编费立浦·贾飞夫妇一行四人前往延安进行了秘密采访，见到了毛泽东、朱德、周恩来等中共领袖，担任翻译的是后来成为外交部长的黄华。1938年，毕森出版《日本在华》一书，率先对南京大屠杀的残暴事实进行无情揭露。1943年，毕森因在国会中公开赞扬中国共产党，遭到攻击，愤而辞职，在纽约的"太平洋关系研究所"从事学术研究。二战后，毕森跟随麦克阿瑟在日本从事战后复建工作。因政治上的左翼倾向和对美国远东政策的批评而受到情报部门调查，他不得不再次退出政坛，任教于加州大学伯克利分校。在麦卡锡时代，这次延安之行的几位参加者，都先后受到打击和迫害。费立浦·贾飞主编的《今日中国》杂志社被关闭，他也破产。欧文·莱提墨被指控为间谍，失去了公职。毕森也同样被迫离开了加州大学伯克利分校，艰难度日。幸得加拿大滑铁卢大学瑞纳森学院首任校长睿思的赏识和延揽，毕森才得以在1969年来到瑞纳森学院执教，开创了该校的中国文化和语言课程。1973年，毕森当年赴延安采访的记录终于得以出版，名为《1937年6月：在延安与共产党领袖会谈》。在书中，他高度赞扬了延安的中国共产党人高尚的道德情操和人人平等、官兵一致的社会状态。毕森的妻子菲丝·威廉姆出生在中国南京，她的父亲约翰·威廉姆参与创建了金陵大学。1927年，约翰·威廉姆死于北伐军占领南京后的兵乱。或许这一悲剧性事件也是促成毕森同情中国共产党、接受马克思主义思想的原因之一。

　　李彦的这篇非虚构作品，不仅梳理了与毕森有关的多部史料，还采访了毕森的儿子汤姆·毕森（哈佛大学历史学教授）、瑞纳森学院首任校长睿思的儿子尼古拉、滑铁卢大学教授图古德（毕森当年的邻居和朋友）等多名当事人，解开了这株美洲蕾的捐赠者之谜。文本仿佛探案，笔触跨越加拿大、美国和中国，将一段尘封的往事、一些鲜为人知的美国左翼学者们的人生足迹勾画出来，发掘了公众甚少知晓的故国和居留国的历史关联片段，真正展现出新移民文学的跨文化视野。

　　《不远万里》则是以发掘一张白求恩留下的合影照片为线索来重新书写和塑造白求恩的形象。加拿大医生白求恩是连接中国和加拿大的特殊历史人物。在中国，白求恩曾是一个家喻户晓的名字。由于毛泽东主席的《纪念白求恩》一文的广为传播，他在中国成为了一个政治象征——"毫不利己，专门利人"的国际主义战士，被载入了中国的当代历史，影响了几代中国人，尤其是 20 世纪五六十年代出生的一批人。20 世纪 70 年代后期，当中国打开国门，实行改革开放国策后，这批人也是最先投入到出国潮中的。他们中的一部分后来选择定居在加拿大。今天加拿大活跃的华人新移民作家的主体就是由这批人构成。李彦作为这个群体中的一员，其写作从一开始就显示出一种与众不同的特性，那就是她的"白求恩情结"。

统观李彦的中英文创作及她多年来从事的中加之间的文化交流活动，我们可以看到："白求恩"这个名字是经常闪现的。梳理这些信息，我们可以较为明晰地了解李彦的非虚构作品《不远万里》的构思与写作历程，而这一长达二十几年的历程也昭示出在李彦的生活和写作中，存在着一种"白求恩情结"。这种情结传达出的是一种理想主义情怀。

李彦对白求恩的兴趣，可以追溯到她的留学时代。在一些访谈和报告中，她多次提及当初赴加留学与白求恩的名字有着很大的关系。譬如在 2016 年"中国女性文化论坛"上，她与首都师范大学王红旗教授的对话中就提到："我觉得，人生中遇到些事情，似乎都有冥冥之中看不见的力量的安排，常使我觉得不可思议。1987 年我从社科院新闻系毕业的时候，我们班 20 多个人里面 10 个人去了美国，我是唯一选择去加拿大的人。为什么选那儿？我们这一代人是背诵着《纪念白求恩》长大的，一个纯粹的人、一个高尚的人、一个有道德的人、一个脱离了低级趣味的人、一个对技术精益求精的人、一个有益于人民的人。我想，加拿大这块土地是孕育了白求恩这样英雄的土地，是什么样的文化、什么样的人民、什么样的土地才能够培养这种高尚纯粹的情操呢？也许我太天真，也许我太执著，但我希望去寻找。"①

她把这点执念后来也赋予了笔下的人物——出版于 2013 年的长

①　王红旗、李彦：《新移民文学女性经验的独特诠释——旅加中英文双语作家李彦访谈录》（上），《名作欣赏》2016 年第 10 期。

篇小说《海底》中的女主人公江鸥。江鸥万里迢迢奔赴加拿大留学是为了"寻找一个真正的男子汉"①，这个男子汉就是白求恩。这源于她 20 岁时看电影《白求恩大夫》所激发的崇敬之情。在加拿大生活的岁月中，江鸥逐渐了解到加拿大人眼中的白求恩与中国人心目中的白求恩不很相同。江鸥在最初的迷惑后，不断追索，最终重新建构了心目中白求恩的形象。在江鸥看来，白求恩虽有过醉心醇酒等的青年时代，但这些依然不能抹掉他投身共产主义革命之后焕发出的夺目光彩。英雄虽然不再是"高大全"的，但依然是英雄。由此，在作品中，"白求恩"成为一个色彩强烈的理想主义符号，在不同的时段，牵引着江鸥的人生求索之路。《海底》是直接译写自李彦 2010 年在加拿大出版的英文长篇小说《雪百合》。在《嘤其鸣·答友人——给加拿大法裔女作家的十二封信》中的第四封信里，李彦明确表示：《雪百合》的写作是一个漫长的思考过程，是她在加拿大生活二十多年所经历的风霜雨雪的凝结。显然，作为理想主义符号存在于作品中的白求恩，确实是伴随着作者移民生活中长期的精神求索之路的。

由此可以看出，2015 年李彦在《人民文学》第 5 期发表的非虚构作品《尺素天涯：白求恩最后的情书》正是从上述这些点滴的细节出发而逐步丰满起来的。《尺素天涯：白求恩最后的情书》从寻访白求恩的战友莉莲·古治的儿子比尔·史密斯开始，围绕发掘世间仅存的一张毛泽东主席与白求恩的合影照片的始末，将李彦之前陆续接触到的有关白求恩的信息有机地连接起来，包括丹尼斯·鲍克的小说，白求恩的英文传记、白求恩发表的小说《中国肥田里的秽草》、白求恩的信件、国内有关白求恩的历史叙述，等等。在这部作品中，李彦通过平实的叙述，将一个在中国作为政治象征而存在的平面白求恩还原为一个有血有肉、率性浪漫、也不乏个性弱点的立体、鲜活、丰满的白求恩，并发掘出白求恩当年奔赴万里之外的中国，加入到支援中国人民反法西斯战争的一些历史契机，为中国当代历史中的"白求恩条目"增添了新的解说内容。

2015 年 9 月，李彦带领由加拿大各界知名人士，其中包括《尺素

① 李彦：《海底》，人民文学出版社 2013 年版，第 71 页。

天涯：白求恩最后的情书》中提到的作家丹尼斯·鲍克、比尔·史密斯以及多位白求恩研究的专家组成的代表团参加了在北京饭店举办的"纪念抗日战争胜利70周年暨纪念白求恩精神"国际研讨会。比尔·史密斯在会上亲手把全世界独一无二的白求恩与毛泽东主席的合影照片、白求恩写给莉莲的最后一封信等多件珍贵历史文物捐献给中国有关机构。其后数天，李彦带领代表团成员沿着白求恩的足迹重走英雄路，考察了白求恩曾经工作战斗过的太行山麓晋察冀老区等地。在考察过程中，她还在白求恩衣冠冢的旁边意外发现了当年陪同白求恩援华的加拿大女护士珍妮·尤恩的坟墓。之后，她通过查找文献，整理材料，将这段重走英雄路历程中的所思所想写成了《何处不青山》，作为《尺素天涯：白求恩最后的情书》的续篇发表在《人民文学》2018年第3期。《何处不青山》的内容极其丰富，除了记叙了比尔·史密斯捐赠照片的始末之外，更多的是对白求恩援华医疗队中其他成员事迹的进一步发掘，譬如新西兰女传教士凯瑟琳·霍尔与白求恩的交往、女护士珍妮·尤恩与白求恩分道扬镳的原委，同样为八路军提供过很多医疗服务、且在中国服务时间远超白求恩的加拿大医生理查德·布朗的事迹，等等。之后，李彦将两篇作品进行了修订整合，2018年10月，由上海文艺出版社出版了单行本《不远万里》，引发阅读热潮。李彦的"白求恩书写"被学者认为是"跨地域、跨年代的寻找理想主义的纪实文本，也是中加文化交流与文化实践旅程中的一个驿站"①。

　　通过梳理李彦的创作历程，我们可以清晰地看到她始终对白求恩这个历史人物抱有浓厚的兴趣，不懈地追索白求恩真实生活历程中的点点滴滴，并通过自己的思考和阐释，来重塑这个跨越中加的英雄形象。这种追索，与她作为移民定居在白求恩的祖国有关，也与她在人生的秋天不断展开的生命追问有关，是她"回首来路，检视足迹时，对人生价值的自我审判"②。她始终认为自己是"一个执著的理想主

　　①　陈庆妃：《通往"白求恩"的旅程——加拿大华文作家李彦的精神溯源》，《文艺报》2016年12月23日第5版。
　　②　李彦：《不远万里》，上海文艺出版社2018年版，第32页。

义者"①。对她而言，白求恩的形象所代表的就是人类最崇高美好的精神。或许这可以解释李彦的书写为何是充满着激情和崇敬的。

当然，也有论者认为，李彦的书写依然是"将白求恩置于光环之下，将很多研究者提到的白求恩的多情、坏脾气等缺点美化或者忽略，形成一种遮蔽，这与被塑造的集体记忆之中的白求恩形成了同构的关系"②。不过，这种书写是否能被视为"同构"还是值得商榷的。因为个性上的缺点与英雄的行动和功绩毕竟是不可等量齐观的。而且，李彦的书写依托于大量的史料，尤其是整理后的《不远万里》，对前期单独发表的《尺素天涯：白求恩最后的情书》与《何处不青山》中的个别说法做出了更确切的文字表达，录入了大量的白求恩信件，包括写给加拿大共产党组织领导人的、写给八路军领导人的、写给自己的翻译的、写给前妻的、写给许多友人的，等等。另外还有与白求恩产生交集的援华医疗队的其他人的回忆录和传记，如加拿大医生罗光普（罗伯特·麦克卢尔）的传记、珍妮·尤恩的回忆录、凯瑟琳·霍尔的传记、理查德·布朗医生的信件等，对于从多个侧面客观呈现白求恩的个性与思想境界，都是极为重要的历史材料。可以说，李彦对白求恩形象的再塑造，虽然带有自己的感情色彩，下笔却是谨慎的，对各种历史谜团都通过不同的信源来展开分析，孤证一般存疑，譬如比尔·史密斯提出他的母亲莉莲对促成白求恩的来华起到了重要作用，但加拿大资深的白求恩研究专家大卫·莱斯布里奇教授根据当时的历史背景指出，这种说法不够可靠。李彦就客观地表达出这是一家之言。

通过不同人的信件和传记等材料，李彦客观呈现了白求恩形象的多面性。一方面，是白求恩高尚的人道主义情怀，他对战争导致的伤亡的痛心疾首，对战时八路军缺医少药的焦虑时时出现在他的信中。在极度危险、极度艰苦的情况下，他没有向中国共产党组织要求任何物质上的待遇，只不过是渴望与人多一些交流。在语言不通、文化迥

---

① 李彦：《尺素天涯：白求恩最后的情书及其他》，商务印书馆国际有限公司 2015 年版，第 3 页。

② 彭贵昌：《祛魅与重构——论加拿大新移民华文文学中的"白求恩书写"》，《中国比较文学》2017 年第 1 期。

异、物质生活条件恶劣的异国他乡，发出几句对旧时光的怀恋，对他的形象不会有任何的贬损，只会使他更具有人的正常情感。另一方面，李彦明确指出："白求恩并非天生的圣徒。"① 但李彦更看重白求恩最终转变为共产党人、奔赴万里之外的苦难中的中国的精神蜕变。饶有意味的是，虽然有多位女性都与白求恩存在疑似恋情，至今我们已无法确切知道他们之间关系的密切程度，但我们可以知道的是：与他两度离异的前妻，直到临终前还把他的照片摆在身边；凯瑟琳·霍尔听到白求恩牺牲的消息时备受打击，几乎病重而亡，还在临终前留下遗嘱将自己的骨灰送回中国，安葬在白求恩身边；珍妮·尤恩在与白求恩发生分歧而决裂后，曾对两人之间的矛盾做出了与白求恩留下的书信不一致的表述，但在加拿大右翼势力试图诱导她撰写回忆录来攻击白求恩时，她坚决地拒绝了，在她临终前出版的回忆录中对白求恩做出了高度的评价，并且也同样留下遗嘱将骨灰送回中国，安葬在白求恩身边；莉莲在加拿大政府对加拿大共产党长期打压迫害的严酷政治环境中，积极参与了白求恩传记的写作，保留了珍贵的书信和照片。这些事实本身已经说明了白求恩的人格。曾经的种种非议，或许有以讹传讹，也或许有观念保守时代的误读。在信息高速流转的当下，许多人因为接触到了新的历史材料而试图颠覆白求恩的英雄形象，是一种以偏概全的历史虚无主义。李彦的写作，正是用扎实的史料来说明，有缺点的英雄仍然是英雄，如果让微瑕掩瑜，是无知和狭隘。

随着革命年代的远去，在当下历史虚无主义甚嚣尘上的文化氛围中，这种带着革命时代集体记忆的"英雄塑造"不免被许多当代人排拒。唯其如此，李彦的"白求恩书写"才更值得关注。因为这既是宏大叙事之外的民间表述，亦是曾经的主流话语印记在全球化时代的新的呈现。这种对一个时代文化记忆的再度召唤，对连接两国历史和文化的真实历史人物的有效还原，有其卓然的书写价值。因为民间话语的丰富存在，才更能呈现历史的本来面目。而对一个已经在中国现代历史中被符号化的加拿大人所进行的立体化重塑，对于身处两种文化

① 李彦：《不远万里》，上海文艺出版社 2018 年版，第 56 页。

交汇处的新移民作家而言，更具有多重意蕴。它既是承载作者浓烈的理想主义情怀的绝佳载体，也是跨国主义时代的移民从新的维度审视母国与留居国之间历史勾连的最好切入点，意味着新移民开始在母体文化与移入文化之间构建"第三文化空间"，超越了非此即彼的二元对立，也不再是双向疏离的"边缘人"，而是开始成为"有根的世界公民"，即"不仅是血缘性的民族后裔，也是民族精神的传承者，更是世界各个民族文化的欣赏者、沟通者"①。

与李彦的充满理想主义色彩的白求恩书写相对照，另一位加拿大华人移民作家薛忆沩也对白求恩表现出了浓厚的兴趣。薛忆沩在中国台湾出版了长篇小说《白求恩的孩子们》，在内地发表了短篇小说《通往天堂的最后那一段路程》及其他一些与白求恩相关的散文随笔。他们的书写既有某些表层的相似性，又具有根本的不同。他们都是在移居到加拿大后开始对白求恩产生浓厚兴趣的，并且都是由于接触到大量的白求恩档案，了解到白求恩英雄光环之下的真实生活和精神世界而开始进入"白求恩书写"的。如果按照薛忆沩对"白求恩的孩子"的定义——"广义上，它包括所有接受过白求恩思想影响的人。"因为"白求恩的精神养育了他们。白求恩是他们精神上的父亲"②。那么，李彦与薛忆沩都是所谓"白求恩的孩子"。但是，共同的起点并没有使他们的写作产生类同，他们在同样的历史文献基础上生产出了调性不同的文本，这种不同或可归纳为叙事逻辑的建构性和解构性的区别。

在个人访谈集锦《薛忆沩对话薛忆沩——"异类"的文学之路》中，薛忆沩称："要感谢白求恩大夫，是他延续了我的第二次文学生命。……因为在魁北克……图书馆的医学类图书中发现的那本白求恩档案，我很快走出了这种不确定的状况。档案呈现的白求恩与我多年的想象一拍即合：那是一个多么孤独、多么痛苦、又多么执著的灵魂

① 刘经南、陈闻晋：《论培养"有根"的世界公民》，《中国高教研究》2008 年第 1 期。

② 薛忆沩：《薛忆沩对话薛忆沩——"异类"的文学之路》，华东师范大学出版社 2015 年版，第 78、236 页。

啊。它又一次激起了我的创作狂热。"① 这次创作狂热的结果就是短篇小说《通往天堂的最后那一段路程》，是薛忆沩在加拿大创作的第一篇作品。虽然作品中没有直接使用白求恩的名字，但个中信息却毫无疑问地指向了白求恩，甚至主人公"怀特大夫"的名字怀特，也指向白色的英文词 White。作品的主体是"怀特大夫"1938 年 3 月在黄河东岸的小村庄写给前妻玛瑞莲的一封长信，信的内容十分丰富，有他对玛瑞莲强烈的思念，有回顾他们曾经的共同生活中的分歧和伤痛，有对自己思想历程的剖析，有跟同行的布朗大夫和护士弗兰西斯的争执与分歧，有对这次从汉口出发的旅途上遭遇到的空袭等各种状况的细节描述，也有因战争残酷性引发的精神痛苦、对死亡的看法等。驳杂的内容使得"怀特大夫"的思想中不乏自相矛盾，譬如关于天堂的看法，既认为"天堂就是革命圣地"，又激情地对玛瑞莲呼告："我的'天堂'是你，从来就是你，永远都是你。……如果没有你，这世界就是一座暗无天日的'地狱'……"而关于革命，他一会儿说"是因为不再相信平庸的生活，才投身到革命事业中来的"，即使在莫斯科"看到了被视为是世界上最优秀的社会制度体内的一些极其危险的症状"，仍然无法改变他对革命的信念；一会儿又说"与爱情一样，革命也是我的一种生理要求"②。这种无法自洽的呼告，是意味着"怀特大夫"的思想矛盾还是作者的语言逻辑存在问题呢？

薛忆沩用十分诗意的语言渲染了"怀特大夫"深刻的孤独与惶惑，这是在陌生的中国大地上滋生出的孤独和惶惑。在这种惶惑中，"怀特大夫"预言："在这个动荡不安的国家，我将被供奉为英雄，我将戴上'高尚'和'纯粹'的桂冠，我将成为'毫不利己，专门利人'的典范"，然而他认为这不过是"荣誉"和"误解"的伪装，事实上，"我是因为你或者说因为失去你，因为对你疯狂的爱，因为这种爱的折磨，因为这种爱引发的痛苦和绝望，才不远万里，来到这个国家的。如果我真的成了一个家喻户晓的人物，那肯定是我的悲

---

① 薛忆沩：《薛忆沩对话薛忆沩——"异类"的文学之路》，华东师范大学出版社 2015 年版，第 213 页。

② 薛忆沩：《通往天堂的最后那一段路程；首战告捷》，华东师范大学出版社 2013 年版，第 173、169、151、172、181 页。

剧。那意味着我最终还是没有得到我苦苦追寻的自由"①。由此，薛忆沩将过往以集体主义语法塑造出来的理想主义者、国际主义英雄重塑为一个焦虑的、迷茫的、渴望彻底的精神自由和"爱"的救赎的世界漫游者。

相似的叙事逻辑出现于他的数篇战争主题的短篇小说中，在《首战告捷》中，主人公"将军"参加革命是由于在富足的家庭生活中感到孤独，使"他对平庸的生活已经产生了激进的怀疑。他总觉得生活不应该是他现在生活着的这种样子。他觉得生活应该是生活之外的另一种样子"。"将军"决心离家参军，则是由于目睹了一场激烈的战斗，让他觉得，"只有暴力才能够创造生活的意义"②。因此，面对父亲的顽固反对，"将军"明确说明自己参加革命就是为了自己能够摆脱平庸、创造生活的意义。"将军"的首战告捷，就是对父亲的反叛。

这种"将革命者'非革命化'"③的叙事逻辑在《白求恩的孩子们》中再一次得到贯彻。《白求恩的孩子们》以叙述者写给白求恩的32封信为叙事结构，表层上是叙述者与白求恩的跨时代对话，但实质上当然是一种个人絮语，因为阴阳两隔的对话是无法完成的。在这种"拟对话"中，作者展示了自己作为移民的现实生活和留在身后的两个中国家庭在将近四十年中发生的恩怨纠葛，而无论是他的现实生活还是中国记忆中的家庭纠葛都是与"白求恩"这个名字联系在一起的，因而白求恩的生活历程也被编织进交错的时空之中。叙述者是生活在加拿大蒙特利尔的一个华人历史学者，因为一篇关于白求恩档案的文章受到关注，因此受邀创作一本白求恩传记。写作触发了他往昔的记忆，于是，他开始通过写信的形式展开与白求恩的"拟对话"。这种"拟对话"穿越时间和空间，在中国的南方与加拿大的蒙特利尔、在20世纪30年代、70年代与2007年之间反复地穿梭。两个家

①　薛忆沩：《通往天堂的最后那一段路程；首战告捷》，华东师范大学出版社2013年版，第161、183页。

②　薛忆沩：《首战告捷》，华东师范大学出版社2013年版，第8、11页。

③　陈庆妃：《作为方法的"战争"——薛忆沩"战争"小说论》，《当代作家评论》2015年第4期。

庭的三个孩子在历史变动中的命运充满着偶然与必然的交织。

叙述者的朋友扬扬，是一个早慧的少年，对社会现状有自己独立的思考，因而时常发出与年龄不甚相符的颇具思辨性的深刻质疑，譬如关于战争的正义性，关于战场上是否要救助敌人等。扬扬和"我"偶然发现了老师与校长之间的暧昧关系，又因目睹父亲的同性婚外情而遭到父亲的暴打。父亲和老师这些成年人的失范行为带给扬扬的巨大失望与他在学校教育中接受的"白求恩精神"是如此的悖反，他因无法理解和接受这种对于道德秩序的背叛而选择了自杀。扬扬的死使两个家庭在其后的数十年间纠葛不断——由于扬扬的死，他的父母收养了地震孤儿茵茵；由于叙述者与茵茵的相爱，导致两个母亲的彻底反目；叙述者也因此与母亲产生了极深的隔阂，甚至茵茵死于80年代末的"误伤"事件，也未能解开母亲的怨恨。

对于"精神之父"白求恩，叙述者的想象走得很远，他认为白求恩参加西班牙内战和中国抗战都是对战争本身的热爱，是为了逃避生活的乏味，"我越是深入研究你的档案，就越是觉得你参战的理由是为了延续你痛苦的个体生命"[1]。叙述者甚至想象白求恩的意外死亡也许是自杀，是因为对生活的厌倦和孤独。这种对革命动机的解析与作者的《首战告捷》和《通往天堂的最后那一段路程》等作品的叙事逻辑都是一致的。在《白求恩的孩子们》中，"白求恩"更像是20世纪中叶的意识形态的一个象征性符号。从某种意义上说，"白求恩"这个名字仅仅是作者用以时代穿梭的线索，作者试图通过这个线索来重新审视历史。那就此层来讲，"白求恩"的名字是否仅仅是被征用的符号呢？这种征用在某种意义上说瓦解了旧有的集体记忆和革命叙述的根基。那么，这种瓦解是重新构建个体视角的历史版本，抑或是想揭橥出理想主义的内在悖谬呢？

薛忆沩的"白求恩书写"，除了《通往天堂的最后那一段路程》和《白求恩的孩子们》，还有部分随笔。随笔《激情的政治》依托加拿大多伦多大学出版社出版的白求恩档案《激情的政治》，介绍了白求恩与前妻两次结婚、两次离婚对他"不远万里"来到中国这一行动

---

[1]　薛忆沩：《白求恩的孩子们》，新地文化艺术有限公司2013年版，第224页。

产生的影响。《"专门利人"的孤独》也是就《激情的政治》的内容来解读白求恩在牺牲前曾有过的强烈的孤独和复杂的个性。这些随笔与《通往天堂的最后那一段路程》和《白求恩的孩子们》构成互文，也可以视作薛忆沩对这两部作品创作背景的阐释。

　　统观薛忆沩的创作，人的精神孤独以及人与历史的关系是他最重要的关注点。在他的所有作品中，都笼罩着浓重的晦暗情绪，孤独、敏感、疏离于世是他笔下人物的共同特质。而"重新审视革命与个体生命的微妙关系"①也是他反复书写的主题。正如学者申霞艳指出的："所有的动力重新归结于个人，历史、革命、一切宏大的事物其实与个人须臾不可分离。无论多么重大的战争，在薛忆沩的笔下都是一个人的战争，是个人与家庭、个人与时间的战争，是内心世界与外部世界的决绝战争。"②只是，这种将一切崇高和宏大都最终导向个体内在精神世界的自我搏斗的逻辑，是否是一种窄化呢？

　　对比薛忆沩与李彦的"白求恩书写"，可以看到两人都很关心白求恩当年到底"为何"以及"如何""不远万里"来到中国的。但是，薛忆沩更为关注的是英雄内心的脆弱与孤独，而李彦感兴趣的是孤独与痛苦的白求恩是如何蜕变为英雄的。比较而言，李彦似乎更愿意截取白求恩作为一个超越了个体欲望的革命者的"高尚"一面，因此，她的叙事逻辑是——正视真实的白求恩所具有的个性缺陷，将白求恩生命历程中的毁誉参半视作历史的正常面目，同时依然崇敬其投身革命的价值选择。不管他是不是"毫不利己"，至少在"利人"的向度上确然走了很远。尽管他也有自己的孤独和怨言，但他仍然在痛苦中坚持下来。让单面的英雄复原为具有复杂精神世界的英雄，其实更能彰显其"高尚"。薛忆沩的叙事逻辑则是——解构崇高，解构曾经的宏大叙事，剥离白求恩身上的革命外壳，让英雄恢复为一个常人，透视他作为一个常人的不"纯粹"，努力体会他置身异域的孤独和焦灼，将历史赋予他的光环弱化，重新透视光环之下的底色。

　　在薛忆沩编译的《白求恩书信一束》中，有白求恩在牺牲前写的

---

① 陈庆妃：《抵达之途——薛忆沩论》，《文艺争鸣》2014 年第 4 期。
② 申霞艳：《当代作家的身份构成与薛忆沩——兼及〈流动的房间〉》，《艺术广角》2007 年第 1 期。

最后两封长信，时间是 1939 年 8 月 15 日。透过这两封信，我们可以对白求恩丰富的精神世界窥见一斑。一方面，作为一个曾经在自己的国家过着优裕生活的加拿大人，在极度艰苦的中国晋察冀边区，他也会想念咖啡、烤肉、苹果派和冰激凌，渴望音乐、跳舞、喝啤酒和看电影等日常生活中的物质性满足，以及对外界信息、对思想交流的极度渴求。但另一方面，他谈得更多的还是边区缺医少药、资金匮乏的苦难状况，明确表明："我们必须帮助他们。""这里的人需要我。这是'我的'地区。我一定会回来。"① 有意思的是，李彦在《不远万里》中，也录入了白求恩写给莉莲的几封信，其中最后一封信，时间也是 1939 年 8 月 15 日，显然这是与上述两封信写于同一天的。信中，白求恩主要谈的也是晋察冀边区急需医疗经费的状况，而且同样明确表示了坚持留在中国的想法："至于我嘛，当然必须留在这里工作。如果你仍然保持着和我一致的信念，那么，明年你可以随我一起，同返中国。"② 从这些书信中，我们不难看出白求恩的坚定信念。将这些书信与李彦和薛忆沩的"白求恩书写"对读，可以看出他们在面对历史文献时不同的阅读感受与写作时的取舍。这些取舍无疑也从一个方面映照着作者不同的价值尺度。

　　"白求恩是一位历史人物，但更是凝聚了中国现代革命意识形态色彩的集体记忆。"白求恩是作为中国一个时代的榜样人物而存在的。而"榜样……同社会机制文化存在深层的密切关系"。因此，有关白求恩的书写在中国始终是具有强烈政治内涵的仪式性书写。没有任何一种写作是完全的中立，作者必然都带着自己的价值选择和倾向性，不可避免地存在对历史事实的裁剪和编辑。因为"集体记忆从来都不是事件本身，它是从事件的局部环节中升华起来的'有序的期待'"③。白求恩是连接中国和加拿大的特殊历史人物，因此对白求恩的书写和重塑，对于身处中加两种文化交汇处的新移民作家而言，具

---

① 薛忆沩：《白求恩书信一束：通往天堂的最后那一段路程》，花城出版社 2009 年版，第 46、51 页。

② 李彦：《不远万里》，上海文艺出版社 2018 年版，第 46 页。

③ 林岗：《集体记忆中的遗忘与想象——60 年来白求恩题材的作品分析》，《扬子江评论》2007 年第 3 期。

有多重意蕴。这是跨国主义时代的移民从新的维度审视母国与留居国之间历史勾连的切入点之一。李彦和薛忆沩作为移民作家，作为"白求恩的孩子们"，文化记忆的潜在影响是必然存在的。即使是非虚构作品，也不能说彻底摆脱了曾经的革命叙事的影响。总体而言，李彦的书写将白求恩从面目模糊的政治符号，还原为一个血肉丰满的、有个性缺陷的英雄；而薛忆沩在试图将白求恩从一种政治符号还原为充满激情、孤独的个体主义者的同时，又将他化成了另一层次上的政治符号，依然是把他作为特定时代的意识形态化身，虽然也可以说是赋予这种符号更多的内涵，但不得不说，还是没有彻底脱却符号的存在形态。虽然薛忆沩的叙事逻辑是解构性的，但他却又坚持认为自己也是一个"理想主义者"，说明对"理想主义"内涵的理解有着截然不同的方向。不同的情怀，不同的叙事逻辑，都指向同一个叙事对象，且都与作者作为移民的身份和经历相关联，显示出新移民作家在群体性的共同经验之外个体体验的多维和复杂。由此，在迁移成为生活常态的全球化时代，移民及其构建的"第三文化空间"将会对边界之内的文化发展产生何种作用力、多大的作用力，是今天非常值得观察的文化研究课题。

非虚构作品《义人》的作者老木本名李永华，是生活在捷克的华商和写作者，是一类特殊的"新移民"。由于捷克的移民政策限制，生活在捷克的华人基本上都没有入籍，而是通过每年或每几年续签的方式实现与"永居"基本相同的移民生活状态。老木的写作涉及诗歌、散文、时评和小说等，近年在进入生意上的"退休"状态后，把主要精力投入了写作和参与各种文学、文化活动，成为游走在中捷之间、甚至是中欧之间的跨国华人。

《义人》的创作源于2015年老木发起、策划的一次包括捷克、加拿大、奥地利、德国等地的华人参与的纪念世界人民发法西斯战争胜利70周年的民间活动——"单骑送铁证·万众倡和平"环球行，江苏电视台和北京电视台当时参与了跟踪拍摄报道。活动主要内容是与世界各地的二战纪念馆等机构交换史证材料、寻访、祭拜战场故地、集中营旧址、国际义士故居、墓地等。活动从伏尔加格勒开始，历经俄罗斯、波兰、奥地利、捷克、德国、荷兰、比利时、法国、美国和加拿大等十几个国家，行程超过 17000 公里，是一次很有意义的民间纪念活动。在活动中接触到的大量历史遗迹和资料，促使作者最终选取了何凤山、拉贝、辛德勒和饶家驹四位二战中的"义人"完成了这部非虚构作品。除辛德勒外，其他三人都是将中国与欧洲连接起来的历史人物。中华民国驻维也纳总领事馆领事何凤山 1938—1940 年不遗余力地为奥地利犹太人签发"生命签证"和德国人拉贝在"南京大屠杀"期间参与设立南京安全区、救助了数十万南京民众的义举如今已广为人知，但是最早倡导设立战时安全区的法国在华传教士饶家驹的事迹却鲜为人知，仅有少数历史研究者了解。老木的《义人》将饶家驹事迹被发掘的过程作了较为详尽的梳理。饶家驹 1913 年来到上海传教，曾广泛参与过中国的慈善活动。1937 年淞沪抗战时期，发起设立了"上海国际第一救济会"，后又设立上海"南市难民区"——后来被称为"饶家驹安全区"。他不仅在上海各界多方筹措资金，还亲赴日本、美国和加拿大，募集了大批资金，用于"南市难民区"的运营，在近三年的时间里先后救助了近 30 万中国民众。"南市难民区"还作为成功范例影响了其后拉贝领导的南京安全区以及汉口、广州等地的安全区的设立和运行，甚至直接推动了战后《日内瓦第四公约》的订立，使得战时保护平民成为国际共识。1940 年 6 月，饶家驹回到陷落的法国从事战时救济。随着他的离开，"南市难民区"也宣告关闭。离开中国之前，充满眷恋之情的饶家驹还把中文名字改成了"饶家华"。1945 年，饶家驹又受罗马教廷委派，到德国柏林救助战争难民，因感染白血病病逝在柏林。2013 年 9 月 10 日，在饶家驹逝世 67 周年纪念日，由上海南市区民众捐献制作的墓碑和玉制铭牌，安放在了柏林的饶家驹墓前，表达中国民众的感恩情怀，上海的文化名人余秋雨题写了"仁者爱人"的墓志铭。老木的叙述，让普通读者对二战中的国际义士的认知增加了新的篇章。

《义人》是块状结构，四个义人各占一部分，每部分由史料汇编和"单骑送铁证·万众倡和平"环球行活动的相关记录以及作者的反思构成。在四部分之外，最后作者又以"人间正义永不磨灭"为题，从总体上对"义人何以为义"作出了自己的回答。在每一部分的反思中，作者将重点放在了义人事迹被发掘过程中的是是非非，包括一般宣传报道中被刻意忽略的、围绕义人当年义举而产生的负面流言，以及类似饶家驹这样的义人长期被掩埋在历史尘埃中的因由等。这样的反思直面历史，不躲避不粉饰，诚恳以对，显示出跨国华人冷静客观的观察立场。

## 二　家史中的战争与革命

薛海翔的《长河逐日》、元山里子的《他和我的东瀛物语——一个日本侵华老兵遗孀的回忆录》都是对家族中的二战/抗战历史的非虚构叙述。

薛海翔的《长河逐日》是一次对自己出生之前父母人生足迹的回溯。作者于 2017 年 2 月 24 日开始，历时数月，行走万里，沿着父亲和母亲的成长历程，从父亲走上革命道路的起点马来西亚太平监狱开始，到父母先后作为解放者进入的上海为止，跨越两国、穿梭于近百年的时光隧道之中，将父母的青春足印一一捡拾，并将父母的口述回忆与历史文献加以印证，连缀成这篇意蕴深邃的非虚构作品。薛海翔的父亲郭永绵本名吴清云，1920 年出生在马来西亚霹雳州怡保，父亲是广东人，母亲是福建人，后来被卖给养母何清，改名郭永绵。薛海翔的母亲薛联本名薛秀珍，1925 年出生在江苏涟水县普安集小镇的殷实商户之家。"他们的人生轨迹，从空间上看，永远不会相交。如果没有二十年代的世界经济大萧条，没有因此引发的国际动乱，没有传说中的'田中奏折'，没有在帝国主义战争夹缝中顽强生长的共产主义运动，没有此后的遍地狼烟漫天烽火，他们应该各自在自己的居住地，平凡地成长，谋生，繁衍，终老，一如众人……"① 但是，因了这些变故，他们最终得以相识在上海，缔结了短暂的婚姻，才有了作者的出生。

郭永绵幼年跟随在富人家帮佣的养母何清，先后辗转怡保、槟城，靠半工半读完成了小学教育；12 岁就去锡矿做童工谋生；16 岁进入报社做排字工，成为有文化的产业工人，之后结识马来西亚共产党党员，通过阅读进步书籍，思想蜕变，先后加入马来西亚共产党的

---

① 薛海翔：《长河逐日》，《收获·长篇专号》2019 年夏卷。

外围组织"槟城青年联合会"和"工人联合会",正式参加了革命。1938 年,在组织"抵制日货"的活动中被怡保警察局逮捕。出狱后,马共怡保区常委介绍他入党,但没有履行正式的手续,此事成为他政治履历中一个很难说清的疑点,伴随了数十年。后来,因领导槟城印刷工人大罢工,他第二次被捕,英国国籍被取消,并被判决驱逐出境,戒送中国。他在遣送途中,与一些马共成员结识。到达香港后,因国民党战败逃离,无人接收,他们被奇迹般地就地释放。而这次奇迹同样也成为他多年无法摆脱的人生疑点。后经香港八路军办事处安排,他们于 1940 年 5 月到达上海,10 月被安排到新四军苏北指挥部,从此成为中国革命队伍中的一员。从江苏到浙江、山东,从游击队到野战军,他最终坐着坦克,开进了上海。

薛联亲历了家道中落、亲朋凉薄的变故,在大哥的带领下,15 岁就投身革命。她从淮海军政干部学校、抗日军政大学五分校、新四军卫生学校,到新四军一师后方医院、华东军区第二野战医院,再到华东医务干部学校、中国人民解放军第二军医大学,一步一步成长为杰出的战伤外科专家和医学教育管理干部。而她的名字在参加革命后不久,也因向往苏联而从薛秀珍改为了薛联。

薛海翔这次寻找自己人生来处的跨国之旅,是对家史的书写,也是对 20 世纪上半叶的青年革命者群体所做的文学素描。因此,他的书写以时间的线性历程为经,以父母所处的不同空间为纬,穿梭编织,逐步收拢,最后收束在上海——父母相遇相识的城市,也是作者出生的地方,由此完成了一次家族的寻根。薛海翔的父母,"这两个出生在 20 世纪 20 年代的年轻人,相隔千里万里,重洋高山,却在相近的时段上,浸染了完全相同的现代西方激进社会思潮,树立了完全相同的人生信仰,投身到完全相同的社会革命之中"。他们参加革命的方式,即直接由共产党革命理论的启发诱导和从朴素的不满现实到追随共产党改变命运,分别代表了"20 世纪共产主义革命席卷全球时,普通民众成为革命者的两种主要方式和途径"[①]。在追踪父母的革命轨迹时,他还把父母的口述、父母曾经发表的相关回忆文章以及其

---

① 薛海翔:《长河逐日》,《收获·长篇专号》2019 年夏卷。

他可以印证父母人生经历的历史文献都嵌入文本之中，使得家史成为一段国史、甚至"辐射至整个亚洲的国际共产主义运动大潮的历史"的缩微映现。"不同个体的命运聚合成为一串民族的符码，宏大的历史便于这一个中国红色家庭的缩影中沉浮隐现，记忆的碎片还原出来的是一幅重构的中国现代革命历史版图，家族寻根实际上也是整个中华族裔和国家的历史寻根。"①

近些年，这类家史书写并不鲜见。但是，在诸多的文本中，《长河逐日》依然是一个值得关注的精彩作品。除了文笔的冷静、洗练，更重要的是作者在直面历史的时刻，对父母的精神历程和国家的历史演进所生发出的深邃思索。作者父母作为创造历史的胜利者群体的一员，其时其地并不能对他们的行为和精神上的演进产生多少主动的思索，而隔着70多年的时光审视父母人生行迹的作者却可以借助时间的魔法透视出在他们身上所映现的时代光影。

元山里子的《他和我的东瀛物语——一个日本侵华老兵遗孀的回忆录》是一个非常特殊的文本。元山里子在留学日本期间结识了积极从事工人运动和反战运动的"日本鬼子"元山俊美，后来二人结为伉俪。元山俊美1940年被强征入伍，第二年被送到哈尔滨服役。因为入伍前正在火车司机学校就读，有副司机执照，元山俊美作为特长兵被编入"关东军铁道兵第三连队"，担任运输军火物质的火车司机。1944年2月，已经服役期满的元山俊美没有等到应该来的退役回国通知，却被送上了"长沙大会战"的前线。在衡阳，他的朋友山本三郎被炸死，临死前抓着自己的肠子凄厉地高喊："这就是天皇给我的报酬吗？见鬼去吧！"② 山本三郎的死和死前的呐喊，震撼了元山俊美，让他对侵华前受到的所谓"建设大东亚共荣圈"的军国主义教育开始发生怀疑，身边的很多士兵也都质疑天皇的绝对正确性和这场战争的意义。元山俊美在衡阳战场上担任"战场记录员"，通过望远镜观察到的战场上血肉横飞的惨相令他惊惧，深深感到对不起中国人民。因此，1945年，他在洞庭湖上押运民船时对船夫较为友善，也因此在遭

---

① 汤俏：《北美新移民文学中的家国寻根与多重认同》，《当代文坛》2020年第3期。

② 元山里子：《他和我的东瀛物语——一个侵华老兵遗孀的回忆录》，花城出版社2019年版，第65页。

遇中国游击队袭击时，被船夫救了性命。中国人的善良彻底感动了元山俊美，他没想到一点点的善意竟然能得到如此宽宏大量的回报，因而"更加悲伤自己成为中国人民的敌人，也更加憎恨把自己变成中国人民敌人的日本政府"。从此，元山俊美顿悟觉醒，再也不肯与中国人为敌。他偷食盐给中国船夫，拒绝占用中国寺庙作为据点，偷偷释放看押的中国游击队。在受到中国军队炮击时，主动承担责任，带领士兵撤出战斗，号召士兵不要再做愚忠的战争机器。他的善意和觉醒是他躲过炮火、得以保全性命的原因之一。因为"湖南是元山从一个'战争机器'变成一个'人'的地方，所以元山对湖南抱有一种非常特殊的感情"①。他不仅在 2000 年回到曾驻扎过的湖南祁阳文明铺栽种了象征和平的 200 株樱花，还把自己的自传命名为《文明铺的樱花树》。

　　战后回到日本，元山俊美拒绝领取政府发放的"军人抚恤金"，他认为："我参加了侵略中国的战争，这是我的耻辱，我不应该领取所谓的'军人抚恤金'。"②他加入了日本共产党，曾参与秘密营救日共领导人德田球一逃亡中国，并因 1971 年参加由日共领导人宫本显治率领的代表团访问苏联，被日本国铁公司开除。1975 年，因反对北越进攻南越，元山俊美被日共开除，从此成为无党派的反战人士。他还结识了积极反战的远藤三郎，加入了他组织的"日中友好旧军人之会"，并成为骨干，与原日本籍八路军山边悠喜子等民间和平人士一起，组织发起了揭露日本 731 部队在中国人体细菌实验的罪行、帮助日本遗孤的中国养父母赴日团聚、反对修改历史教科书、反对美化侵略战争、反对参拜靖国神社等多种反战活动，经常以亲身经历发表反战演讲。

　　这部作品不仅对元山俊美作为侵华日军一员的忏悔和反思，以及他的积极反战进行了细致的解说，而且对日本共产党的发展演变历史、日本左翼和右翼之间不懈斗争的历史都有很多介绍。虽然这些并

---

　　① 元山里子：《他和我的东瀛物语——一个侵华老兵遗孀的回忆录》，花城出版社 2019 年版，第 73 页。

　　② 元山里子：《他和我的东瀛物语——一个侵华老兵遗孀的回忆录》，花城出版社 2019 年版，第 92 页。

非是鲜为人知的史实材料，但是以往多是以历史和新闻报道的形式进入我们的阅读视野，多是外部视角的客观书写，而元山里子以侵华老兵遗孀的内部视角，提供了更具细节化的文本。这使得这部非虚构作品不仅在新移民文学中具有不可取代的价值，而且在有关中日关系的书写中都是可以占有一席之地的作品。

本节所选取的文本也许并不都算是典型意义上的非虚构写作，但抛开关于"非虚构写作"作为一种文类在命名和意指上存在的争议，这些文本确实是非虚构的写作，因此从宽泛的意义上来说具有某些非虚构写作的意涵，作为权宜之计，姑且以此归类。正如诸多学者在讨论非虚构文学时所指出的："真正的文学要反对它自身的体制化、常规化。"① "非虚构文学的表达方式可以多种多样，实现'叙述真实'的手段很多，坚守'事实真实'和'情感真实'，最终实现深刻书写，就是非虚构文学的内核与指向。文学从来不是一成不变，也没有固定程式可循，探索和找寻的过程，也是文学的一部分。"②

# 第二节　历史叙事中的战争书写：
# 打捞时光深处的沉埋

"战争是历史的客观存在"，也是文学的永恒主题之一，"战争作为历史的特殊现象，作为人类社会'极端化'的形式表现，其本身具有复杂的历史内涵与时代因素，茹涵着极为深广的社会与人事纠葛，尤其是战争中的人，在战争的情境下，常常表现出特异而复杂的存在方式与超出常态的心理……"③ 新世纪以来的新移民小说中，出现了一定数量的战争书写，但大多是以战争背景下的人性裂变和情感纠葛为中心，如严歌苓的《寄居者》《金陵十三钗》、张翎的《劳燕》等，

---

① 杨庆祥、沈闪：《"非虚构"与"体制化"——"非虚构写作"对谈》，《当代文坛》2019 年第 1 期。

② 刘浏：《论中国非虚构文学的命名及其流变》，《当代文坛》2019 年第 1 期。

③ 肖向东：《论中国当代战争文学——基于"战争文化"与"人学"视角的考察》，《江海学刊》2013 年第 6 期。

真正直面战争的为数较少，这使得袁劲梅的《疯狂的榛子》和陈河的系列战争小说极为难得。他们的战争书写均建立在大量史料的基础之上，既进入了战争的本相，又在本相之上关注战争创伤、战争伦理和战争中复杂的政治纠葛。

《疯狂的榛子》是袁劲梅第一次涉及战争题材，通过中美空军混合联队的航空兵范笊河和富家小姐舒暖因战争而分离、因政治而分手的爱情悲剧以及因为这段爱情而被改变的各自的人生历程，将从抗战到当下的漫长时光勾连在一起。袁劲梅在作品中围绕发掘美国第 14 航空军的中国抗战历史而编织出一个庞大的人际网络，每个人物都是网络上的重要节点，连接起舒暖、范笊河和南诗霞的三个家庭。舒暖出身桂林的富商家庭，父亲舒谙行是中国最早的银行家之一，参与了中美联合创建的中央飞机制造厂的经营，因日军轰炸烧毁了家中大量藏画，吐血而亡。1953 年，舒暖为了爱情，丢下一岁的幼子，乘船从澳门返回大陆，寻找情人范笊河，却因为家庭出身而无法与驾机归来的英雄范笊河终成眷属，抱憾终生。他们纯真的爱情"在内战中变成了政治关系"，是范笊河从事地下工作的保护伞；"在战后变成了危险关系"，隔离了两个相爱的人。范笊河的爷爷追随舒暖的姐夫丛司令投入抗战，丛司令在他去世后将范笊河的父亲带入军队，成为中美空军混合联队的中方医生，将范笊河兄弟送到舒家寄养。范笊河在舒家资助下就读航空学校，毕业后成为中美空军混合联队第一轰炸机队飞行上尉。1948 年，范笊河兄弟在父亲带领下，成为中共地下党员。1951 年，范笊河从台湾驾机返回大陆，完成了党的任务，成为"独胆英雄"。南诗霞的祖上是清朝戍边将领，南舒两家是世交，南诗霞的父亲南传训是中美联合经营的中央飞机制造厂的中方经理。南诗霞后来收养了舒暖和范笊河的女儿南嘉鱼（小名浪榛子）。舒暖的女儿喇叭、范笊河的女儿范白萍和南嘉鱼（浪榛子）都以自己的方式在追寻父母的往昔岁月，最终他们跨越国境，亲人相认，共同聚集到衡阳老空军基地，祭奠逝去的亲人和牺牲的英雄。

袁劲梅以范笊河的"战事信札"这样特殊的情书，来包罗了抗战中的大量战斗细节，同时通过舒暖和南诗霞的大量手写材料、范笊河写给马希尔的信、美国老兵契尼的演讲等各种载体，来补充"战事信札"中缺失的部分细节，由此全面展示了许多鲜为人知的史实：包括美国援华飞虎队、中国空军特遣队、美国第 14 航空军等部队的抗战历史。更难得的是，这些战争的细节，几乎都有历史文献的支撑，并非向壁虚构。这些沉埋在时光深处的史料，被袁劲梅细致地编织进了范笊河与舒暖的爱情故事之中，为抗日战争中的中美联合抗敌功绩书写了一部特殊的历史。其宽广的视野和阔大的格局使得这部作品在新移民文学中独树一帜。

在这个结构庞大的作品中，家族历史、父母爱情虽是叙事的主线，但对美国第 14 航空军的中国抗战历史的发掘以及贯穿着叙事主线的文化批判，才是作品真正的主旨。袁劲梅的大部分作品，通常都会设置中西价值观念的二元对立，批判中国传统文化的宗法制，以及基于宗法制的暴力，张扬法制、正义、平等和宽容。在她以往的作品中，西式的价值观是通过留学美国的华人移民及其后代来呈现的，如《罗坎村》《老康的哲学》《九九归原》等。在《疯狂的榛子》中，西式价值观的呈现者不仅有今天的华人移民、法学院教授南嘉鱼，还有华人移民第二代芦笛、到中国寻找发财机会的美国青年寇狄，以及战争年代的中美空军混合联队的美方飞行员丹尼斯、怀尔特等。他们都是跨越了文化门槛的居间者，隔着几十年的时光相互呼应。

在《青门里志》中，袁劲梅在破解中国文化的遗传密码时，找到了一个"群体容纳性"[①]，而在《疯狂的榛子》中，她除了继续揭露这种在"群体容纳性"之下释放出的人性之恶外，还借助战争带给军人的 PTSD（创伤后应激障碍）来努力阐释战争与和平的逻辑联系，指出战争创伤不只是身体与心理上的，更是道德上的，强调区别战争伦理与和平伦理的重要。当范笊河没有扔传单提示那些为日本人干活的民工提前逃离轰炸地点时，飞行员怀尔特指责范笊河把为日本人干活的民工等同于汉奸的看法，怀尔特说："所有非战斗人员都不是你的敌人。……战争是人类的悲剧，它不光要死人，它还会把人变成野兽。我不想你们这些年轻人在战争结束之时，却失去你的悲悯之心。

---

① 参见第三章第二节的论述。

所有战争中的规则都是非正常规则。"① 怀尔特认为，应该把战时伦理和正常伦理当成两种棋盒子里放的下棋规则，分开来看。备受 PTSD 困扰的范笏河和美国军人沙顿少校等人，都在反复阐释战争伦理与和平伦理的不同，阐释战争的真正意义。范笏河说："我打仗只是因为，必须有人来结束'战争'这个脏活。我一点也不喜欢打仗。""战争拿生命作筹码赌输赢。我们只能把生命押在正义上，死得才有意义。""我受所有这一切内心和身体之苦难，只有一个意义：把侵略者赶出去，换来一个自由中国。"② 英雄范笏河终生无法摆脱 PTSD 的痛苦，充满对战友和爱人的负疚，家庭生活也因之无法正常进行。

　　《疯狂的榛子》中除了反复批判战争的暴力，呼唤和平的逻辑之外，还指出不止存在战争 PTSD，更存在政治 PTSD 和文化 PTSD。不过，在痛陈这些 PTSD 的可怕与可悲之中，袁劲梅的书写惯性也再一次呈现出来。虽然表述有所差异，但《疯狂的榛子》中的文化批判显然并未超越《罗坎村》《青门里志》《忠臣逆子》等前作。因此，尽管作者满怀着强烈的启蒙济世情怀，但重复却使得思想的力量呈现出边际递减的趋向。毕竟，"启蒙是一种需要在特定环境限制下不断调整方式和途径的写作技艺"③。学者徐刚也指出："《疯狂的榛子》的文本内部分明徘徊着一个 1980 年代的历史'幽灵'。那种朴素的人道主义，以及对于个性的强调，符合那个时代启蒙主义的精神内涵。然而，每每此时也总会让人感慨这一辈作家所被派定的历史位置。他们就仿佛是那枚精致灿烂但却多少有些可悲的琥珀，被僵硬地定格在那个特定的年代，一切的思索也都是从彼时的执念出发，自信满满地臧否一切，任凭历史流转也丝毫看不到任何思想的转圜。"④ 这样的判断虽然过于绝对，但也在一定意义上点出了袁劲梅写作惯性的命门所在。不过，值得肯定的是，袁劲梅对战争的反思和批判是建立在对战争伦理与和平伦理的区分之上的，而不是不经省思地一味高喊反战。近年来，"反战"成为某些作者写作的时髦口号，这种自以为普世的

---

① 袁劲梅：《疯狂的榛子》，北京十月文艺出版社 2016 年版，第 88 页。
② 袁劲梅：《疯狂的榛子》，北京十月文艺出版社 2016 年版，第 92、98 页。
③ 徐贲：《中国国民启蒙的前景与困境》，《社会科学论坛》2016 年第 3 期。
④ 徐刚：《因爱之名的历史叙事》，《南方文坛》2016 年第 4 期。

空喊，未必不是历史虚无主义的一种表现。奋起反抗的"战"，是不得不为的行动，不加区别的反战，有时候与投降主义不过是一体两面。当然，即使是正义战争，战争的残酷性也会带给每一个卷入战争的人巨大的创伤，这是不容回避的。遮蔽或者忽略战争创伤的战争文学，是不真实的，是缺乏深度的。我们需要正视这种创伤，需要理解英雄面对创伤的种种无奈表现，但这并不意味着我们要为此否定正义战争的价值。从一定意义上说，以个体之脆弱替无数的平民承受这种创伤，正是英雄之伟大的所在。

陈河的战争书写则选取了一个特殊的切入点，即中国国界之外的华人战争史实，《沙捞越战事》《怡保之夜》《米罗山营地》和《外苏河之战》等均是域外战争书写。陈河比较关注战争中复杂的政治纠葛所导致的悲剧和荒诞性，其战争美学呈现为一种悲凉的质地。

《沙捞越战事》的主人公周天化，是出生于加拿大的第二代华裔，为了合法获得加拿大国籍而选择加入军队，参加第二次世界大战。他刚刚空降到马来西亚沙捞越地区就被日军俘虏，靠着自己流利的日语和近似日本人的面貌特征而脱身，但由于被注射了致命针剂，不得不与日本人虚与委蛇，被迫成为双面间谍。当他在马来西亚的丛林中作战时，他与当地的华人游击队和土著依班部落一起战斗却又互不信任。各派力量之间的复杂利益纠葛，敌友莫辨，令他多次身陷危局。最终，当他冒着生命危险发出了影响战争进程的重要情报后，却被游击队领袖神鹰认定为日本间谍而击毙。周天化投入战争并最终为之牺牲的过程，所彰显的不仅仅是单纯的英雄主义，而是一曲英雄悲歌，流溢着某种荒谬色彩。周天化的身份虽然是华裔，但他对中国却一无所知，也并无多少感情；相反，他倒是对成长过程中始终相依相伴的加拿大日裔族群感情深厚，他的朋友和情人都是日裔。同时作品中还存在一个未解的谜团，即周天化很有可能是中日混血儿。但他投入的战争，敌人恰恰是日本人。他投入战争之时，并没有直接思考正义与责任，动机不过是为了获取个体的尊严，成为真正的加拿大人。在沙捞越战场上，与日军对峙的各方势力，虽然有着共同的目标，但却没有通常的宏大叙事中的自我牺牲、生死与共和顾全大局，而是在各方斤斤计较利益得失前提下的无奈妥协与艰难磨合。在这里，正义的大旗遮不住人性的鄙俗与丑陋。也因此，周天化也就不是一个通常意义上的英雄，他带着茫然与困惑的战斗历程呈现出战争的残酷与荒谬，他的蒙冤牺牲更是具有浓重的悲剧色彩。陈河的这部作品，虽然初衷是要书写华人的域外抗战功绩，但移民经历使得他的书写不自觉地从"英雄颂歌"式的表达逻辑荡开来，深入到对于战争的多角度思考，尤其是人性与利益的复杂纠葛，以及人在残酷环境中的自处与作为。

《怡保之夜》与《米罗山营地》同样聚焦马来西亚的华人抗战，前者发掘出惩办告密奸细的历史片段，后者全景式描绘了二战中在马来西亚米罗山一带的抗战历史，包括以陈平为领导核心的马来西亚共产党游击队、英国与重庆政府联合成立的136特别部队以及出于正义感而帮助马共游击队的英国护士卡狄卡素夫人的事迹。由于过度依赖史料，追求历史场景的全面，《米罗山营地》在叙事上较为沉闷，毕竟，"小说精彩的虚构技艺和史料的小说化处理还是有距离的"①。

《外苏河之战》的叙述者是一个美国华人移民，奉母亲之命去越南为20世纪60年代牺牲在越南外苏河战区的舅舅赵淮海扫墓，由此了解到这场战争的面貌。赵淮海由于父亲参加过抗美援朝战争而具有浓重的"世界革命"情结和英雄主义、理想主义情怀。他怀着建功立业的雄心，带领几个同学私自越境进入了越南参加抗美援越战争，最后牺牲在外苏河战区。陈河对战争场景和战争中人的生活细节的再现很细致，但读者从中读出的却是时代的种种荒诞：赵淮海与苏联军人交谈了几句，政工组长甄闻达就怀疑他是间谍特务，而此时苏联军队与中国军队正在共同对美作战，同一战壕中的两支队伍却是政治上的敌人。战场上的荒诞，令赵淮海备感孤独。正是这种孤独，使他在野战医院与护士库小媛迅速迸发出强烈的爱情。但违反军纪的爱情，将二人陷入困境。库小媛为了免受批斗的羞辱，携枪出走，绝望自杀。几乎是同一时间，赵淮海也在战斗中牺牲。被政治深度介入的战争，面目复杂。而由于特定的政治因素，这些援越战士的事迹长期沉埋于历史的缝隙之中，难以获得公开的荣誉和纪念，这使得赵淮海和战友

---

① 朱崇科：《台湾经验与张贵兴的南洋再现——兼及陈河〈沙捞越战事〉》，《中山大学学报》2012年第5期。

们的牺牲格外具有一种历史的悲凉质感。

对战争和军人的关注，或许与陈河曾经的军旅生涯有关，而选择域外战争书写，则是其移民经历所带来的视域扩张。因为在这几部作品中，多族裔的共处与交接是最典型的文本特点。以《沙捞越战事》来说，包括了加拿大华裔、日裔、马来西亚华人、马来西亚的殖民者英国人、马来西亚土著依班人等多个族裔。其实在马华文学中，对马来西亚的华人抗战史不乏书写，譬如张贵兴的写作；但如陈河这样跨越多国空间、将如此多的族裔群体放置在一个叙事空间中，确乎是新移民文学中的一次突破。由此，《沙捞越战事》获得了极高的关注。而《外苏河之战》中涉及的抗美援越战争，由于特定的历史原因，在中国当代文学中也很少被书写。陈河的书写，以赵淮海为枢纽，将包括中国人民志愿军、苏联人、越南人、美国战俘等多个族裔在内的人物聚集在外苏河战区，战争的正义性与多国政治利益的考量绞结在一起，战争的残酷、爱情的纯真与政治的荒诞也绞结在一起，营造出广阔的叙事空间。

## 第三节　见证历史还是营造传奇：
## 历史叙事的叙事追求

历史叙事的叙事目的应该是打捞历史真相、见证历史、反抗遗忘，还是借由历史叙事的框架来容纳普通的传奇故事，是很值得思考的问题。许多历史叙事作品都是由于作者没有节制自己的书写惯性而不自觉地滑入了传奇故事的模式中。

张翎的《劳燕》与袁劲梅的《疯狂的榛子》题材相似，且在叙事元素上也存在一定相关性，都有战争中的爱情，都涉及抗战之中的中美合作。但与《疯狂的榛子》相比，《劳燕》显然更关注女人的情感而非历史本身，战争更像是一个展开故事的背景，女性的传奇成长才是作品的主旨。张翎的写作无疑是基于一定史实的，文本中对于中美合作训练营的运作细节应该也有史料支撑。另外在文本中也拼贴了一些以历史文献面目呈现的碎片，譬如报纸上的报道等，只是由于作者没有提供资料的真实来源，因此这些碎片是真实的史料还是借史料面目的虚构，就不易分辨。《劳燕》通过三个男人和两只狗的亡灵来讲述阿燕的故事。三个男人身份不同，一个是美军教官伊恩·弗格森，一个是美国传教士麦卫理，一个是中国士兵刘兆虎。他们由于中美合作训练营而聚集在一起，又因为都与家破人亡的少女阿燕产生了情感连接而具有了密不可分的关系。他们具有完全不同的成长背景，本应各具性格特质，然而在作者采用的"亡灵叙事"中，他们的个性、面目却十分模糊，并且随着作者不断地切换叙述者而呈现出越来越趋同的状态——都有着过度丰富的内心戏，柔肠百结，欲言又止，吝于与阿燕展开明晰的对话，于是每个人都与阿燕产生了情感上的误解。这种趋同在一定程度上是源于作者赋予他们了相同的语言表达方式，甚至连两只狗的表达方式都是相似的——都喜欢大量使用"他那时还不知道……""他后来才知道……"句式；都喜欢对情绪作感官化的表达等。这使得文本在细节上呈现出一种臃肿状态，却没有在叙事中真正完成对人物的个性化塑造。

张翎的写作以细腻见长，对于细节纤毫毕现的书写，较易将读者带入故事的情境之中，产生回到历史现场的错觉。然而，冷静考察这些细节，将其放置在历史的逻辑链条中审视，又难免生出很多疑惑。毫无疑问，中美合作训练营是珍贵的历史片段，值得发掘，张翎也为此做过一定的史料搜集工作。但落脚在文本中，这段历史却没有呈现出可触的真实感：譬如学员之间的一次打架被叙述为训练营里惊天动地的大事；中美合作训练营本是执行秘密任务的机构，然而在作者的笔下，其驻地却是连县城的戏班子也知道得一清二楚，提前几个星期就预告了要来训练营劳军演出，而一直重金悬赏捉拿美军教官的日军对此竟然毫无反应，况且日军还曾到过距离中美合作训练营仅仅几十里地的四十一步村袭击过阿燕母女；训练营的学员能步行一百多里去袭击日军军需仓库，而装备精良的日军却对训练营从无作为，没有发动过一次打击行动，其情报搜集能力和战斗能力显然都不尽符合真实的战争状态……这些在逻辑上令人生疑的细节，使得《劳燕》在叙事的合理性上是有所欠缺的。尽管作者可能对战争本身兴趣匮乏，关注的是大时代中小人物的坎坷命运、是女性的成长，但是如果故事所凭依的历史情境失去了真实感与可靠性，那建构于其上的悲欢离合岂非如同沙上之塔？因此，《劳燕》中的战争，更像是草草搭成的舞台布景，由于不够逼真而无法真正参与到叙事之中。学者刘晓波谓之"架空历史"——"架空历史、想象现实，这是很多作家的惯用套路，这种比鸡肉本身还美味的鸡精仅仅是一种替代品罢了。故事读完意义在现场也就结束了，故事能带我们回到历史中去猎奇一番，却无法对现实中的问题有什么实质性的解答。"①

　　许多研究者都注意到，张翎的作品，不仅在语言上具有强烈的个人风格，在人物关系设置上也有一定偏好，譬如《劳燕》中的牧师比利与阿燕的关系就与她的短篇《羊》中孤女路得与牧师约翰的关系毫无二致，甚至连少女初潮的细节都一样。而《羊》也是长篇《邮购新娘》中的一个局部。此外，三代女人的情爱经历也是她比较偏爱的情节模式。叙事层面上的重复性，使得张翎的每一部作品单独来看都具有不错的完成度，但排列在一起却呈现出一定的趋同性。正是这种趋同在一定程度上弱化了《劳燕》应有的阅读痛感。加之战争背景的虚化，使文本再次演变为一个女性在多角恋爱中的自我成长，回到了作者惯常的书写模式。诚如刘小波所言："她对历史和女性命运的书写有着惊人的一致性与重复性，这是丰富了女性形象的文学画卷，还是给人以刻板的形象一时难以裁决，有待时间的验证。"②

　　书写惯性，同样存在于严歌苓的创作中。《金陵十三钗》的故事主线据称源于《明妮·魏特林日记》中提到的一个历史细节：即"南京大屠杀"中，在难民营有妓女代替良家女子受难。作者据此构建了一个发生在天主教堂内的传奇性故事。明妮·魏特林也出现在了故事中。应该说，作者能够直面这场民族灾难，为在"南京大屠杀"之后始终没有被洗雪耻辱的受日本侵略者强暴的女性群体而发声、而记录，是一次十分有价值、有意义的写作。但同时，我们也不能不看到，严歌苓在叙事之中所呈现的书写惯性，即情节设置的过度戏剧

───────────

① 刘小波：《张翎〈劳燕〉：毁灭我们的不是战争，是人性》，《文学报》2017年4月27日第22版。

② 刘小波：《张翎〈劳燕〉：毁灭我们的不是战争，是人性》，《文学报》2017年4月27日第22版。

化，习惯性地将底层卑微的女性作为灾难中的救赎者，以及对女性身体的浓烈兴趣等使得她的初衷在一定意义上被消解。因为过度戏剧化的情节在一定程度上冲淡了大屠杀的苦难底色。一方面，严歌苓为逃进天主教堂避难的妓女们设计了一副粗俗轻佻的形象，除了主要角色赵玉墨因具有一定的文化水平而稍有克制以外，其余诸人都呈现出无知、放荡、不明事理的面貌：逃难带着麻将；明知教堂外已是人间地狱，却仍然在教堂里嬉闹、打牌、喝酒、唱曲，污言秽语不断；对收留自己的教堂神父和职员几乎没有一丝该有的敬畏；面对危险的恐惧感既不是无言的瑟缩，也不是无奈的哭泣，只有愈加放弃尊严地与伤兵混闹。严歌苓的语言极富画面感，是很生动的，但正是这种生动，构成了一种妓女群体的刻板化面目，坐实了她们的"低贱"是天然的。这种生动带着肥皂剧般的质感，是一种不乏矫饰的美学表达。而这种表达显然带着知识精英居高临下的想象。作者的笔墨越是传神，笔墨背后的姿态就越是傲慢。而如此面目的妓女，在最后的瞬间大义舍身，替纯洁的女学生受难，就缺少一点逻辑上的合理性。另一方面，几个关键性细节也令人不适，如豆蔻酒后跑出教堂去取琵琶弦，惨遭日军蹂躏，精神失常；女学生们为了表达对妓女们的嫌恶而夜夜大唱圣歌，神父以为这天籁般的歌声可以抚慰血与火中的南京，可以让狼立地成佛，因此不加制止，最终这成为日军到教堂索要女学生的借口。在血雨腥风的南京，这些传奇性的细节显得有些怪异。因为它隐含着一种叙事的逻辑，即：假如妓女们安分，假如女学生们悄声，那么也许悲剧就不会发生。作者的某些笔墨也是秉承这种逻辑的："她们刚才那童音未褪、含苞待放的女性嗓音足以使这群日本男人痴迷。日本男人有着病态的恋童癖，对女童和少女之间的女性怀有不可告人的慕恋。他们的耳鼓被刚才那一声声丝绒般的呼喊抹过去，拂过来，他们在这个血腥时刻心悸魂销。或许这罪恶情操中有万分之一的美妙，假如没有战争，它会是男人心中那永不得抒发的黑暗诗意。但战争使它不同了，那病态诗意在这群日本士兵身心内立刻化为施虐的渴望。"① 这种隐含逻辑在一定程度上弱化了"南京大屠杀"的惨痛，

---

① 严歌苓：《金陵十三钗》，中国工人出版社 2007 年版，第 65 页。

使得读者的关注点从历史的逻辑中抽离出来，停驻在传奇性的故事之中。而粗俗不堪的妓女只有通过舍身献祭才能实现人格上的升华，获得读者道德层面上的认同，则使得个体的生命价值因为身份而具有了区分。这一点也是最为评论者所诟病的。

相比之下，与《金陵十三钗》同属于"南京大屠杀"题材的《南京安魂曲》和《南京不哭》则摒弃了过度的传奇。哈金的《南京安魂曲》以明妮·魏特林为主人公，当时她临时担任金陵女子文理学院的负责人。南京沦陷后，金陵女子文理学院成为南京国际安全区内的难民收容所，收容女性和儿童避难。明妮·魏特林女士与留校的同仁和当时身处南京的一些外籍人士一起，不惧危险与艰难，为战乱中的上万名南京妇孺竭尽所能地提供了庇护和救助。这一善举值得国人永远铭记。《南京安魂曲》作为小说，虽然虚构了叙述者安玲，以及部分的情节和人物，但涉及的"信息、事实和史实细节则源于诸种史料"①，哈金在"作者手记"中附录了大量的中英文史料来佐证作品的历史真实性，其中当然也包括《明妮·魏特林日记》。因此，"整个小说，与史事相符，清楚扎实，没有一处应付了事之笔，更无穿帮的可能"②。哈金通过安玲的叙述，塑造了满怀悲悯的"慈悲女神"明妮·魏特林，她不顾个人的安危和尊严，为了救助上万名妇孺而艰难奔走斡旋，身心备受折磨，以至于其后罹患严重的抑郁症而自杀，使得她的伟大奉献长期被世人所遗忘。此外，南京国际安全区主席约翰·拉贝以及许多参与救助的外籍教师和传教士的伟大形象，也都得到了生动的呈现，全方位展现了"南京大屠杀"中国际安全区内的残酷与救赎。哈金没有设计过度戏剧性的情节线索，而是以冷静客观的叙述基调，通过大量源于史实的细节，如难民人数、被屠杀者的数量、甚至物价的变化等来直面"南京大屠杀"这一历史惨剧，叙事的推进也完全遵循时间顺序，重要的事件均有明确的时间对应，因而"《南京安魂曲》有着纪录片般的真实感，触目惊心的场景和苦难中的人生纷至沓来"③。当然，由此，哈金的写作也被认为缺少想象力，

①　哈金：《南京安魂曲》，江苏文艺出版社2011年版，第297页。

②　施战军：《〈南京安魂曲〉阅读札记》，《南方文坛》2012年第2期。

③　余华：《我们的安魂曲：南京安魂曲》，江苏文艺出版社2011年版，序言第3页。

是历史的科普化。

《南京不哭》与《南京安魂曲》一样都是英文作品，作者郑洪本身是麻省理工学院的物理学家，他与哈金一样，用英文创作《南京不哭》，就是希望在西方世界中加深对这一历史惨剧的真实认知。他为此亲自回到南京，采访大屠杀的幸存者，并阅读了大量史料，很多细节都来自当事人的回忆或史料记载。作者基于自身的学科背景，以从麻省理工学院留学归国的科学家任克文和受邀来华帮助中国政府研制飞机的美国科学家约翰·温思策在"南京大屠杀"事件前后的生活经历作为叙事主线，并通过他们的朋友、金陵女子文理学院附中的女学生陈梅将明妮·魏特林的事迹引入叙事之中，以中西交接和对照的方式来呈现"南京大屠杀"的残酷和南京市民的受难，其叙事也是较为克制的。

"南京大屠杀"是我们民族的巨大创伤，但它却是被"第二次世界大战遗忘的大屠杀"，"对于'南京大屠杀'的纪念，从来没有超出中国的区域范围，而且最终几乎没有超过南京本身的范围"①。因此，除了历史学、政治学、社会学研究等学术研究之外，以文学叙事书写这一创伤性历史事件，是具有极大意义的，否则它将永远处于被世界遗忘的危险之中。在这个意义上，这几部"南京大屠杀"题材的小说具有非凡的文学价值。而由于它们均由美籍华人作家完成，对它们的对读就成为一个自然的反应。毕竟，"就文学而言，如何在大量真实史料的基础上，重新书写这种血腥的大屠杀过程，并使其获得丰厚的审美意蕴，仍是对作家叙事能力和思考能力的一种考验"②。学者李良认为："从创作目的和艺术效能上看，这几种文本不约而同地实现了之于南京大屠杀的祛魅化叙事目标。"③ 但也有论者认为："相比哈金的庄重、严肃，严歌苓的笔致则稍显轻佻。她给读者下了一个甜蜜的圈套，很轻易地就跟读者签订了一份去意识形态化的'合同'，

---

① 杰弗里·C.亚历山大：《迈向文化创伤理论》，陶东风、周宪：《文化研究》（第11辑），社会科学文献出版社2011年版，第36页。

② 洪治纲：《集体记忆的重构与现代性的反思——以〈南京大屠杀〉〈金陵十三钗〉和〈南京安魂曲〉为例》，《中国现代文学研究丛刊》2012年第10期。

③ 李良：《祛魅与复魅之间——新移民文学视域中的"南京大屠杀"叙事》，《当代作家评论》2018年第6期。

即以个体叙事来言说宏大话语，以女性、成长置换家国、历史。"①

　　显然，如何有效地控制自己的笔触，合理处理虚构的戏剧性与历史的严肃性，让"人物更符合人的逻辑，史事更符合历史的逻辑，细节更符合生活的逻辑，创作更符合艺术的逻辑"②，是历史叙事作品创作的根本点。而努力克服书写的惯性，审慎地确立作品的叙事目的，回到写作的真诚与恳切，无疑是达至此点的必由之径。

　　"文学是为历史作证的最佳途径"，因为"小说聚焦于个人和个案的描写，能表现绝对的人性；在小说家靠想象力构建的现实里，绝对的人性继续吸引读者，具有宝贵的魅力"③。新移民作家的创作不断聚焦于故国历史，通过纪实或虚构，努力将故国历史与所在国历史进行有效的勾连，重新想象、建构或解构历史的存在状态，这是他们作为跨国移民特有的创作特性。移民的身份便利，使他们常常能够发掘出独异的书写题材，大胆地突破历史书写禁区，在时光沉埋处打捞真相、还原历史现场，在多族裔交接的地带透视历史的多重面目。因此，他们的历史叙事就与国内作家呈现出不尽相同的叙事风貌。新移民作家如能够善加利用自己独特的写作场域，秉持应有的叙事立场，克服书写惯性，必然能够为华文文学的历史叙事增加有分量的章节，为读者提供一个有意味的思考切口，毕竟"我们研究历史，书写历史，并不纯然是为了向一段逝去的时空致敬，而更是为了确认当下的时空，并为寻找通向未来之路确定方向"④。

---

　　①　郭全照、布莉莉：《文学如何触摸历史——评〈金陵十三钗〉〈南京安魂曲〉中的大屠杀叙事》，《中南大学学报》2012 年第 4 期。

　　②　施战军：《一个文学史难题与三个现状层面》，《文学教育》（上）2010 年第 9 期。

　　③　塞姆·德累斯顿：《迫害、灭绝与文学》，何道宽译，花城出版社 2012 年版，第 6、196 页。

　　④　鲁太光：《重建当代中国的文学想象——2009 年中短篇小说创作概述》，《文艺理论与批评》2010 年第 1 期。

# 第五章

## 灰色的梦想:新移民小说中的
## 底层书写

在新移民小说的数十年历史中,被书写的主人公以中产阶层、知识分子形象居多,这或许与新移民作家群体的自身阶层属性有关。目前较为活跃的新移民作家大多是通过留学、访学等途径出国定居的,在经过数年奋斗后,基本上生活稳定安逸。阶层属性决定了很多人的书写更为关注中产阶级文化,更擅长表达中产阶级心声。相对而言,这些作家对底层移民的关注不是很多。虽然在大量的新移民小说中都有对主人公端盘子、做保姆、做流水线工人等等的辛酸生活描写,但由于这些主人公多是受过高等教育的群体,他们的这种底层生活通常是短暂的,是成功之前的一段委曲求全的日子而已,这种艰辛是有可以期待的美好未来做衬底的,并非是底层生活的真实镜像。因而他们本身并不算真正融入了底层。通过社会学与历史学的相关研究可知,海外华人新移民群体中,有很大比例是底层移民或者说劳工阶层。在淘金时代,涌向海外的华人群体主要身份就是华商和劳工。改革开放后,大批青年知识分子赴外留学,他们的事业成就、他们的留居与"海归"都更容易引起媒体的关注。但其实,与他们一样络绎不绝奔赴海外的还有大批劳工。无论是通过偷渡还是合法的亲属移民、劳工雇佣,每年都有相当数量的劳工阶层移民加入到海外华人群体中。他们在海外数量庞大的中餐馆以及制衣厂、鞋厂等所谓"血汗工厂"中谋生和发展,甚至也有一定数量的女性被拐骗从事按摩服务和性产业。在他们中间,有少部分人确实通过胼手胝足的拼搏,最终摆脱了贫困,成为中餐馆老板、商人、工厂主,跻身中产阶级,但更多的人因种种原因始终挣扎于艰苦的劳作中，困顿于合法身份获取的歧途上。对于这一群体，新移民作家的关注与书写尚有所不足。而在自己留居的国度，新移民作家通常也更关注身边的中产及中产以上阶层，而对当地底层认知较少。在这种情形之下，当一些新移民作家将敏锐的触角探入到底层群体中，为我们留下了几帧色彩别样的快照，就显得格外可贵，譬如钟宜霖（英国）的《唐人街：在伦敦的中国人》、夫英（美国）的《洛杉矶的家庭旅店》、刘加蓉（美国）的《洛杉矶的中国女人》、沙石（美国）的《玻璃房子》、曾晓文（加拿大）的《金尘》、陈河（加拿大）的《在暗夜中欢笑》《红白黑》、枫雨（美国）的《八零后的偷渡客》、范迁（美国）的《桃子》、少君（美国）的《少年偷渡犯》、陆蔚青（加拿大）的《纽曼街往事》，李彦（加拿大）的《泥藕的羞惭》《吉姆老来得子》、二湘（美国）的《罂粟，或者加州罂粟》、穆紫荆（德国）的《老猫旺空》等作品。这些新移民文学中的"底层书写"，值得研究者关注和解析。

## 第一节 透视劳工阶层的焦灼与迷惘

钟宜霖的《唐人街：在伦敦的中国人》描写的是伦敦一个非正式的唐人街——一条居住者大多为华人的街道。叙述者作为即将毕业的硕士研究生，为了撰写毕业论文租住在这里的一栋群租房内半年有余。全楼十几个住客，几乎都不懂英文，大多是偷渡而来或失去合法身份后"黑"下来的，从事的也多是非法的工作。由于很多住客属于短租，于是叙述者得以冷眼旁观来来往往的房客们。他们大致分为两类，一类是从中国乡村借了高利贷偷渡到英国的：中餐厅厨师阿光，在英国打黑工十几年，东躲西藏，积攒的百万金钱都寄回国内给家人盖房装修、购买高档家私，自己却俭省到连一块钱的袜子都舍不得买；卖盗版光碟的春生，花费20多万人民币偷渡到英国追寻梦想，却一事无成，过着没有爱情、没有未来的渺茫日子；下岗工人老尉夫妇，先是偷渡到南非淘金，辗转来到英国后以卖盗版光盘为生，为了省钱，厚着脸皮违规购买优惠的家庭地铁票，为了得到合法身份，花费昂贵的律师费提交难民申请；从福建偷渡来的青哥，卖 K 粉、赌博、做蛇头；蛇头老朱，同时是伦敦最大的盗版碟批发商。另一类是来自中国大小城市的青年男女，他们留学失败，身无所长，一文不名，无法回国面对家人和朋友，无奈地混在英国：北京男孩林琦，出身殷实的单亲家庭，13 岁离开母亲到英国留学，因无法适应英国的学习而辍学，在餐馆中做服务生，前路迷茫；妓女阿宝来自东北的普通人家，父母追逐潮流、倾尽家财送她出国留学，她却在荒唐的生活中迅速挥霍了所有的学费，无颜归国，万般无奈下在英国沦为妓女；来自河南的张来，留学失败，在唐人街做起了二房东，既有滚滚而来的金钱，也少不了黑帮的威胁、打砸。

《唐人街：在伦敦的中国人》仿佛是移民版的"72 家房客"，房客们各有悲喜人生。偷渡客们为了出国所费不菲，基本都是借高利贷。他们没有合法身份，更不懂多少英语，在英国只能从事非法工作，涉足的都是地下产业。虽然处在经济链条的最底端，但有赖于发达国家与发展中国家的经济差距，以及地下产业的税收逃避，他们在收入上并非都比合法职业少。不过，朝不保夕的生活境况使他们的精神世界处在一种持续的紧张状态，一方面积攒着每一分钱，一方面却不得不进行某些方面的"高消费"——因为没有合法身份，不管是租房，还是签手机租约，都无法正常进行，只能以不正常的高价在华人群租房内栖身。尽管如此，他们大多依然善良乐观，为了最终的合法身份或代表梦想的足量金钱而不懈地奋斗着。而由于留学失败被迫滞留国外的非法居留者，则是改革开放几十年间从未退烧的留学潮中经常被忽视的"炮灰"。他们主动或被动地卷入留学潮，却并不具备完成学业的素质和能力。光宗耀祖的文化传统让他们进退维谷，被甩出留学生活的正常轨道，无法掌控自己的命运，只能麻木或绝望地随波逐流，一任生活将自己带往未知的前方。作者是知识分子，作为一个有着合法身份的旁观者在注视着这些非法移民的日常生活，但却没有预设道德立场，诙谐的行文中反而弥漫着深切的同情与理解，透过她截取的房客生活片断，我们得以窥见在中国经济高速发展和拥抱全球化的浪潮中，那些缺少知识资本、经济资本的底层民众是如何渴望通过国际迁移来改变人生、实现梦想的。

　　夫英的《洛杉矶的家庭旅店》与《唐人街：在伦敦的中国人》取材比较接近，同样是一个华人移民群居的处所——一家名为"东北安乐窝"的家庭旅店。这种家庭旅店不仅为刚刚抵达美国、经济拮据的新移民提供了方便的栖身之所，而且还有偿为不懂英文、不谙美国法律的新移民代办驾照、身份、求职等事宜。其经营方式其实属于违规的地下产业。《洛杉矶的家庭旅店》取全知视角，粗线条地扫描生活在这个家庭旅店的成员们：店主郝大脑袋在经营家庭旅店的同时暗中从事倒卖香烟和大麻的生意，妻子沈佳红年轻貌美，为了绿卡而委身于他；房客窦艳，离开丈夫、孩子，独自来美打拼，一心要把丈夫、孩子带来美国，孤寂中与房客蓝海同居；蓝海，因妻子出轨，为逃避人生的失败而移民加拿大，又偷渡来美，希望靠打工积累钱财买房、开餐馆；年过半百的单身女性许玲，到处寻觅目标，一心想在美国做百万富婆；还有黄粱、韩天一等，都是孤身在美打拼的当代淘金者。围绕着"东北安乐窝"的还有嗜赌如命的按摩店主亚当，从事设计工作的白领雪儿等，他们不知道来美国到底是追求什么，只是为了躲避国内生活的不愉快而走上移民之路。最终，"东北安乐窝"被迫关闭，围绕着"东北安乐窝"的这些底层移民各自沿着命运的轨迹滑行。沈佳红得到绿卡后就红杏出墙，并通过制造家暴假象，达到了卷款离婚的目的；郝大脑袋黯然离开洛杉矶，漂泊外州，最后打算回国；蓝海虽然拿到了绿卡，也积攒了一些钱财，但生活并没有太大的改变，也开始产生回国生活的念头；许玲活成了满心怨毒、到处生事的万人嫌，也依然没有脱离底层；窦艳将丈夫、孩子办来美国后，却婚姻破裂；亚当输尽家产，从店主变为雇员；韩天一返回国内，过上了知足常乐的平淡日子；黄粱一家终于在美国团聚，继续为买房奋斗。这些底层移民，都是怀揣梦想来到美国，一心渴望在美国改变命运。但是，他们都是身无所长的普通人，梦想大于能力，因此多年打拼，只能勉力生存，并没有使自己的生活发生本质上的改变。

　　《洛杉矶的家庭旅店》没有营造梦想终究实现的瑰丽幻景，而是呈现了底层移民生活的另一种真相，在众多的新移民小说中是较为有特色的。只是作者的笔墨过多地放在了房客间的感情琐事上，对于底层移民的生存困境、生活艰辛缺少精彩的细节展示，甚至对移民最为棘手的绿卡，也语焉不详。而他们的精神困境也仅表现为私人的情感和性爱迷茫，对其他方面展现极少。或许，这也是中产阶级写作者与真正的底层生活存在一定程度上的隔膜与疏离的缘故。

沙石的短篇集《玻璃房子》中所塑造的人物都是移民中的失意者：寂寞的单身花匠、失恋落魄的作家、心态畸形的理发师、妻离子叛的倒霉父亲、在种族歧视压力下心力交瘁的职员等。这些移民群体中的灰色个体，精神世界里常常阴霾重重、晦暗压抑。《玻璃房子》和《窗帘后边的考夫曼太太》是这部小说集中的最能体现作者叙事风格和关注重心的作品，有着相似的主题和人物关系。两篇小说的主人公都是花匠：阿德和老孟头。他们同是被妻子抛弃的中年单身汉，知识水平很低，且其貌不扬、性格内向，收入仅够糊口。在他们沉默寡言的外表下，都掩藏着强烈的性渴望。而他们欲望的指向目标都是富有阶层的白人女性。阿德夜夜对着墙上的画报美人失眠，但当性感的金发女子伊丽莎在泳池边主动勾引他时，他并没有顺势就范，而是坚持要在伊丽莎家的大床上而不是游泳池边进行性事，他认为那样才"更具有政治意义"① ——被歧视的华裔在身体上占有白人的象征性意义。沉默寡言的老孟头，每天听着女主人考夫曼太太淋浴的声音意淫，时常伺机偷窥女主人卧室，亵玩女主人内衣，甚至发展到排斥女主人的男性朋友，更加厌恶女主人作为性爱对象的爱犬，直至最后将其杀死。

这两个故事不乏荒诞，但在荒诞之下，却又渗透出一种悲凉。它们以另类的方式揭开了种族区隔、阶级区隔之下底层移民的精神压抑。由于底层移民大多来自乡村或城市的平民阶层，教育的匮乏，语言能力的不足，使得他们在移民后只能从事低工资、低福利的体力工作，甚至是无福利的黑工。移居地的繁荣与自由对他们而言更像是豪华商场的橱窗，仅供展示，无法触摸，遑论拥有。他们与周围世界的关联大多仰赖有限的中文报纸和电视节目，他们的社会交际也往往局限于同阶层的少数同胞之中。飘零在异域他乡，"这些离乡背井的移

---

① 沙石：《玻璃房子》，河北教育出版社 2009 年版，第 12 页。

民工人再也得不到传统乡村的相互依存体系的保护"①，成为异域场景中迷茫的个体，疏离于周遭的文化场域。经济的窘迫、语言的隔离，相对封闭的生活，必然带来一定程度的精神压抑，这往往催生出种种相应的精神应对策略——对本土上层女性的性幻想、性渴望即其中一种。

如阿德和老孟头这样的单身男性，不仅在经济生活中处于底层和边缘，而且在异域遭受到婚姻的挫败：妻子在金钱、绿卡等利益的诱惑下投向异族男性的怀抱，使得他们对异族女性怀抱一种掺杂着征服、报复等复杂情愫的性渴望、性幻想，企图以此平复自己的失衡心理。但对于低下阶层的男性来说，上层社会的女性是可望而不可即的。因此，由于得不到而贬损其道德水准，甚至将其妖魔化，就成为他们的另一种心理应对策略——伊丽莎由于受到丈夫冷落就去勾引陌生的花匠，考夫曼太太则变态到宁与狗做爱也拒绝委身真正的男人。这种耸人听闻的荒唐故事，折射的是备受压抑的低下阶层的扭曲心态。移居地对他们而言，是异己的、紧张的，有时呈现为狰狞、无序和晦暗压抑的面目。虽然他们身体移民了，但精神可能始终没有落地，这类人被称为 SOB——Still On the Boat。

方丽娜的《蝴蝶坊》聚焦华人移民中的性工作者。主人公秋月是东北下岗女工，因生活无着，遂卖了房子投入到中俄贸易，试图借此打开生活的出路。但她不幸在国际列车上遭遇抢劫，血本无归，被迫滞留莫斯科。为了还债和生活，秋月通过偷渡到达了法国。身无所长、语言不通的秋月，连端盘子的活也找不到，万般无奈之下只能从事半遮半掩的按摩业，后来干脆与一批东北老乡一起成为了满腹辛酸和羞惭的"站街女"。由于难民潮导致的环境动荡，一起工作的菊姐命丧巴黎，惊恐的秋月再次偷渡到了维也纳，但依然只能从事性产业，用血泪收入供养着在国内上学的儿子和窝囊的丈夫——还必须向他们隐瞒工作的性质。作为不洁的底层，秋月和所有来自国内的"站街女"一样，"不怕陌生人凶悍的打量，最怕来自同胞冷飕飕的目光。

---

① 三好将夫：《没有边界的世界？从殖民主义到跨国主义及民族国家的衰落》，汪晖、陈燕谷：《文化与公共性》，生活·读书·新知三联书店 2005 年版，第 506 页。

那满腔鄙夷的背后，是轻蔑而刻毒的联想"①。后来，秋月倾尽积蓄，与朋友莎莎一起盘下了一家按摩店，成为小老板，生活逐步改善，还遇到了一个优雅的老男人马休，绝望的心悄悄地滋生出一点希望的火焰。但即使再小心地躲藏，国内的家人还是得知了真相。回家探亲的秋月，被丈夫和儿子嫌弃，彻底失去了家庭。秋月返回奥地利后，又得知莎莎趁她回国的机会，抢走了马休，浇灭了她唯一的希望。愤怒和绝望的秋月，冲动之中挥刀杀害了莎莎。因为没有死刑，秋月后来得以出狱。她和莎莎一起经营的蝴蝶坊，被改建成了红十字会管辖下的华人性工作者救助站。秋月成为这里的志愿者，在竭诚服务同胞之余，在教堂里获取心灵的安宁。

另外，二湘的《暗涌》中也塑造了被拐卖到阿富汗被迫卖身的下岗会计圆圆。圆圆来自沈阳铁西区，真名何菲芳，父母离异，跟随姥姥生活，中专毕业后在工厂做会计，因工厂倒闭而下岗。在朝不保夕的窘困生活中，为了给姥姥治病，欠下了蛇头桃姐的债。当她摆水果摊努力挣钱还债时，又遇到性骚扰，在奋力反抗中刺伤了对方。桃姐恐吓她犯下了命案，趁机将她拐卖到喀布尔，逼迫她卖身还债。圆圆后来卷入桃姐被杀案中，被当地警察遣送回国。

性工作者可以说是底层中的底层，因为她们的谋生手段不只艰辛且令人备感羞耻，除了同行业的人，很难得到其他同胞的帮助，遑论亲人的慰藉。她们大多是通过偷渡等非法途径抵达目的国的，既要偿还巨额的偷渡费用，还要负担国内家人的生活费用；既要忍受同胞的歧视，也要面对街头暴徒、黑恶势力的劫掠。如果始终无法获取合法身份，还会时刻面临被耻辱地遣返的风险。而身后的家园并不是她们的退路，只会令她们无颜面对。因而，她们的生活始终笼罩着灰色的阴霾，出路十分狭窄。对她们而言，"苦日子是没有尽头的。人生原来一直是苦的。快乐倒是短，短得几乎可以忽略不计"②。近年来，这一群体时常出现在海外媒体的报道之中，开始引起一些写作者的关注。但直面这一群体的作品，为数仍然较少。

---

① 方丽娜：《蝴蝶坊；夜蝴蝶》，作家出版社 2019 年版，第 121 页。
② 二湘：《暗涌》，北京十月文艺出版社 2019 年版，第 93 页。

　　张惠雯的短篇《梦中的夏天》（收入短篇集《在南方》）所表现的也是移民群体中比较多见的一种底层人物。作品中的莉亚在国内时本是银行职员，漂亮高傲，却误入感情歧途，成为行长的情人。行长为了自身前途而将她骗至美国后抛弃，使她在美国开始浪漫新生活的梦想彻底破灭。强烈的自尊心让她放弃了对行长的纠缠，更无颜回国面对旧日的人际关系。钱财耗尽后，莉亚为求绿卡嫁给了一个智障农场主。本来是一个交易，却不慎怀孕生子。天然的母爱让她只能滞留在智障丈夫身边，守着破败不堪的小农场，过着窘迫且看不到前途的困苦生活。在汹涌的出国潮中，不乏盲目者和被动者。尤其是在一些满脑子不切实际的绮丽梦幻、以婚姻为出国目的的女性中，不幸落入陷阱、难以挣脱的不乏其人。莉亚的故事虽然过于戏剧性，但也从一个侧面展现了移民群体中这一类梦想破灭者的艰难生活。

　　此外，黄宗之、朱雪梅夫妇的《破茧》和刘加蓉的《洛杉矶的中国女人》都对移民群体的蓝领工人有所表现。《破茧》是教育主题，其中的张远鸿夫妇属于受教育程度不高的移民，只能从事搬家和保姆等体力工作。作品在探讨华人移民后代的教育问题时，也让读者看到了一种普通劳工阶层积极乐观、努力在异国打拼的生活状态。《洛杉矶的中国女人》的主人公叶秀是知青出身，没有高学历，移民到美国后，英文不好，只能从事辛苦的体力劳动，工作更换频繁，经常同时打两份工。她身边的孙红梅、周小云等都是如此。他们没有不切实际的追求，所有忙碌都只为守住一个安稳的小家。虽然作品把主要笔墨集中于婚姻家庭生活的"茶杯风波"，但叶秀奔波忙碌的日常生活和她的交际圈，依然为读者客观呈现了华人移民劳工阶层的生活面貌。

　　作为华人移民生活的记录者，新移民作家在书写中产阶级移民追求个人价值实现的执著和奋进之余，能够突破自己的生活经验，穿越阶层，注目全球流散人口中的底层群体在焦灼和迷惘中的挣扎，透视他们精神世界中的千疮百孔，是非常有价值的书写。

# 第二节　扫描"偷渡"地下生态链

　　在新移民文学中，有多部作品，如曾晓文的《金尘》、陈河的

《在暗夜中欢笑》《红白黑》、枫雨的《八零后的偷渡客》、范迁的《桃子》、少君的《少年偷渡犯》等，都明确涉及了华人移民生活中经常讳莫如深的地下生态链：偷渡以及偷渡后通过各种合法或非法途径获取居住国合法身份的运作过程——这是每天都在世界各地的唐人街运行着的黑色或灰色产业。这条地下生态链上，有获利颇丰的黑帮，有利用法律漏洞从中牟利的律师，更多的是裹挟其中的非法移民。这些作品，将偶尔出现在媒体上的新闻事件，具象化为一个个跌宕起伏、悲喜交加的传奇故事。

　　曾晓文多次涉及过偷渡题材，短篇《全家福》是偷渡到美国的打工者的生活，《中国妻子的日记》则涉及蛇头。不过与《金尘》相比都是浅尝辄止的。中篇小说《金尘》（载《江南》2017 年第 4 期）对偷渡这条地下生态链上的几个重要环节进行了扫描。作者通过蛇头青姐的葬礼，将蛇头、偷渡客和参与牟利的律师有机连接起来。青姐是华人蛇头中的"大姐大"，先后组织过几千个福建人偷渡到美国，后来被判处 36 年徒刑，病死在美国的监狱中。女留学生陶霏，因经济原因中途退学，为了生存，伙同白人律师金西，从事为偷渡移民骗取绿卡的业务，虽然曾经赚得万贯家财，但终究事发入狱，出狱后与儿子相依为命，过着平淡的生活。陶霏的前夫炜煊，以冒名顶替的"偷渡"方式到达美国，混迹在华人印刷厂打工，毫无前途，最终返回国内，依靠前妻的匿名投资翻身，成为知名导演。福建农民财仔，依靠青姐偷渡到达美国后，通过陶霏的运作获得绿卡，在美国扎根，生下五个儿子，成为中餐馆老板，是偷渡客梦想成真的典型。偷渡女阿芸却是另外一种典型，由于丈夫没钱付青姐的赎金，她担心被"撕票"而逃离，却被陶霏出卖，被青姐手下的打手砍掉了脚趾，还被强奸，之后上吊自杀，魂断异国。阿芸的丈夫江哥同样是偷渡客，在美国既发过财也欠过债，起起伏伏，始终是非法移民。参加葬礼的偷渡客们，许多都是江哥这样的非法居留者。他们冒着生命危险踏上偷渡旅程，"黑"在美国，四处漂泊。获得合法居留、安居乐业，就是这个群体最大的梦想。

　　此外，陈河的《在暗夜中欢笑》和《红白黑》都涉及了偷渡产业链。这虽非作品的主线，但我们仍能从中了解到华人偷渡到欧洲的

路线和方式等运作细节。《在暗夜中欢笑》的女主人公柳银犁是福建
山区的农民，在自己数次失败的偷渡中对偷渡生意产生了兴趣，于是
跟丈夫一起做起了偷渡蛇头，希望靠此赚到快钱，然后再回归正当生
意。柳银犁表面上在阿尔巴尼亚从事商品零售，暗地里却是穿梭于中
国和乌克兰、阿尔巴尼亚、保加利亚、马其顿等欧洲国家之间的女蛇
头，"整天缠绕在偷渡、绑架、越境等事情之中"，"在人生的道路上
越走越暗"①。她与阿尔巴尼亚的华商李布互相吸引，奈何李布无法放
弃自己的婚姻，他们的婚外恋情终于不了了之。她最后追随包工头彭
三程去了非洲。《红白黑》中的秋媚是比柳银犁更具能量的女蛇头，
掌控着一条从中国穿越越南，或者蒙古、俄国、乌克兰，或者泰国，
最终通过阿尔巴尼亚到达意大利的偷渡链条。她用黑钱在法国开设的
餐厅获得成功后也曾萌生退出黑道的念头，但"多年来她用尽心血构
建的庞大的偷渡网络就像一张蜘蛛网一样，也网住了她自己，使得她
无法脱身"②。由于偷渡船发生沉船事故，她的偷渡组织受到欧洲各国
和中国政府的打击，她不得不在非洲躲避了数年。难耐对故乡的强烈
思念，她还是冒险回到国内，最终落入法网。

　　陈河的这两篇小说涉及的偷渡细节，与社会学和移民史的研究是
一致的，是国际政治格局的变动和全球化浪潮的持续涌动，将大量渴
望通过向外迁移来发财致富、改变命运的中国农民拉扯进了偷渡的生
态链条之上："苏东解体后边界重构给中国移民提供了特殊的机会，
来自中国的商人、投资者、工人和农民及时充分地利用这一特殊机
遇，进入东欧谋求发展，接着又从东欧向南欧、西欧、北欧流
动。……移民进入那些国家的重要诱因是他们为移入国所需要，是因
为移入国能够为他们提供务工谋生挣钱的机会。"③ 由于欧洲各国移民
政策的种种限制，使试图去欧洲寻找机会的中国移民经常采取"难民
申请"的手段达到曲线移民的目的，由此形成了将偷渡者、蛇头和移
民律师勾连在一起的跨国生意，成为当今世界多国的社会难题。

　　枫雨的短篇《八零后的偷渡客》（收入短篇集《八零后的偷渡

① 　陈河：《在暗夜中欢笑》，上海文艺出版社 2013 年版，第 59 页。
② 　陈河：《红白黑》，作家出版社 2012 年版，第 208 页。
③ 　李明欢：《中国的全球化与跨国的福建人》，《读书》2005 年第 8 期。

客》）和范迁的长篇《桃子》都是从偷渡者视角展开的故事。《八零后的偷渡客》中，年轻偷渡客朱焕章是为了追随先期偷渡到美国的远房表姐而踏上偷渡之路的。经历了危险的海上航程、陆路越境、拘留所囚禁后，他被表姐保释，又在蛇头运作下申请到了政治避难，终于实现了留居美国的梦想。他除了在餐馆打工，还参与到表姐夫的非法生意中。最后，当他在机场接货的时候，在观看电视屏幕上播放的偷渡新闻时，落入法网，颇具讽刺性。而与他一同偷渡的朋友路大勇，为了谋生做的是为人不齿的赌场"跑客"，且不得不放弃当初偷渡时与恋人小翠结婚的梦想，准备与有绿卡的老乡结婚。两个为了实现爱情梦想的偷渡客，就这样在异域的土地上与梦想背道而驰。

范迁的《桃子》则聚焦偷渡客的黑色生活。叙述者"老大"和"歪嘴"李一山、栾军在国内都从事普通体力劳动，生活困顿，前途晦暗。他们因曾经从军的背景而被黑社会延揽，成为职业杀手，并招揽了赌徒臧建明入伙，成为一个杀手小集团。身份败露后，他们先后偷渡到达美国。他们本以为美国是一个遍地黄金、可以自由驰骋的梦想之地，但美国对一无所长的他们却毫不友好。仅有的存款被骗后，又不愿长期在底层从事苦力工作，他们最终重操旧业，抢劫杀人。臧建明殒命街头后，李一山想脱离黑道，与恋人桃子过平凡生活，但为团体所不容，桃子被杀，他也绝望自尽。"老大"最后也被捕。一个偷渡客杀手集团灰飞烟灭。

少君的《少年偷渡犯》可以说是一份对偷渡生态链进行全方位扫描的研究报告式作品。叙述者是已经实现财务自由的华人移民中的成功人士，他选择在亚利桑那州的凤凰城开始自己的退休生活。但刚刚安顿下来，就不得不接受朋友之请，为国际难民救援组织调查一个设在凤凰城的少年偷渡犯收容所中的人权状况。通过这个调查行动，叙述者不仅接触到大量关于偷渡的背景资料，而且亲眼目睹了少年偷渡者在收容所内的生活状况，了解到美国处理偷渡事务的详细流程。作者通过新闻报道、图书摘录等各种形式，将很多资料和信息拼贴在作品中，为读者提供了一份详实的调查报告。作者特别分析了偷渡犯罪的复杂性，以及日益严重的原因所在——多方利益的纠结。偷渡人口抵达的目的国，并非表层显现的受害者。事实上，很多西方国家"为了从发展中国家和地区获取廉价劳动力而制定不适当的政策和法律法规，或出于政治需要采取不适当做法，诱导乃至鼓励非法移民，加剧了这种现象的发展。"因为"西方国家……认为这些非法移民既满足了社会生产的需要，又不会占用政府福利开支，由此在这些国家里产生了惨不忍睹、水深火热的人权死角，使偷渡者不仅经历死亡考验，还要长时期遭受剥削，不少人还被迫走上卖淫贩毒的绝路"。正因如此，偷渡犯罪屡禁不绝，并且是"全球有组织犯罪活动中增长速度最快的行当……"①《少年偷渡犯》由于嵌入了很多关于偷渡的资料，一定程度上影响了叙事的流畅性，但作品关注在华人移民群体中身处底层的偷渡者群体，并以一个调查者的视角，提供了较为客观中立的认知，具有重要的文本价值。

值得一提的是，《金尘》《在暗夜中欢笑》和《红白黑》中的蛇头都是女性，《少年偷渡犯》中提供的资料中也有女性大蛇头。这是一个很有意思的现象，或许它们都取材于共同的时事新闻。但蛇头的形象在这几个文本中并不一致。《金尘》《在暗夜中欢笑》和《红白黑》中的女蛇头都有着日常化的脸谱，而《少年偷渡犯》则通过资料和人物的叙述，揭示出了蛇头残忍暴虐的一面。将他们并置共读，我们或可更充分地认知这一黑色产业链条中的操控者群体。

偷渡者躲在公众视线之外的人生，其实与当初的"下南洋"并无本质的区别。他们身处异域，由于语言能力欠缺和合法身份阙如，大部分人几乎没有能力融入居住国的文化和正常生活，其生存依赖的依旧是华人的社会网络，尤其是地下网络，被迫承受高昂房租、超时工作和华洋黑帮等犯罪集团的威胁。"这些人构成了西方社会中一个新的、弱势的城市劳动力群体。"② 与之相对的是从事跨国偷渡生意的蛇头、黑帮集团和移民律师团体，他们在这条年贸易额高达数十亿美元的黑色产业链条上攫取着暴利。上述几部作品虽然角度不同，但都聚焦了偷渡犯罪和偷渡者的困境，使得这一伴随移民历史而生的问题不再是移民文学创作中的"房间里的大象"，而是成为记录移民历史和

---

① 少君：《少年偷渡犯》，中国青年出版社 2002 年版，第 7、125 页。
② 孔飞力：《他者中的华人》，李明欢译，江苏人民出版社 2018 年版，第 366 页。

移民群体悲欢的一个重要侧面。可以说，这些作品从一个特定的角度
彰显了移民文学存在的价值。

## 第三节　在地叙事中的底层书写

在诸多底层书写中，陆蔚青的《纽曼街往事》、二湘的《罂粟，
或者加州罂粟》、李彦的《泥藕的羞惭》和《吉姆老来得子》等作品
都属于新移民文学中的跨族群书写，或者说是"在地叙事"，因为这
些作品聚焦的不是华人移民本族群的底层，而是所在国本土居民及其
他移民群体的底层，关注他们具体的、日常的生活状态，观察他们精
神世界中的悲喜。这种书写为我们更为全面地了解新移民文学发生地
的社会面貌提供了重要的样本，因为"如果不了解海外华人定居于其
中的那些非华人的生活、传统和态度，就无法理解海外华人的经
历"①。

《纽曼街往事》从一个开便利店的华人移民刘祥的视角展开，描
画了一群靠社会福利金混日子的加拿大酒鬼：阿瑟、皮埃尔、吉米、
鲁尼、吉娜、杰克等。作为公民，他们坦然享受着加拿大优厚的社会
福利，却不事劳作，醉生梦死。他们合租的公寓纽曼街25号，被叙
述者称为"酒鬼居"。这些酒鬼衣衫不洁，浑身散发着令人作呕的汗
臭和烟酒气味，除了房租，几乎把每一分钱都花在喝酒享乐上，没有
钱的时候甚至偷酒喝。同住的残疾人托尼死了，酒鬼们不是悲伤而是
狂欢，因为可以花掉托尼的钱痛饮啤酒。圣诞夜，因为喝酒发生争
执，杰克放火烧了房子，酒鬼们宁肯在没有暖气和照明的废墟中苦
挨，也不肯花钱去租房，直到被房东赶出家门，流浪在公园，毛发蓬
乱，状似野人，却依然终日烂醉。这些酒鬼也曾是体面幸福的人，但
往往在遭遇了诸如失去孩子、生意破产等生活重大变故之后，无法摆
脱痛苦，从此逃避在酒精的麻醉之中。最终，酒鬼们有的重病而死，
有的糊里糊涂进了监狱，也有的终于摆脱这种沉沦的状态，重新进入

---

① 孔飞力：《他者中的华人》，李明欢译，江苏人民出版社2018年版，前言。

生活的正轨。叙述者对待酒鬼们的态度，从厌恶和鄙视，逐渐变为宽容与同情。因为他们虽然都是意志薄弱、自甘沉沦的失意者，但也有自己的善良之处。酒鬼吉米在失火后被迫离开纽曼街，住到很远的东区，却在每个月领到救济金后，穿越大半个城市坚持回到刘祥的小便利店买酒。因为在他的心里，已经把刘祥当成了朋友。叙述者刘祥是一个受过高等教育的新移民，寄身便利店不过是暂时的糊口之策，时机合适时，很快就回到了学校学习，拿到学位后成为收入稳定的专业人士。但五年的便利店店主生涯，改变了他对加拿大本土底层居民的认知。因此，当他在新年夜再次见到酒鬼阿瑟时，没有厌恶和鄙视，而是感到深深的怜悯。衣食无着的酒鬼阿瑟，与独自在异国打拼的他，其实同样体味着一种精神的孤独。

二湘的《罂粟，或者加州罂粟》则把目光投向了同属亚裔的其他族群，关注难民群体的精神痛苦。小说中的阮华勇，是从越南偷渡到马来西亚，之后移居美国的越南裔华人。1979 年的排华浪潮使他们一家被迫选择偷渡离开越南。12 岁的阮华勇作为家庭偷渡的先遣，不得不独自踏上偷渡的危险旅程。途中海盗的劫掠、偷渡船上濒临饿死时发生的食人惨剧、马来西亚难民营中的生存搏杀等，都给少年的他造成了巨大的精神创伤，使他无法与亲人之间建立正常的情感联系，也在他的身体中埋下了暴力的种子。成年后，由于职业发展屡屡碰壁，他不得不加入军队。但这不仅没有改变他的人生处境，反而由于在阿富汗战场上亲历的杀戮与死亡加剧了精神创伤。同时，女友玉燕由于无法战胜偷渡船上被轮奸的心理创伤而自杀的悲剧，更是对他的致命打击。退役后的阮华勇，由于严重的 PTSD（创伤后应激障碍），一直无法找到合适的工作，生活漂泊不定。多年来不断累积的痛苦，像巨大的黑色阴影，一步步蚕食着他的精神世界。最终，他因精神崩溃而绑架人质，被警察击毙。阮华勇从动荡的越南到达美国，以为可以寻到理想生活的锚地，但是残酷的偷渡旅程带来的创伤却伴随了他和女友终生。他们没有能力战胜这种创伤，也没有得到社会有效的救助，最终毁灭在他们历尽艰难抵达的梦想之乡。

李彦的《泥藕的羞惭》和《吉姆老来得子》则属于比较温馨的跨族裔故事，描写的都是大学校园中通常不为人关注的勤杂工的生活。泥藕（Neal）是一个 70 岁的黑人清洁工，17 岁移民到加拿大。妻子、女儿因为他当年抽大麻而跟他断绝关系。他孤身一人在大学校园里工作了数十年，独自打理着自己的生活。但泥藕并不是一般人印象中的"瘾君子"，他对待工作认真而充满热情，利用一切机会锻炼身体，坚持健康饮食。与一般老人的倦怠、迟缓相比，"灵巧得如同一只蚂蚱"。他会为了在垃圾桶中捡走了叙述者丢弃的茶叶盒而羞愧，但对自己选择的生活方式却并不愧悔。《吉姆老来得子》的故事更为温情。吉姆曾经读过航空学校，也取得了运输机飞行员的资格，但在与大他 10 岁的装配工妻子邂逅以后，为了妻子而留在小城，做了小学校园中的勤杂工。他将妻子的两个儿女视如己出，抚养他们长大，供他们上学，又陪伴身患癌症的妻子"熬过与疾病抗争的漫长岁月"，直至送她离开世间。二十多年里，他一直安于在这一行中勤恳工作，终于凭借责任和能力成为叙述者所在大学的后勤主管。年过半百的吉姆与年轻的菲律宾姑娘再结良缘后，憨厚内敛的他竟因年龄差距过大羞于为人所知。这与一般男性热衷炫耀妻子甚至是情人的青春年少的情形大相径庭，令叙述者感慨万分。

此外，穆紫荆的微小说《老猫旺空》与《吉姆老来得子》一样是短小而温暖的跨族裔故事。《老猫旺空》中的旺空太太，是一个七十多岁的独居老人，为了生活，在退休后还承担着三家公司的清洁工作，所得虽然不多，却始终兢兢业业。最难得的是，旺空太太尽管物质上很窘迫，但精神上却很富有，热情拥抱生活，在不多的收入中千方百计省下钱到汉堡去看一场高水平的歌舞剧《猫》。她生机勃勃的老年生活，感染了无精打采混日子的叙述者，令她改变了生活的态度。

《纽曼街往事》中那些生活不堪的酒鬼，与《罂粟，或者加州罂粟》中的阮华勇都是无奈堕入底层的失意者。他们是华人移民在移居生活中时常会遭遇的群体，是移民追梦生涯中的反面教材。而泥藕、吉姆、旺空太太，也是华人移民在移居国每日可见的平凡的劳工阶层。但这些底层居民作为主角出现在新移民小说中的几率相对来说并不高。因为通常来说，"通过跨国迁移改善个人的生存状况，实现个人的理想和希望，是众多普通民众走上移民道路的基本动因……"①
因而社会地位、财富金钱等物质意义上的成功往往是移民群体最为看
重的。对那些没有身份和语言的困扰却生活在失败中的当地居民，华
人新移民大多是比较鄙夷和漠视的。或许是基于此，在新移民文学中
出现的当地人形象，更多的是与华人发生婚恋纠葛和事业交集的中上
阶层的成员，真正的底层社会成员的出现常常是浮光掠影的。这使得
新移民文学对移民经验的表述、对移居地面貌的展现都具有一定程度
上的不完整性，许多信息被有意无意地过滤掉了。这或许也是部分新
移民小说面目大同小异的原因之一。在目前问世的新移民小说中，存
在几个典型叙事模式：一是围绕主人公的出国留学＋情感波折＋事业
成功的线性叙事；二是围绕主人公的出国留学＋事业或情感挫败＋归
国寻求出路的线性叙事。也许这是许多新移民个人生活道路的常规映
像，但这也间接地说明了一些作者没有真正地对移居地的生活和那块
土地上的普通居民进行有同理心的观察和认知，于是笔墨就难以脱离
个人经验限制，无法写出移居地生活的原生质感。"当作家仅仅满足
于成为一种'成功人士'，成为一种'中产阶级'，那么他们的文学
也就只能成为这个阶层的审美或标签，从而丧失了对现实的洞察、思
考及艺术化的能力。"② 而这几个"在地叙事"中触及底层书写的样
本，无论是温馨还是沉痛，都散发着浓浓的烟火气，有着内在的生
机，不是景观化的虚假展示。

　　全球化时代，大规模的、普泛的迁徙和流动，几乎已成为现实生
活的常态。全球流散人口成分复杂，既有技术与文化精英、跨国商
人，也有合法与非法的劳工群体。当跨国华人的中上层尽享全球化时
代的迅捷交通和发达资讯所带来的优裕生活之时，身处底层的劳工群
体、尤其是非法移民，却可能面对着物质和精神的双重窘迫。阶级身
份的区别是移民在中西文化对峙时秉持何种态度的重要基础。华人移
民群体在种族、文化上虽然有着大背景的一致性，当其作为一个族群

---

① 李明欢：《国际移民的定义与类别——兼论中国移民问题》，《华侨华人历史研究》
2009 年第 2 期。

② 李云雷：《新世纪"底层文学"与中国故事》，中山大学出版社 2014 年版，第
22 页。

面向居住国的其他族裔群体时，也许会基于族群的共同利益而集结起来，发出整个族群的声音。但同时，华人移民如同任何一类群体一样，有着内在的层次。作为一个有着悠久的群体主义文化传统的民族，华人社会十分注重人与人之间的攀比，而且历来以权力和财富作为成功的最重要标杆。这种文化特质使得群体内部的阶级分化、阶级差异更加容易凸显出来，人们的阶级意识也是极其强烈的。以美国为例，在美国的华人社会中就有诸多不同的称谓来指称不同华人的阶层，比如 Uptown Chinese 指代受过良好教育、收入高于当地平均水平、生活于郊区的中产阶级专业人士，也就是所谓融入主流社会的华人；而与此相对的 Downtown Chinese，则是指英语水平不高，从事体力劳动和服务业、生活于唐人街的下层华人。两个阶层差异巨大，极端分化。除了经济地位上的差异外，还有许多因素造成华人族群内部的阶级分化，比如移民背景的区别。在居住国，华人族群虽然可以从种族的角度构成为一个族裔整体，但其内部同时也是十分复杂和多元的，来自中国内地、港、澳、台地区、东南亚诸国等各个不同区域的移民，彼此之间有着强烈的歧视和情感疏离。因此，经济地位、移民背景、母国的家庭出身，尤其是当前的法律身份（如公民、绿卡持有者、非法移民）等等诸多的因素，构成华人移民族群内部的鲜明的阶级差异性。当然，国情和国力的不同，使得底层生活的含义也有很大区别。就美国而言，"底层阶级与其他阶级的差异点不在于贫穷本身，而在于这一阶级的成员不能享受普通美国人所习以为常的最基本的权力和社会保障"。所以，他们被社会学家称为"法定的底层阶级"①。

　　当新移民文学已经走过了差不多四十年的发展历程时，其表现领域也应该不断趋向开阔。因此，关注底层华人移民群体的生存，关注所在国当地的底层劳工群体，描摹他们悲喜交织的精神世界，也应该是新移民文学的书写重点之一。在华人新移民文学的前期，曾有许多生活于唐人街的"草根文群"作家，执著于对底层移民的生活、情感、精神世界的表现，较早的伊犁（潘秀媚）的《堕胎》曾将笔触

---

① 赵小建：《美国华人社会的阶级研究——以个人访谈为主的分析》，《华侨华人历史研究》2009 年第 1 期。

深入到旧金山的血汗工厂，黄运基的《奔流》则对华人移民的血泪历史作了整体梳理；20世纪末期，严歌苓的短篇《青柠色的鸟》《橙血》《大陆妹》《海那边》《少女小渔》、长篇《扶桑》等都对不同时代的底层移民的悲凉生活有深刻的表现，也出现过曹桂林的《偷渡客》这样的作品。近年来，虽然新崛起的新移民作家越来越多，作品也大量出版，可大多数作家、作品却更富精英趣味，较为关注融入主流社会的中产阶级华人的利益与情感诉求，较少真正把目光投向底层。这与作家生活的圈层有关。也因此，上述这些能够突破圈层的写作就尤为值得关注。当然，这些写作者本身都是知识分子，生活状态上属于中产阶级或者中产阶级之上，那么作为底层生活的旁观者，他们是否能够真正理解底层，为底层发声，也是被很多评论家质疑的。我们不排除有些写作者由于"现实生活中因为身份豁免而脱出苦难的侥幸和优越感，在度身事外的观看和阅读中却常常会审美化为怜悯、同情和廉价的人道情怀"①。不过，"作家或知识分子当然不能完全代表底层发言……尽管这样，作家或知识分子对底层苦难的关注与表现仍是值得尊重的，至少比对底层漠不关心或持一种蔑视的态度要强……"② 因此，这些能够突破个人生活圈层边界，关注底层群体精神世界的写作，不仅是"对彰显白领趣味和生活等级的小资话语、中产阶级文学想象以及新贵文学的反动"，③ 而且也使新移民文学对移民经验的表述更加全面和丰富，也使我们能够从多维度上生发对于华人新移民群体和他们留居国的文学认知。

---

① 聂伟：《〈泥鳅〉：知识分子的原始正义与都市民间的弱势言说》，《杭州师范学院学报》（社会科学版）2003年第1期。

② 李云雷：《新世纪"底层文学"与中国故事》，中山大学出版社2014年版，第5页。

③ 翟永明：《文学的社会承担和"底层写作"》，《光明日报》2008年4月11日第11版。

# 第六章

# 自然中的人:新移民文学中的
# 生态书写

　　作为自然之子,人类与自然的关系经历了数度变化,从最初匍匐于自然的威力之下、诚惶诚恐,到自诩为自然的主人、试图改天换地,再到今日开始追求与自然和谐共处、反思人类中心主义,一路逶迤,不乏血泪。而作为社会发展记录簿之一的文学书写,也相应地走过了从颂赞自然神灵的神话,到高扬人的主体地位的"人学",再到现下的"生态文学"的螺旋式轨迹。进入新世纪以来,中国飞速发展的经济以及对全球化进程的进一步融入,使周遭的自然环境在发生着剧烈的变化,这种变化在带来快速经济增长的同时,也更深度地影响着人们的生活方式和生活质量。当雾霾锁城成为都市生活的常态,当极端化天气频频带着史上之最的名头刷新人们的认知时,当新冠疫情导致全球经济近乎停摆时,如何构建人类与自然环境的相处模式成为当下的社会热点议题之一,而"自然书写""环境伦理""生态文学""生态批评"等概念也自然成为国内文学创作与研究的热点语汇。

　　"生态文学"肇始于20世纪中叶,以美国生物学家蕾切尔·卡逊的具有浓厚文学色彩的科普作品《寂静的春天》在1962年的发表为标志。这一概念于20世纪80年代传入中国内地,自此开启了中国内地的生态文学创作和研究的热潮。进入新世纪以来,随着工业化、城市化进程的加速,民众对生活质量的关切也上升到一个新的高度。与此同时,"具有文化领导权的国家主流意识形态话语也开始了现代性设计的模态转换,提出了'科学发展观''和谐社会''建设生态文明'等具有修正中国现代性工程意义的理论话语"①。各方的共同关切，将生态文学和生态批评推进到了当下文学创作和文学研究的前沿地带。

在这样的时代氛围中，瞩目新世纪以来的新移民文学，可以发现，有不少新移民作家将写作的触角探入到了对生态问题的关注中，通过对动物主题、环境主题的书写，呈现出自己的观察和思考。陈河的《猹》、曾晓文的《鸟巢动迁》、李彦的《大雁与乌龟》、朱颂瑜的《大地之子穿山甲》、陈谦的《虎妹孟加拉》、袁劲梅的《父亲到死，一步三回头》、黄鹤峰的《西雅图酋长的谶语》等都蕴涵较强的生态意识。这些作品涉及了生态文学中的动物关切、人类中心主义批判等主题，展现了新世纪以来新移民文学具有的超越性视野。

# 第一节　动物关切：对物种关系的重新思考

在生物学上，人被定义为一种高级动物。当人类从直立行走开始，从制造工具开始，与其他动物区别开来之后，人类与动物之间的关系就成为一种新的物种间关系。人类与动物的关系，折射着人类对自身在生态系统中地位的定义的演变。最初人类的生存和发展完全有赖于自然的恩赐。因此，"人依附于自然，人对大自然的基本价值观念，形象地说'大地是母亲'。人遵循的是'万物有灵论'，也就是说人可以和自然抗争，但永远不能成为自然的主人，自然的内在价值成了人不可逾越的界限"。在各种有神论信仰中，人类通常把自身和其他生物都视为神的创造物。而且，人类的纯粹自然的力量在很多时候是逊于大型动物的，这种力量对比的不对等带来的畏惧使得人类对动物抱持了某种敬意。但随着人类拥有的技术性力量日渐增强，"有足够的能力和手段来'役自然'，人与自然的主奴关系发生了逆转，自然彻底被现代性的理性精神和自由意志'祛魔化'，相应的，人亦

---

① 雷鸣：《生态文学研究：急需辩白概念与图谱》，《福建师范大学学报》（哲学社会科学版）2012 年第 2 期。

成了地道的自然界的合法操纵者与控制者"①。人类凭借先进的工具在动物面前具有了极大的力量优势，自信心的增强使人类将自己定位在了凌驾于动物之上的物种，是"宇宙之精华，万物之灵长"。于是，人类对动物的看取成为高高在上的审视，动物成为满足人类物质和精神需求的低层级生物，只是在服务于人类的意义上才具有存在价值。人类与动物之间构成不平等的权力关系。20世纪中期以来，工业化进程对自然的破坏性影响引起了各领域学者的深度忧虑，生态意识、对生物多样性的重视等观念从生物学、环境科学领域逐步渗透至人们的日常生活之中，因此重新思考人与自然的关系，人与动物的关系，以及在文学中如何呈现人与动物的关系，如何想象人与动物的关系，开始成为一种创作潮流。这使得动物关切成为生态文学中的一个重要主题。在新世纪以来的新移民文学中，这种主题也多有表现。

陈河的短篇小说《猹》，是一个人与动物之间爱恨交织的故事。叙述者阮冬是生活在多伦多的华人，妻子为了在家里的后院种菜，自作主张把鱼杂碎埋在花圃里沤肥，结果引来了浣熊觅食。阮冬看到浣熊的样子，联想起了鲁迅在《故乡》中写到的动物"猹"，觉得浣熊就是鲁迅笔下的"猹"。浣熊第一次虽然是偶然到来，但有了开端，"来"就变成了常态。夫妻俩自此被迫展开了与浣熊斗智斗勇的较量，压石头、铺花枝、猛浇水等，都没有彻底奏效。深秋时，浣熊干脆入侵到阮冬家的阁楼上安了家，还生下了三只小浣熊。天花板上窸窸窣窣的动静、便溺的水渍，令阮家苦不堪言，噩梦不断。春天到来时，他们靠着邻居借给他们的诱捕笼终于捉住了浣熊一家，把它们流放到了百公里之外的大湖边。虽然痛恨浣熊入侵了自己的家园，带来了说不尽的烦恼，但当阮冬在河谷散步时偶然看到了1878年拍摄的棕熊在河里捕食三文鱼的照片后，不能不由衷地发出感慨："人类才是真正的入侵者，只有野生动物才是土地本来的主人。"② 阮冬由此领悟到人熊之战的根源并非是浣熊的入侵，而在于自己不当的行为方式，只有自己在生活方式上时时检点，避免招引动物，顺其自然，才可以与

---

① 雷鸣：《生态文学研究：急需辩白概念与图谱》，《福建师范大学学报》（哲学社会科学版）2012年第2期。

② 陈河：《猹；女孩与三文鱼》，作家出版社2014年版，第310页。

周围的动物和谐相处。然而，阮冬没想到，三个月后，浣熊一家经过"万里长征"居然又返回了阮冬家，并展开了动物式的报复行动。阮冬家的草地、菜园、鱼池都被浣熊破坏得惨不忍睹。阮冬被折磨得几近崩溃，于是又想起鲁迅的《故乡》，遂模仿少年闰土，用一支木旗杆痛打了浣熊。粗暴的行为引来了警察。阮冬被控以"残暴对待动物和使用危险武器"的罪名。经当地媒体报道后，动物保护组织赶来他家门前抗议，社区的邻居张贴海报强烈要求他们搬家。阮冬狼狈不堪，百感交集。在法庭上，阮冬震惊地获知，当天报警的三个电话中，居然有一个就是从自己家打出的。显然，面对阮冬粗暴殴打动物的行为，即使是同样备受困扰的家人也不能接受。阮冬的这一场人熊大战，虽然赶跑了浣熊，却也把自己赶进了困局：在一个关爱动物、注重环境友好的社区中成为难堪的众矢之的。

《猹》的故事情节虽不复杂，却趣味横生，引人深思。自然中的万物，各有自己的存在方式。自然本身，于人类而言，其实无所谓友好与否。因为自然并非是为人类而存在的。动物的兽性本身也无所谓善恶，动物对人类没有道德义务，动物所遵循的仅仅是自然生存法则而已。动物作为独立的生命个体，有其自身的内在价值，而不仅仅是作为满足人类需求的客体而存在。如果人类对动物的爱憎只是一种自说自话的情感投射，或者是一种基于自身需求的价值取舍，那么人类在动物面前就没有任何价值超越性可言。在人类与动物的关系框架之中，人类真正可以体现自己价值超越性的地方只能是担负起对动物的道德义务。尤其是当动物的生存方式对人类生活本身构成困扰时，是接受这种困扰的合理性并调整自身来解决冲突，还是倚仗自身所拥有的力量优势来对动物施加恶意的暴力打击，是检验人类理性的最好时刻。美国"环境伦理学之父"霍尔姆斯·罗尔斯顿认为"人是生态系统最精致的作品"，是具有"最高内在价值的生命"[①]，这种内在价值并不是体现为改天换地的能力，而恰恰应该体现为在自然面前的理性与谦卑，以及责任的担当。因为人类是万物之中唯一有理性的物

---

① 霍尔姆斯·罗尔斯顿：《环境伦理学》，杨通进译，中国社会科学出版社 2000 年版，第 99 页。

种，对自己的理性的善加运用，才是人对造物的尊重，对自身价值的最大发挥。

　　与《猹》的爱恨交织相比，李彦的《大雁与乌龟》则充满温情。作者以淡淡的笔触勾勒出在北美的大学校园和居民区中人与雁、人与龟和谐共处的美好图画。作者母子因施救龟卵而结下的人龟之间的深情，令人感慨。结尾处，老乌龟绕园徘徊的一幕，被作者理解为是前来送别即将远行求学的儿子。乌龟能否报恩和表达情感，在生物学上很难确认，但从古至今的东西方文学都有大量的此类描写。这当然也是一种典型的满足人类自身精神需求的情感投射。但这种出自对动物的真诚关切而生发的情感投射，终究是人类善意的一种表现，也是人类担当对动物的道德义务的一种具体化表达。

　　曾晓文的短篇《鸟巢动迁》在一个"小题大做"的故事中将动物的生存权利应如何被尊重以戏剧性的方式表达出来。即将在渥太华国会山举行的北美第二大音乐节，由于搭建舞台的地方出现了一个有四只鸟蛋的鸟巢而被迫中止了。因为学名喧鸻的这种鸟被列入了加拿大的迁徙性鸟类保护法令，它们有权驻留在筑巢的地方孵蛋。任何人要移动它们的鸟巢，都必须获得两家政府部门——联邦环境保护和气候改变部门、首都管理委员会的许可，否则就是违法。音乐节的执行总监朱利安为此陷入了麻烦。一边是严格的法律和繁琐的程序，一边是感觉"小题大做"的投资方因为耽搁时间而不耐烦地威胁撤资。组委会和施工方都需要他迅速解决问题，铺天盖地的新闻报道和动物保护组织的抗议则在不断增加压力。与此同时，他多年未见的儿子发来求救短信，声称被继父禁闭。不堪其扰的朱利安曾企图偷偷将鸟巢挪走，却不巧被执勤警察发现。最终，经过复杂的申请，在野生动物专家的协助下，花费了 24 小时，鸟巢被科学地移动到了安全地带。在音乐节开幕前四小时，四只小鸟破壳而出。而朱利安也在这次鸟巢的动迁事件中，受到鸟儿表现出来的母子亲情的触动，与分离多年的儿子实现重聚。作者的叙事意图也许是要通过鸟的行为来阐释人的情感，但从中体现出的加拿大动物保护法律的完善和执行机制上的保障，无疑体现出对动物的深度关切。

　　生活在瑞士的朱颂瑜是中国生物多样性保护与绿色发展基金会常

驻日内瓦的代表，多年来围绕环境问题写作了大量随笔文章，《大地之子穿山甲》发表于 2016 年 3 月的《人民日报·海外版》。2017 年 2月，"穿山甲公子"成为热点新闻后，这篇文章随之被大量转发，影响甚广。2020 年年初的新冠肺炎疫情爆发，又使这篇文章再度刷屏。朱颂瑜的写作兼具知识性与抒情性，可以说是思接千载，纵横万里。在这篇文章中，她从穿山甲的生物学特征谈到中国古代典籍中的相关记载，从台湾民俗"穿柴屐趒鲮鲤"说到孙思邈对动物入药的反对，从国内穿山甲的濒临灭绝联系到瑞士的敬畏自然，知识含量极大。在上下千年、纵横万里的爬梳之中，"森林卫士"穿山甲的"前世今生"跃然纸上。而"人与自然之间榫卯相接的依存关系"则是作者真正要传达的要义。穿山甲的濒危，一方面在于栖息地遭受破坏、食物短缺和农药中毒等人类活动的影响，另一方面则是因为作为养生食材、药材而被人类大量捕捉导致。这正是人类没有担负对动物的道德义务的典型反例。虽然有部分生物学家认为，物种灭绝一直是生命过程的一部分，但可以观察到的事实说明当代的物种灭绝与人类活动的关系极其密切，许多科学家认为，从工业革命开始，人类就进入了第六次物种大灭绝的时期。面对当下物种的加速灭绝，人类当如何担负责任？朱颂瑜从中国与瑞士的对比中给出了答案。

陈谦的短篇《虎妹孟加拉》也是关涉人与动物之间关系的作品，作者的思索从人与动物的关系一直延展到现代社会中人伦亲情的淡漠，人与人之间甚至远不如人与动物之间的亲和力更大。留学美国的富二代玉叶，虽然家境富有，却从六岁开始就辗转在各式寄宿学校，与父母家人情感疏离。寄宿学校的严苛管教，以及周遭虚伪冷漠的人际关系，使得她的真实情感无处安放，不断退避，或紧张如惊弓之鸟，或退缩如小小蜗牛。情感满足的极度匮乏使玉叶对不知虚伪为何物的动物产生了超乎寻常的热爱。尤其是独行兽老虎，其独来独往的百兽之王的威猛，让自幼独自成长、缺少安全与温情的玉叶产生了强烈的情感认同。当她在美国"绿洲珍稀动物收容所"遇到被收容的孟加拉小母虎时，毫不犹豫地收养了它，给它起名虎妹。得知虎妹要被安乐死时，她不顾一切地带着它逃离收容所，打算在暴雪之中送她回归自然。然而，猛兽毕竟是猛兽，虎妹饥饿时发出的狂躁怒吼令玉叶手足无措，陷入万分惊恐之中，不得不电话求助长辈老树。老树出于安全考虑，催促她开枪射虎、保护自己。玉叶虽然在仓皇中开了枪，但随即痛悔万分。她感觉自己伤害、背叛了虎妹。于是，又不顾生命危险，独自闯入暴雪中的森林去寻找受伤的虎妹。

　　玉叶的行为具有较为典型的"斑比综合征"（Bambi syndrome）的特征。斑比是美国迪士尼公司1942年出品的动画片《小鹿斑比》的主角。这部动画片通过小鹿斑比的成长故事，既展示了森林中动物世界的美好与复杂，也呈现了人类对动物世界的侵入所造成的悲惨结果——小鹿斑比的母亲被猎人杀害了。这部动画片播出后，影响深远，并随之产生了"斑比效应""斑比综合征"等术语。"斑比效应"指的是受到此动画片影响的人，会极力反对人类杀害一般被公认为"可爱"的动物（比如鹿），但同时却不会反对杀害那些"不可爱"的动物。这通常被视为一种不正常、不符合道义的心理现象。"斑比综合征"在心理学上指的是沉迷于虚假的世界，无力面对现实的世界。在文化的意义上，则是认为自然是完美的，人类是邪恶的。玉叶与猛虎之间的强烈情感认同超出了一般意义上的热爱动物、热爱自然，她最后痛哭着去追赶受伤的虎妹时，向一向爱护自己的老树发出了愤怒而犀利的谴责："人真的太坏了！……说什么动物跟人没有界限，其实你心里就是觉得动物比人贱的。"[①] 显然，在玉叶的思想意识中，动物的生命价值与人类是等同的，甚至动物比人类更加完美。

　　当然，玉叶的"斑比综合征"表现，并不是简单地来源于外界的教化或者是文学和影视作品的影响，而是由特殊的成长背景而形成的。玉叶的成长历程在当下的中国具有一定的代表性，许多深陷于名利追逐的所谓"成功人士"都把孩子托付给了各种昂贵的寄宿学校，他们以为付出足够多的金钱，就可以为孩子铺就一条坦荡的成长之路，殊不知亲人陪伴的缺席所导致的情感匮乏是无法在金钱中得到补偿的。饥渴的情感必然寻找其他的替代。玉叶没有如一般的富二代那样以物质上的丰裕来填充精神和情感上的虚乏，而是移情于动物。除了陪伴的缺席，作为女孩，玉叶同时还承受了父母重男轻女观念所带

---

① 陈谦：《虎妹孟加拉》，《北京文学》2016年第11期。

来的精神伤害。在玉叶的生活中，平等和公正亦是匮乏的。双重的匮乏使得玉叶成为父母和周围人眼中的怪胎，她的笑容只展示在动物面前。动物成为她的情感投射目标。现代社会中，在人与动物的关系中，动物是相对弱势的，动物的生与死、存续与灭绝，都取决于人类的生活方式和观念体系。在人类自身的关系中，女性是弱势的，女性自我价值的实现需要在男权的笼罩之下勉力挣扎。虎妹孟加拉曾被人遗弃在野外，而玉叶曾在情感上被父母遗弃。相同的弱势地位，是玉叶对虎妹产生强烈情感认同的根由之一。由此，虎妹孟加拉成为医治玉叶情感匮乏的一剂良药，是她"自我认同的另类对象"。收养孟加拉，无疑是玉叶的一次不自觉的自我拯救。在自我拯救中，她走出了太远，"不但退出象征文明之巅的美国社会，更退出人类文明本身，在离人性最为遥远的兽性身上寻找充实人性的其他可能性。认同猛兽的暴力，本身是对文明的暴力最有力的否定"①。然而，从"斑比综合征"的心理学角度来看，这种拯救显然并不是灵丹妙药，只是一种无奈的替代。人与动物之间应该建立何种情感关系才是适度的呢？陈谦并没有给出回答，只是给读者剖开了一个观察和思考的小小切口。

## 第二节　生态危机与生态伦理：
## 走出人类中心主义

　　工业化时代以来，生态危机逐渐发展成为严重的全球性问题，这引发了从知识群体到普罗大众的广泛而持续性的生态焦虑。许多思想家从社会发展的深层次解读生态危机发生的根源。英国社会学家安东尼·吉登斯在《现代性的后果》中曾指出："粗略一看，我们今天所面对的生态危险似乎与前现代时期所遭遇的自然灾害相类似。然而，一比较差异就非常明显了。生态威胁是社会地组织起来的结果，是通过工业主义对物质世界的影响得以构筑起来的。它们就是我所说的由

---

　　① 何可人：《虎兕出于柙——读陈谦新作〈虎妹孟加拉〉》，《北京文学》2016 年第11 期。

于现代性的到来而引入的一种新的风险景象。"① 这段论述将生态危机的根源直指现代性。人类正是在追逐现代性的过程中，从自然的一分子变成了自然的奴役者，自然异化成为人类资源的提供者和废弃物的承载者。而将人类带出蒙昧的科学和理性，也成为人类奴役和掠夺自然的工具。这是现代性的生态悖论，"数世纪经济'发展'带来的大部分成就已经被人类与自然的分裂以及随之而来的生态恶化抵消了"。因此，人类必须重建与自然的依存关系，正如安东尼·吉登斯所言："我们必须培养起'对待生物圈的新的敏感度'，并且'恢复人类与土壤、动植物生活、太阳以及风等的交流'。"② 现代性的生态悖论，使得生态伦理思想在 20 世纪中期以来成为伦理学、哲学和文学等领域关注的热点，其中对"人类中心主义"的批判和对"生态整体主义"的倡导是核心论题。"人类中心主义"是以人为宇宙中心，以人类的生存利益为终极尺度，不承认自然的独立内在价值，只承认其工具价值，认为人对自然的道德关切最终仍是为了人类本身。而"生态整体主义超越了以人类利益为根本尺度的人类中心主义，超越了以人类个体的尊严、权利、自由和发展为核心思想的人本主义和自由主义，颠覆了长期以来被人类普遍认同的一些基本的价值观；它要求人们不再仅仅从人的角度认识世界，不再仅仅关注和谋求人类自身的利益，要求人们为了生态整体的利益而不只是人类自身的利益自觉主动地限制超越生态系统承载能力的物质欲求、经济增长和生活消费"③。

在新移民文学中，虽然典型的生态文学作品尚不多见，但已有部分作品涉及生态危机和生态伦理问题，对"人类中心主义"提出了批判，对"生态整体主义"进行了思考。

袁劲梅的《父亲到死，一步三回头》就是一篇对"人类中心主义"提出痛切谴责的作品。作品虽是以怀念父亲为主题，但作者着墨处既不在于梳理家族历史、展现家庭中的人伦温情，也不在于为父亲树碑立传，而是通过父亲作为一个鱼类生物学家，终生致力于环境保

---

① 安东尼·吉登斯：《现代性的后果》，田禾译，译林出版社 2000 年版，第 96 页。

② 安东尼·吉登斯：《超越左与右———激进政治的未来》，李惠斌译，社会科学文献出版社 2009 年版，第 154 页。

③ 王诺：《"生态整体主义"辩》，《读书》2004 年第 2 期。

护、却始终未能阻止环境持续恶化的悲凉，对现代性、对"人类中心主义"提出了痛切谴责。父亲与老谷两个鱼类生物学教授带着研究生们用最原始的水桶把那些只认本能的鱼儿一桶一桶运过水坝，以亡羊补牢、聊胜于无的无奈方式帮助它们完成洄游的场景，深深刺痛着读者的心灵。

自从西方以船坚炮利令古老中国意识到现代性的魔力后，中国就开始亦步亦趋地追随着西方在现代性的道路上狂奔。能源，对于狂飙突进的经济发展来说是最重要的元素。于是，人类在发展的旗号下，为了向自然索取最大化的能源，不断改天换地，大修水坝就是其中之一。"在属于现代性话语谱系的人类中心论神话中，人类是地球上唯一的主体，需要通过'使自然人化'来改造、解放、照亮人之外的领域。正是这种改变、塑造、控制万物的冲动消灭着世界的多样性，造成了'自然之蚀'乃至'自然之死'。"① 于是，伴随工业化进程而来的生态危机在华夏大地以比西方更为触目惊心的方式发生着。水力发电曾经被视为清洁的、可持续的能源获取方式。然而，这种能源利用方案与鱼类的生态需求之间却存在着冲突。于是，人类现代性的发展结果成为鱼类的物种灾难之源。虽然人类从自己的思维出发，自以为是地给鱼儿修造出了洄游的过道，但对只认本能的鱼儿来说，这个过道却是形同虚设的。最终只能靠两个生物学教授和弟子们使用人力来协助鱼类的洄游。这种荒诞的现实是典型的"人类中心主义"思维所造成的恶果。这种思维弥漫在每一条江河、每一座高山、每一片平原上，使得"带领徒孙一年一年移鱼不止"的愚公教授，到死都在孤军奋战，到死都记挂着长江上洄游的鱼儿。正如美国历史学家、环境史学创始人唐纳德·沃斯特在《自然的经济体系：生态思想史》中指出的："我们今天所面临的生态危机，起因不在生态系统本身，而在于我们的文化系统，要渡过这一危机，必须尽可能清晰地理解我们的文化对自然的影响。"② 因此，不检点我们的文化系统中对经济发展、对现代性的盲目追求，就不可能真正发现生态危机的源头和最终的解决

---

① 王晓华：《后现代主义话语谱系中的生态批评》，《文艺理论研究》2007 年第 1 期。

② 唐纳德·沃斯特：《自然的经济体系：生态思想史》，侯文蕙译，商务印书馆 1999年版，第 19 页。

之道。人类只有"全面检讨现代性的社会发展模式、生活方式等维度,拒斥理性对世界的完全祛魅,放弃机械自然观、主客对立的二元论、还原论,走出绝对的'人类中心主义'的主体论",才能"重新实现人与自然的和解,求索诗意栖居的可能"①。

作者袁劲梅在文中感慨"父亲到死对长江一步三回头"的深深眷恋与忧虑,"希望等到人们总算懂得该向自然谢罪的那一天"②,会想起父亲这样的具有科学和人文精神、对子孙后代负责、对地球未来负责的知识分子们。因为正是他们,才真正懂得在自然与人的关系框架中,人不仅不应该是万物的尺度,而且应该从万物的尺度上来理解自身,将人类置放在自然中的合适位置,抛弃那种"万物灵长"的傲慢,人与环境才能和谐共生。

黄鹤峰的小说《西雅图酋长的谶语》则是一篇涉及"生态整体主义"以及环境正义的作品。在生态文学研究领域,《西雅图宣言》(或《西雅图的天空》)是影响非常大的印第安生态文学作品。1854年,美国政府向 Suquamish 部落的酋长西雅图要求购买他们的土地设立华盛顿州,而让印第安人迁居到划定的保留区。西雅图酋长在愤怒与无奈之中,向时任总统富兰克林·皮尔斯发出了质问。充满激情和诗意的语言,睿智的生态整体观念,使得这篇宣言广为流传,成为生态文学的重要作品。这篇著名的宣言正是小说《西雅图酋长的谶语》的灵魂所在。小说以两代印第安人与白人之间发生的爱情故事为叙事线索,从多个侧面展现了古老的印第安文化,颂赞以印第安人为代表的美洲原住民文化所具有的万物有灵、自然平衡的生态整体主义观念。作者将这篇著名的宣言贯穿全篇,让每一章节都回荡着西雅图酋长的激越情感:

> 对我们来说,野兽的生命与人一样宝贵,只是为了生存,我们才猎杀他们。⋯⋯
> 这里每一寸的土地,在我人民心中都是神圣的,每一块平

---

① 雷鸣:《生态文学研究:急需辩白概念与图谱》,《福建师范大学学报》(哲学社会科学版)2012年第2期。

② 袁劲梅:《父亲到死,一步三回头》,长江文艺出版社2013年版,第8页。

原，每一个幽谷，每一片山坡和森林，都因我族人心爱或悲伤的回忆而成为圣地。……

生命之网并非由人类编织，他只是网上的一线。凡是他对这网所做的，其结果都会降临到自己身上。……

他们把大地母亲，天空兄弟，当作可以买卖和劫掠的东西，如羊群、面包、珍珠。但那可以买卖自己母亲、兄弟姐妹的人，终将为保暖而烧掉自己的孩子。……

湍急的河川，春日里动物们清晰的足迹，池水晶亮的涟漪和色彩绚丽的鸟儿，和我们一样是大地的一部分，而大地也是我们的一部分。……

那闪亮的松针，温柔的海岸，那山中的空谷和振翅的鸣虫，甚至黑森林里的水汽，在我们的经验中都是神圣的。……①

这些动人的诗一般的语句，让读者在故事的字里行间时时都能感受到一百多年前的西雅图酋长的睿智，以及印第安原住民文化中所秉持的生态整体主义观念，从而思考这种观念之于今天的启示。

"原始民族的文明，通常建立在野生动植物基础之上。"② 小说中提到的印第安玛喀部落，生活于奥林匹克半岛，被称为"海角印第安人"，世代以海洋捕捞为生，尤其是捕鲸，部落的标志雷鸟就象征着神把鲸鱼赐给他们。对玛喀人来说，"捕鲸既是获取食物的手段，也是考验人的意志、勇气和智慧的方式"。年轻一代的勇敢、自信与传统生活经验的获得都靠风浪之中的搏击来完成。捕鲸手就是部落里的英雄，酋长就是捕鲸队里的首领。捕鲸"在1000多年的演变过程中，已深刻地融入到部落饮食、祭祀、装饰、雕刻、歌舞等生活和文化的方方面面，像植物盛开美丽的鲜花一样。捕鲸，已成为他们生命中精彩的一章"③。捕鲸，是部落凝聚力和活力的源泉。因此，捕鲸活动之于玛喀部落的生存与发展，具有不可替代的价值。在将近2000年的

---

① 黄鹤峰：《西雅图酋长的谶语》，九州出版社2013年版，第4、30、45、47、125、148页。

② 利奥波德：《沙乡年鉴》，舒新译，北京理工大学出版社2015年版，第180页。

③ 黄鹤峰：《西雅图酋长的谶语》，九州出版社2013年版，第67页。

捕鲸中，他们恪守"顺应天地的律法"，遵循着先人的礼仪，满怀敬畏，以虔诚和感激之心，领取神圣的大海送给他们的礼物，不贪多、不滥捕，一代代自觉地维护着自然的平衡。

　　然而，持续了几个世纪的欧洲人的商业化捕鲸，导致鲸鱼数量锐减，使得禁止捕鲸在全球成为生态保护的必须。1920年，美国政府作出了禁止印第安人捕鲸的决定。欧洲人疯狂追逐商业利益的滥捕所造成的生态恶果，却由无辜的印第安人首先来承受，使得他们世代传承将近2000年的部落文化濒临消失。禁止捕鲸，改变了玛喀人的生活状态，他们像没有船的水手、折了翅膀的鹰，精神涣散萎靡，连对春天的企盼都没有了激情。政府的供养，反而使他们日益懒散，部落变得毫无生气。对玛喀人而言，"鲸是部落的魂"。禁止捕鲸成为玛喀部落最大的生存灾难，甚至超过他们当初被迫失去自己的土地。

　　部落的青年酋长尼尔，热爱部落，热爱自然，他们一家祖孙三代为部落重获捕鲸权而努力，希望以此来振兴部落。尼尔并不一味地保守拘泥，而是谨慎地促成部落文化与现代社会运行方式的更好对接。为此，他力排众议选派自己的好朋友卡第斯到华盛顿大学去读书，希望他能学会运用白人的法律和政治手段为部落的生存与发展争取机会，使部落重获生机。肩负重任的卡第斯在校园里结识了人类学系的白人女学生金娜，受到她的很多影响，从生活习惯到文化认知，都有了一定的改变。金娜的叔叔马丁，曾有一段与印第安少女秀丽特扎的生死恋。这直接影响了金娜对印第安文化抱有浓厚兴趣，她一直兴致盎然地通过卡第斯追索印第安人的古老传说和文化传统。在了解到捕鲸对于玛喀部落的文化意义时，金娜积极奔走，帮助卡第斯一起为玛喀部落争取重新获得合法捕鲸权。在密切的接触中，两个人渐渐互生情愫。然而，卡第斯在部落早已有了一个青梅竹马的恋人西西，他曾在部落的古老图腾柱旁发过相爱到永远的誓言。这使得卡第斯的情感在金娜与西西之间纠结徘徊，如同他在没落的印第安文化和强势的白人文化中间难以简单取舍一样。当玛喀部落重新获得捕鲸权时，尼尔率领部落的勇士遵循古老的仪式出海捕鲸。卡第斯违背了对尼尔许下的诺言，偷偷带金娜观看捕鲸。在忘情拥吻之时，不知是由于西西的咒语还是违背誓言的惩罚，抑或是为了求得情感困扰的解脱，他们拥抱着飞下了万丈悬崖。

作为小说，《西雅图酋长的谶语》在故事建构、人物塑造、叙事技巧上都偏于简单，但这是华人移民文学中较为少见的突破本身的族裔视角，将关注点投诸于居住国的其他少数族裔的命运，以及真正思考生态伦理的作品。它并不是通常意义上的自然写作，并没有以对自然的绝对赞颂、以呼吁人类彻底放弃对野生动物的杀戮为书写基点。相反，故事的主线是对印第安人捕鲸权的肯定。只是这种肯定不是基于传统的人类中心主义视角，而是从生态整体主义的角度探讨一种更为中正的自然伦理、生态伦理。人与自然和谐相处，并不意味着人绝对放弃对动物的猎杀。"生态整体主义并不否定人类的生存权和不逾越生态承受能力、不危害整个生态系统的发展权，更不是反人类的生态中心理论。"[1] 而是关注包括人类在内的自然万物的存续与发展，关注包括人类的长远利益在内的整个生态系统的维护。在这个意义上，人对部分动物的捕猎与食用，只要是在合理的范围与程度之内、以合乎自然规律的方式进行，其实是无可厚非的。罗尔斯顿甚至认为，这反而是对整个生态系统的尊重。

印第安人捕鲸，是生存所需，且千百年来一直谨守"顺应天地的律法"，以满足部落食用所需为限度，并没有肆意杀戮，更没有像商业捕鲸那样以之谋取巨大利益。在捕鲸活动中，他们完全靠自然工具和人本身的力量，不借助于任何机械装置。这种使用自制的狩猎工具所进行的狩猎活动，是最纯粹的狩猎，"通过这种方式，你可以真切地嗅到其间所蕴涵的'拓荒者价值'的气息，观赏到最高水平的有关人与土地关系的戏剧化情节"[2]。这也就是利奥波德在《沙乡年鉴》中提出的"狩猎伦理"的内涵之一。在人与鲸的搏杀中，人与鲸是地位对等的双方，都是自然的儿女。人能够杀死鲸，鲸也会杀死人。尼尔的父亲就是在捕鲸中死去的。人与鲸之间千百年来就是自然地相爱相杀、相共相生。这是生态系统的一种常态。在今天生态环境严重恶化的现状之下，部分激进环保主义者难免恨屋及乌或者矫枉过正，从

---

① 王诺：《欧美生态文学》，北京大学出版社 2003 年版，第 48 页。
② 利奥波德：《沙乡年鉴》，舒新译，北京理工大学出版社 2015 年版，第 186 页。

人类中心主义走向绝对的自然中心主义，单纯强调对自然维持原貌的重要性，完全抛开人类生存利益的尺度，这种从一个极端走向另一个极端的观念与行为，很难获得社会的广泛认同，对于目下生态危机的解决，其实是无所助益的。

另外，《西雅图酋长的谶语》这部作品实际上还涉及了环境正义的问题。印第安人的捕鲸只是生活方式而已，以他们近乎原始的捕鲸手段对鲸鱼的生存而言本没有大的危害。然而，作为弱势族群，他们却被迫放弃捕鲸文化，无奈地承受了商业捕鲸造成的生态恶果，几十年无法在这个涉及族群生存和发展的议题上发出自己的声音。在小说中，玛喀部落最后虽然经过艰难的争取重新获得了合法的捕鲸权，但这一权力的获得却不仅仅是玛喀部落自己的努力，还与白人女孩金娜的帮助有着不可分割的关联。这意味着，印第安人在这一关系自身发展的重大问题上，仍然没有足够的参与度和话语权。遗憾的是，作者没有对此进行深入的主题开掘，轻轻掠过了。

在上述所分析的华人移民文学作品中，虽然并非都属于典型意义上的生态文学作品，但在这些作品中都蕴涵着很强的生态意识，其中贯穿着对人类中心主义的批判，对生态整体主义的倡导，对人与其他物种以及人与环境和谐共生的期许。人类是万物之中唯一具有理性的物种，其制造工具的伟大能力决定了人在自然之中必然具有其他生物难以比拟的力量优势。人类可以在一定程度上支配自然、改造自然，这一点是其他物种无法做到的。尤其是进入工业化时代以来，人类对自然的改造是时时刻刻在发生的，这种改造对于解决人类温饱具有不可取代的价值。我们已然无法回到前工业化时代，那么这种改造也就无法希冀它彻底停止。这种显著的力量优势，使得人类在自然面前必然具有主体性，这是不能回避的。但也正因为人类是有理性的唯一生物，具有价值判断的能力、利益考量的能力，那么反省自身、反省过去，自觉承担起对自然的道德义务就是可能的，也是必须的。正如霍尔姆斯·罗尔斯顿在《哲学走向荒野》中所说："地球生态系统支撑了并仍在支撑着自然和人类的历史，那我们应该如何形成对此生态系统的世界观呢？也许人类最基本的义务，就是对跨越过去、现在和未来的这条伟大的生命长河的义务。"虽然改造自然已经无法避免，但在改造自然的同时兼顾生态稳定、自然平衡，却是可行而且是必须的。罗尔斯顿对此提出一个原则："这种改造应该是对地球生态系统之美丽、完整和稳定的一种补充，而不应该是对它施暴。我们的改造活动得是合理的，是丰富了地球的生态系统；我们得能够证明牺牲某些价值是为了更大的价值。因此，所谓'对'，并非是维持生态系统的现状，而是保持其美丽、稳定与完整。"① 这一原则正在成为越来越多的人的共识。这种在生态整体主义前提之下，对人类主体性的承认，相对来说更为符合生态保护的现实。

目前活跃的新移民作家大多生活于西方发达国家，由于生态灾难、环境破坏是与工业文明的发展进程相关联的，率先完成工业化的西方发达国家对于生态问题的思考以及在应对措施上的多方努力也是相对先于发展中国家的。在这样的环境中耳濡目染，使得部分作家开始关注生态问题并体现于自己的创作之中，这是新移民文学在新世纪以来所呈现的一种新面目，说明很多新移民作家的书写已经超越了简单的族裔视角，开始深度切入居住国的重要社会议题，而且在对故国的关注上也超越了普泛的乡愁和怀旧，在继续书写故国回忆的同时，也开始发挥他们作为跨国华人群体的价值，对故国的社会发展路径投入了更多的关注。这是新世纪以来的新移民文学所表现出的超越性文学视野。

---

① 霍尔姆斯·罗尔斯顿：《哲学走向荒野》，刘耳等译，吉林人民出版社 2000 年版，第 5、30 页。

第七章

# 创伤与疗愈：新移民文学中的
# 创伤书写

创伤"是人对自然灾难和战争、种族大屠杀、性侵犯等暴行的心理反应，影响受创主体的幻觉、梦境、思想和行为，产生遗忘、恐怖、麻木、抑郁、歇斯底里等非常态情感，使受创主体无力建构正常的个体和集体文化身份"。"现代性以降的历史和文化布满了创伤裂痕，甚至现代性也露出了创伤的根茎。从妇女、儿童、种族、民族，到被主流文化规范施行了社会死亡手术的边缘群体，在微观的家庭场景中或是宏大的社会舞台上，在弱小卑微的生命旅程上或是动荡不定的民族迁徙中，个体和集体的文化心理中都充满了怨愤、责难、痛苦、焦虑、冷漠或麻木。甚至在心灵的荒漠中，在遗忘与记忆之间的厚墙前，创伤主宰了生命，幽灵扼死了想象。"① 巨大的情感容量和哲思空间使得创伤书写成为当代文学创作中的重要主题类别。新世纪以来，新移民作家也先后推出诸多创伤书写的作品，其中以陈谦的创作最具代表性，她的《繁枝》《莲露》《哈蜜的废墟》和《木棉花开》等都涉及家庭空间之内的心理创伤呈现及其疗治。袁劲梅的《疯狂的榛子》、曾晓文的《巴尔特的二战记忆》、谢凌洁的《双桅船》、戴舫的《手感》都是对战争创伤的书写。陈谦的《特蕾莎的流氓犯》《下楼》和王瑞云的《姑父》是对时代创伤的书写。张翎的《余震》聚焦自然灾难带来的创伤后应激障碍。二湘的《暗涌》是通过跨国漂流的移民吴贵林的生活轨迹，将不同时代、不同个体的隐秘创伤勾连在

---

① 陶家俊：《创伤》，《外国文学》2011 年第 7 期。

一起。

# 第一节　家庭空间里的秘密

　　女性的心理创伤很多与性侵、出轨、遗弃或亲情缺失、畸变有关，引发创伤的事件经常发生于家庭空间之中、家庭成员之间，因而成为当事人不可言说的秘密。不可言说的秘密往往引发当事人的羞耻感、愧疚感、罪恶感、自责、自我怀疑、自我憎恨等负面情感，由此"无力建构正常的个体和集体文化身份"，创伤因此产生，痛苦因此弥漫在家庭空间之内、家庭成员之间，伤害与自我伤害也就会发生。新移民文学中对女性心理创伤的呈现与追索，以陈谦的创作最为突出。《莲露》《繁枝》《哈蜜的废墟》《木棉花开》《虎妹孟加拉》等皆是受到研究者关注的创伤书写文本。

　　《莲露》的叙述者是一个美国的华裔心理医生，莲露是他的患者。整个叙事过程呈现的是医生对莲露进行心理治疗的过程。莲露幼年与母亲分离，生活在上海的外婆和舅舅身边。外婆曾是旧上海资本家的三房姨太太，被迫离婚后沦落到贫困的底层，由此陷入抑郁之中。莲露的母亲是越剧演员，在崇明岛巡演时，与驻军军官相爱结婚，生下莲露。后来，莲露的父亲转业回到老家广西，莲露的母亲随夫调离上海，将四岁的莲露留在了上海娘家。于是，莲露与外婆和舅舅相依为命。舅舅一手担负起照顾莲露的责任，舅甥二人建立起亲密的感情，舅舅如父。七岁时，因为外婆病卧在床，舅舅工伤，无人照料的莲露被母亲接回了广西。此时，母亲已与生父离婚，再嫁了老干部。回到母亲身边的莲露却并不快乐，继父虽然很温和，但也很陌生；母亲一直忙于自己的社交生活，很少真正关注莲露，使她陷于深深的心灵孤寂中。莲露模糊地感到母亲与继父的儿子辉哥关系暧昧，更加令自己有被排斥的感觉。于是，莲露开始与舅舅频繁通信，舅舅也不断寄来礼物。舅甥二人的亲密情感被时空的距离进一步强化。莲露14岁时，外婆病重，母亲带她回到上海探亲，并留下她在上海过寒假。由于外婆住院，她事实上与舅舅单独生活在一起。此时，莲露已经发育，是人见人爱的美女，而心地单纯的她并未自觉到男女之防，依然像幼年时那样与舅舅亲密相处。舅甥之间的关系开始有了微妙的变化。在莲露结束寒假、准备返回广西的前夜，舅甥二人彼此不舍，舅舅酒后失控，性侵了莲露。回到桂林后，莲露身体发炎，却拒绝就医，动辄哭闹不止。母亲问清真相后，大为震惊，连续打了莲露两个耳光，又哭着告诉她："你千万不能出去说，千千万万啊！任何人都不能说。将来就是嫁人，也不能跟你男人说。要不你会是千刀万剐的命。"并警告她，如果说出去，舅舅就会被枪毙，而舅舅是养育过莲露的恩人。"母亲一句比一句用劲儿的叮咛，将莲露从上海带回的惊叹号放大成了蘑菇云。她不明白母亲话里的逻辑，却被母亲的慌乱吓住了。""她按母亲的意思，将往事关到小黑盒子里。又按母亲的叮嘱，在那黑盒子上死死敲上钉子。"①

　　性侵事件虽然被掩盖起来，但不可言说的秘密却始终沉沉地压在莲露的心上。她此后跟男性独处就会紧张，即使是跟生父见面，她也拒绝去人少僻静的地方，只在热闹的大街流连。母亲不在家时，她便紧紧关起房门。只有在人群之中，她才会感到放松。上大学的时候，她拒绝了所有男生的追求。因为她感觉自己比年轻的男同学老了一辈。直到遇到比自己大 10 岁的朱老师，莲露才感受到与男性相处的放松。朱老师在留学美国之前向她求婚，莲露怀着内疚告知了当年的事情。朱老师经过慎重考虑后告诉她："我们就要到新大陆去开始全新的生活了，那里的晨昏跟这里是倒转的，全新的初始条件，全新的边界条件，以前那些旧的方程解，全部废弃了。"莲露备受感动，以为自己找到了生命中的贵人，从此可以摆脱旧事的阴影。她一把火烧掉了当年舅舅送给她的一切物品，与旧时光彻底作别。结婚后，她跟随丈夫移民美国，过着相夫教子的安定生活。但人到中年时，丈夫的一次出轨再次揭开了莲露心底的伤疤。因为丈夫出轨的根本因由是对"处女"的占有心理。显然，丈夫当年的所谓"旧的方程解全部废弃了"的说法，只是暂时的自欺欺人，莲露的失贞是始终埋在他心底的钉子。一旦遭遇合适的机会，钉子就戳破了自己营造的假象。他忏悔

---

① 陈谦：《莲露；我是欧文太太》，太白文艺出版社 2017 年版，第 154—155 页。

说是"一念之差"。而这"一念"源自古老的东方"处女"情结。传统文化中的贞洁观从来都是女性身上的一道隐形绳索，正是这一绳索的粗粝可怖，使得莲露母亲得知真相后的第一反应是掩盖真相，她千叮咛万嘱咐的恐吓之言使得莲露在遭遇身体伤害之后，更叠加了一重精神伤害。这种精神伤害在她记忆中留下的印痕之深是母亲未能预料到的。莲露没有得到及时的心理疏导，被母亲的恐吓阻断了被救赎的可能。而舅舅数年的养育和关爱，使她无法憎恨舅舅，因此把性侵事件归咎于自己。她一直觉得自己当年是有错的，是不够检点的，诱发了舅舅的犯罪行为。她对舅舅的内疚和失贞带来的羞耻感一度被丈夫的安慰压制下来。但是丈夫"一念之差"的忏悔，"像一个魔咒缠上了她。一个当年给你解开那个结的人，隔了二十年后，又亲手给你严实地系上……即使到了新大陆——换了全新的初始条件和边界条件，最后还是旧的方程解"[①]。创伤再次裸露出来，疼痛难忍，莲露的婚姻陷入危机，夫妻开始分居。分居中的莲露频繁与白人男性约会，因为文化的差异可以使得她"获得全盘洗白的欣喜"。心理医生劝告她与医生好好配合，走出阴影，否则可能走向异性交往障碍的另一极端——性混乱。而莲露频繁的约会，显然正滑向这一极端。这是一种性关系上的自我伤害。但因为医生本人觉察到自己对莲露生出了不该有的好感，出于职业伦理，不得不将莲露转介其他医生。莲露就此不知所踪。种种迹象显示，她可能依然在创伤的阴影下挣扎，也可能已经自杀。开放的结局昭示着女性心理世界重建的艰难。

《繁枝》的叙事从11岁的珑珑做的家庭树开始，由果到枝，由枝到根，引出了严立蕙的出生秘密，也揭开了两个家庭的情伤。出生在广西南宁农科院的严立蕙也是在11岁时突然意识到自己的出生是一个众人皆知、却无人说破的秘密。因为她的长相酷肖同院居住的明星学生何锦芯的爸爸何俊，在被同院的男孩子们捉弄时，她对自己的身份生出了疑惑。她追问母亲，母亲哭过后再三叮嘱她不可告知父亲，以免父亲难过。不久，通过话剧《雷雨》和小说《红与黑》，严立蕙知道了"私生子"这个词。"在一知半解的朦胧间，立蕙对母亲那天

---

① 陈谦：《莲露；我是欧文太太》，太白文艺出版社2017年版，第168、176页。

中午泪水里的深意生出猜疑，她不敢往深里想，整个人好像一下就闷掉了。再走出家门去，见人就想躲闪，下学后也总是快快回家，不再到处找同学疯玩。"① 为此，父母宁肯从本科院校屈就到中专学校，也很快调离了南宁，到广州工作。立蕙才摆脱了这个秘密的重压。19 岁时，何叔叔专程赶到广州，送给立蕙一个家传玉镯，并告诉她，已经赴美留学的锦芯也有一个，都是锦芯过世的奶奶留下的。不久，立蕙也赴美留学，博士毕业后结婚生子，过着平静的生活。直到看见儿子珑珑做的家庭树，立蕙心底清楚地知道那是虚假的血脉，却无法对儿子言明。

　　善解人意的丈夫鼓励她尽快寻找自己的生父，因为父辈的年龄已经不容迟疑。于是立蕙查找到同父异母的姐姐何锦芯的公司，原来她们竟然同在旧金山湾区。立蕙先见到了何锦芯的母亲叶阿姨，得知生父何俊已经于两年前去世。通过叶阿姨的回忆，她才了解了母亲刘洁清当年与何俊的婚外情始末。显然，当年叶阿姨和立蕙的父亲严明全都选择了隐忍，没有进行激烈的情绪宣泄，也就没有让这个出轨事件演变成轩然大波。但两个家庭的伤痛却是可以想见的。立蕙的生父与养父，都爱着她这个女儿，却一个不能相认，一个不能说破，都有着难言的亲情压抑。在重重情伤之中，何锦芯是反应最激烈、结果也最惨烈的。她与丈夫袁志达为北大校友，同赴美国留学，之后结婚、定居、事业成功，养育了三个孩子。在生活富足稳定的中年，袁志达归国创业，结识一个歌手，背叛了妻子何锦芯。何锦芯百般努力都无法挽回丈夫的心。"青年时代的同舟共济，中年的儿女身家，事业前程"都抵不过袁志达所谓"性的美好享受"。自尊好强的何锦芯在中年遭遇到与母亲同样的悲剧，愤恨地发出呐喊："世世代代，这恶俗的世界，恶俗的人生。"② 双重的创伤让她无法接受现实，利用作为化学家的工作之便，试图以重金属的毒性来惩戒丈夫，让他失去性能力。结果丈夫为此死亡。难以承受的后果导致她自己也精神崩溃、抑郁，试图自杀，虽然未遂，却造成了严重的肾衰竭，还成为 FBI 的调查对

---

① 陈谦：《繁枝；我是欧文太太》，太白文艺出版社 2017 年版，第 12 页。
② 陈谦：《繁枝；我是欧文太太》，太白文艺出版社 2017 年版，第 63、70 页。

象。何锦芯与母亲都遭遇丈夫的情感背叛，但她同样要遮盖出轨事件，不肯告诉家人，在与母亲日常相依为命时该是怎样的一种痛楚。

陈谦从一棵小学生的家庭树起笔，逶迤延展，静水流深，铺开了两个家庭两代人刻意躲避了四十年的情感之伤，枝枝蔓蔓，弯曲缠绕，重重复复，隐秘幽深，如同其题目"繁枝"所提示的。不过，《繁枝》并不尽然是冷冽的悲剧，而是在悲剧之上涂抹了暖色，是调子温暖的疗伤和治愈。两个家庭靠亲情与信仰自我救赎，努力重建心灵世界的明澈通达。立蕙的母亲精心照顾着老年痴呆的丈夫，酬答丈夫一生的爱与宽容；锦芯的母亲依靠信仰的力量抚平心灵之伤，不仅谅解了丈夫，也善待丈夫私生的女儿立蕙，不出一句恶声；立蕙在血缘亲情的浸染中，决心要陪伴姐姐锦芯一同前行，捐肾救治锦芯，与她一起面对生活的苦难；而曾经精神崩溃、无处诉说、无所傍依的锦芯也从立蕙的身上得到亲情的支撑和温暖，虽独自远行，却是卸下了心灵的许多重负。

《哈蜜的废墟》以一场突兀的葬礼开端，叙述者是从事跨国咨询行业的硅谷精英，接到通知去参加阔别二十多年的朋友哈蜜父亲的葬礼。葬礼之上，来自南京林业大学的退休老教授、哈蜜父亲的旧同事的发言令人疑窦丛生。她念了哈老的遗言——出自《哈姆雷特》的台词："女神，在你的祈祷之中，不要忘记替我忏悔我的罪孽。"接着夸赞了哈蜜的孝顺，让罹患癌症的哈老生命延长了三年，但同时也指出哈老这三年活得非常痛苦，是为了哈蜜而活的。老教授最后甚至替死者哈老给哈蜜鞠了一躬。叙述者在老教授的发言中才第一次得知，原来哈蜜的父母早年就已离婚，且各自都没有再婚。而叙述者20世纪90年代在爱达荷大学认识哈蜜并成为朋友时，哈蜜的母亲童教授是陪同女儿一起来美国留学的，这在当年十分罕见，其理由是"这个世界到处都是色狼"。在相处中，叙述者发现哈蜜与母亲对"色狼""处女"等词非常敏感。童教授私下告诉叙述者，哈蜜有社交障碍，请她多关照。而哈蜜告诉叙述者，母亲当年是印尼归国侨生，出身富有的侨领家庭，回国考上大学后留校任教，嫁给了自己大学时代的老师。但母女二人都对哈蜜的父亲避而不谈，且谈到家庭往事时，都是神情紧张、怪异反常。在叙述者去哈蜜家做客时，发现哈蜜的母亲有着洁癖、控制欲等不正常的精神特征，令哈蜜极其痛苦。后来哈蜜的母亲怀疑哈蜜与美国老师存在婚外恋，兴师动众地进行阻止，使难堪的哈蜜不得不迅速离开了爱达荷大学，并与叙述者切断了一切联系。直到微信出现，她们才通过校友群重新联络上。

　　葬礼之后，叙述者受邀拜访哈蜜，才解开了多年前的困惑。原来，哈蜜的母亲在大学里被当时的班主任诱奸怀孕，不得不嫁给了老师，后来生下哈田、哈蜜兄妹。但是夫妻一直不睦，家庭充满着冲突。哈蜜和哥哥幼年一直生活在恐惧之中。在哈蜜四岁时，哈蜜的母亲认为丈夫对女儿也有不检点行为，因此坚决离了婚。哈蜜的母亲因为被诱奸而失去了与自己喜欢的男友结婚的机会，毁掉了一生的幸福。因此，哈蜜"从小是在对色狼的严防死守中长大的"，也是在母亲对父亲的诅咒声中长大的。她不能正常交友，所有的朋友都会被母亲赶走。在抓到女儿与男同学一起看电影后，童教授没有打女儿，却是狠狠地打自己，迫使女儿下跪求饶。因此，虽然母亲对哈蜜极其疼爱照顾，但这种不正常的爱与控制绑架了哈蜜，令她窒息，也始终不能与周围的世界建立正常的关系。当母亲因病突然离世时，哈蜜虽然难过，但也"体会到难以表达的轻松，好像你撬了很久的一块巨石，你使尽全力都撬不动的一块挡在车道上的巨石，突然自己滑走了"①。她觉得自己和母亲都获得了自由和解放。但几十年被母亲绑架的生活使哈蜜对父亲的憎恨也是深重的，因此得悉父亲罹患癌症、不久于人世时，哈蜜坚持将已进入"临终关怀"程序的父亲接回家，并辞去工作，利用中草药和世界各地搜集的偏方来治疗父亲。外人皆以为她是出自孝心，然而她却是要让父亲延长痛苦的时间，让父亲以身体的痛苦为母亲一生所有的心灵煎熬和她自己半生的失败进行偿付。她曾质问父亲当年的真相，父亲矢口否认，拒绝忏悔。但葬礼之上宣读的遗嘱，说明哈老临终前还是发出了自己的忏悔。他口口声声说是为了哈蜜而忍痛活着，应该也是甘愿接受哈蜜的残酷报复，为自己当年的行为赎罪。

　　《哈蜜的废墟》以带有悬疑色彩的叙事，揭开了原生家庭中被隐

---

① 陈谦：《哈蜜的废墟》，《收获》2019 年第 6 期。

藏、掩盖的罪错对身处其中的家庭成员的心理世界产生的毁灭性影响，也再次呈现出性侵暴行对于女性造成的巨大创伤是可能伴随终生并祸及后代的。因为"家族隐秘的创伤在后代的心理空间中重复表演，形成作为创伤间接承受者的后代自我心理的分裂"①。

《木棉花开》关注的是由遗弃带来的创伤以及创伤的疗愈。戴安是被领养到美国的华人弃婴，生母留给她仅有的东西是印着木棉花的搪瓷碗和竹勺子。12岁时，戴安参加"海外遗孤中华寻根之旅"活动，回到美国后不久突发精神崩溃，出现严重的自残行为——用蜡烛烧自己、用剪刀戳大腿、用刀割手掌等。因为年幼的戴安受到影视剧影响，将遗弃自己的亲生母亲想象成落难公主、世家小姐或者女明星等，在中国第一次看到自己被遗弃时生活的福利院后，受到强烈的精神刺激，遭遇了自我认知障碍。她对自己被遗弃的命运难以接受，反复追问自己有什么问题导致被父母遗弃，从无缘无故的哭泣、做噩梦，发展到严重的自残。这使得戴安的养母珍妮对送戴安参加寻根活动非常懊悔。经过心理医生辛迪·韦伯三年的诊疗和药物治疗，戴安才基本康复，后来考入了纽约大学学习电影制作。由于一篇名为"中国弃婴的美国成长之路"的文章在中国微信朋友圈里的大量传播，一个名叫黄桂香的女人认出了文章中写到的戴安就是她当初遗弃的女儿，通过收养机构请求认亲。黄桂香出身贫困的广西山乡，15岁辍学出门打工，成为广西北海银滩的"陪泳女郎"，在跟一个小镇工厂主同居时怀孕。小厂主答应生下儿子就照顾她，但生下的是女儿，黄桂香因此被弃之不顾。走投无路的黄桂香将女儿遗弃在银滩海滨。黄桂香后来结婚生子，过上了安稳的生活，现在已经是广东佛山的一个电缆厂老板。生母寻亲的消息引发了戴安强烈的情绪波动。珍妮担心戴安再度发生自残，因此请求辛迪的帮助。

辛迪通过讲述自己的故事和引导戴安阅读关于弃儿的小说而舒缓了戴安的情绪。原来，辛迪之所以成为被收养青少年心理问题的专家，源于自己也是被收养的弃儿，是韩战遗孤。她的父亲是参加韩战的英国水兵，贫困的母亲再嫁时，不得不将令人蒙羞的混血儿送到了

---

① 陶家俊：《创伤》，《外国文学》2011年第7期。

孤儿院。母亲留给她的只有一个名字"金顺来"。她两岁半被美国父母收养，35岁回韩国寻亲时才了解到自己的出生以及被遗弃的始末，见到了两个同母异父的弟弟。但语言和文化的障碍，使得她与弟弟们的沟通很有限。所以，她非常理解此时的戴安面对语言、文化完全隔膜的生母时的疏离和排斥。辛迪和戴安都曾经在年少时执著于自己的身份认知，努力要寻找自己的来处。辛迪寻根之后理解了生母，并以服务于被收养青少年的心理疏导为终身事业。戴安直到高中毕业去尼日利亚孤儿院做义工时，看到了更加悲惨的儿童群体，才真正理解了应该为那些曾经以各种方式救助自己的人而努力生活的意义，对自己的出身不再好奇、不再自我怀疑，而是坚定地面向未来。她决定要拍摄一部关于被收养弃婴的电影。最终，戴安与生母相见，并拍摄了短片《木棉花开》。

在美国，有为数不少的被收养的华裔弃婴。这些孩子的人生际遇、心理状态等都是很值得研究的心理学与社会学课题。目前在新移民文学中，对这样一个在跨族裔家庭中生活的青少年群体的关注并不多。他们精神世界中对于身份认同的困惑、他们成长历程中遭遇的打击，以及他们由于被遗弃而造成的创伤的疗愈，都是值得跨文化生存的移民作家关注的书写领域，陈谦的《木棉花开》是具有开拓性的文本。

此外，《虎妹孟加拉》既是对于人与动物关系的思考，也是对于亲情缺失导致的青少年心理创伤的书写（参见第六章第一节相关内容）。

家庭是社会的基本单位之一，是人在世间的第一个庇护之所，但也可能是人第一次遭遇创伤之所。由于家庭空间的私密性，使得发生在这个空间中的悲剧常常难以被外界观察到，成为家庭成员之间的秘密。那些潜藏着创伤的秘密，具有极其复杂的情感畸变。因为家庭中的伦理关系同时也是一种权力关系，作为弱势一方的儿女往往成为家庭中的暴力行为、非正常婚姻关系或者非正常的情感关系的受伤害者。而那些从出生或幼年就被遗弃的弃儿，在被收养家庭中经常会感受到的人生不知来处的困惑与恐慌，则多是源于丧失了原生家庭应该提供的安全感和爱的滋养。每一扇家门背后，都是不一样的微观世界。陈谦的这些作品，持续关注女性在家庭空间中遭遇的心理创伤及其疗愈的艰难，推开了一扇又一扇潜藏着秘密的沉重之门。

## 第二节　来自极端境遇的创伤

在家庭空间之外，个体的许多创伤往往来自社会空间中的极端境遇，诸如战争、种族屠杀、自然灾害等。袁劲梅的《疯狂的榛子》、曾晓文的《巴尔特的二战记忆》、谢凌洁的《双桅船》、戴舫的《手感》、陈谦的《特蕾莎的流氓犯》和《下楼》、王瑞云的《姑父》、张翎的《余震》等作品都是对极端境遇之下产生的创伤及其疗愈的书写。

《疯狂的榛子》是内涵十分丰富的作品，除了对美国援华飞虎队、中国空军特遣队、美国第 14 航空军等部队抗战历史的发掘以外，对战争创伤的书写也是其中很重要的内容。作品通过舒暖的女儿、法学教授南嘉鱼（浪榛子）和范笛河的女儿范白萍，将中美两国、新旧不同时代的军人所承受的 PTSD（创伤后应激障碍）的痛苦并置考察。参加了抗日战争中的中美空军混合联队的航空兵范笛河，是受人景仰的战斗英雄，1951 年从台湾驾机返回大陆。但在英雄的面目之下，他也承受了一辈子 PTSD 的痛苦——在食堂吃饭，只拣角落就坐；时常半夜从床上跳起来，喊着"空袭"把老婆和孩子全按床底下；听到老婆敲锅招呼吃饭，会突然跳起来往外跑；过年家里挂红灯笼，他一把扯下来，说是像警报灯笼。但在他的时代，人们并不知道还有 PTSD 这种病，妻子由于不能理解他的种种过激反应行为而斥之为神经病，并试图利用上级、父辈和同事的批判来解决问题。范笛河不仅无法通过治疗解脱自己的精神痛苦，反而还要忍受周遭的各种新的折磨。他只能选择让自己人格分裂，只能自己与自己作对。他的女儿、心理医生范白萍认为："父亲心里有一场一个人的战争，打了一辈子也没打完，那是一场在他心里的无人知晓的战争。在他心里的那个战场上，他是战士又是伤病员，他把自己打伤。他总是在自己对付自己，自己判决自己。他是战士又是他自己的敌人，是审判者又是被审判者。好像它经历的那些厮杀、残酷、背叛、内疚、自责已经浸入了他的骨头。他想把它们分离出去，却没办法把它们赶走。"范筱河在写给美国战友马希尔上尉的信中坦承："人性的脆弱不是什么英雄的名字可以免掉的。"[①] 范白萍正是因为从小看到父亲的"不正常"，看到父母之间的冲突，看到父亲的痛苦，才选择成为心理医生，希望能够医治父亲。遗憾的是，父亲没能等到她的医治。

美国军人沙顿是南嘉鱼（浪榛子）的同事、范白萍的患者。南嘉鱼（浪榛子）任教的大学在美国西部的小镇北湾，学校附近有空军基地。空军基地会将民间预备军官生送到大学读书。沙顿少校就是空军基地派到大学军事系管理军官生的军事史教官。在处理军官生寇狄撒谎旷课的行为时，沙顿上校与浪榛子结识并成为朋友。沙顿曾经去阿富汗服役，12 年军旅生活受到的魔鬼训练和战场经历让他患上了PTSD。他每周有四五个夜晚都会做噩梦，白天也很沮丧；他坚决不看战争题材的电影；在日常生活中过度警惕，喜欢"假设危险"；不信任周围的任何人，即使是军队的心理医生，他也不信任。沙顿时常对周围的环境和人反应过激——参加女儿学校的"理想拍卖会"，本是热热闹闹的场合，他却紧张不安地来回走，看到一块布搭成的"墙"要倒下来，他就如临大敌，抓住浪榛子的手像抓住手枪，敏捷地扑过去撑住"布墙"，他说那是他的本能；他请浪榛子吃饭，坚持要坐在对着门的一张在墙角的桌子旁，理由是可以看到餐厅里每张桌子吃饭的客人，而吃饭的都是一些老绅士老太太；一个老太太认出浪榛子是她孙子的老师，主动要求给他们买份甜点表达心意，沙顿警惕地阻止浪榛子吃，理由是"你不认识她"；路上堵车，大家下车站在路上聊天，一架飞机飞过，沙顿突然就跳到高速公路边的沟里卧倒，滚了一身烂泥，呈现出典型的 PTSD 症状"旧景重返"。但饱受折磨的沙顿却不愿意承认自己患有 PTSD，拒绝吃药治疗，认为可以凭借强大的意志来控制自己的病情。范白萍看出沙顿少校像她的父亲范筱河一样也在内心里"打着一场无人知晓的战争"，军队生活的集体主义价值观和荣誉感、严明到严酷的纪律要求、战争中的求生逻辑与和平正常

---

[①] 袁劲梅：《疯狂的榛子》，北京十月文艺出版社 2016 年版，第 325、346 页。

生活中的个体价值、自由伦理、理想主义在他的心里尖锐地对立着，令他难以选择和判断，因此心理上总是不知所措。沙顿说："很多人都认为战争创伤是身体上和心理上的创伤，但不是。对士兵来说，最深的是道德上的创伤。有的时候，士兵自己都不知道：为什么自己的良知就是不死，也麻痹不了。"沙顿跟随浪榛子和范白萍到中国衡阳寻访第 14 航空军的基地时，听到中学大门里正在进行的高考誓师大会，"决战沙场""战鼓热血"的激越口号诱发了沙顿的过激反应，他再一次大喊"卧倒"，将浪榛子按在了路边的泥沟里。他终于承认不能靠意志控制病情，决定接受药物治疗。范白萍告诉他："噩梦，靠掩盖是好不了的。你要面对它。"①

　　非虚构作品《巴尔特的二战记忆》是作者曾晓文对自己的荷兰裔公公巴尔特一家在二战期间参与荷兰地下抵抗组织活动的一段历史的发掘。巴尔特的父亲约翰尼斯·梵尼是一个荷兰新教牧师，为人善良正直，不仅冒着生命危险帮助犹太教拉比保存了世代传承的祷告披肩和手抄本的《希伯来圣经》，还在教堂布道时公开抨击纳粹的侵略行径和迫害犹太人的罪恶，为此被追捕。德国占领荷兰时，巴尔特正在格罗宁根大学读书。因为拒绝在效忠德国的宣誓书上签字，巴尔特和妹妹佩普都退了学。在战争期间，梵尼一家都投入到地下抵抗组织的活动中。他们在家里冒险收留跳伞的英国飞行员，帮他们搞假证件；父亲约翰尼斯成为德伦特省地下抵抗组织的领导者之一，指挥"接收组"和"电报组"；巴尔特跟随父亲参加了"接收组"和"电报组"的活动，接受盟军的空投物资，发送情报，数次死里逃生；佩普参与地下报纸的编写、印刷和递送。由于他们的杰出贡献，1946 年春天，约翰尼斯受到荷兰王室的邀请，带着妻子和儿子巴尔特一起出席了在阿姆斯特丹皇宫举行的荷兰解放的庆祝仪式，并获颁国家勋章。但如此辉煌的家族历史，巴尔特却在家庭生活中从不提及，直到 90 岁的暮年，才第一次对儿女谈起。因为战争的残酷所造成的精神创伤伴随了他们家族成员一生。巴尔特的犹太同学和好朋友雅各一家在他的眼前被纳粹抓走，死在集中营。而当时，巴尔特的父亲已经提前一天接

---

到地下抵抗组织的情报——纳粹第二天会来他们居住的霍赫芬城抓捕犹太人。父子俩连夜挨门劝说城里的犹太人立刻逃走，然而除了一个女子听从劝说外，其他人竟然都抱着幻想，不愿离开家园逃亡。他们的劝说失败。城里三百多个犹太人后来大多都被送到了奥斯维辛集中营。巴尔特此后多年一直为之悔恨、内疚，认为自己没有尽到全力。巴尔特曾目睹主动为电报组提供发报地点的农场主被纳粹枪杀，让他终生感到负罪。当他在电报组工作时，同组的汉克被捕后逃回，组织无法判断他是否叛变，只能调离他。后来，汉克第二次被捕后牺牲，以死证实了自己的纯洁。巴尔特为此对人的信任问题产生终生的困惑。巴尔特在战后丢弃了地下抵抗组织成员的臂带、地下出版物和其他很多纪念品，从不参观阿姆斯特丹的"地下抵抗博物馆"，更不能谈论战争，因为一旦提及就会彻夜失眠。巴尔特的妹妹佩普在一次骑自行车递送地下报纸时被纳粹追捕，跳入冰冷的运河才死里逃生，此后终生不再骑自行车。巴尔特的妻子伊娜在二战中结识后来名扬世界的电影明星奥黛丽·赫本，她们两个都曾经在盟军1944年9月17日发动的"市场花园行动"中作为诊所和医院的志愿护士参与救助盟军伤员，被血肉模糊的场景深深刺激。奥黛丽·赫本因为在荷兰的"饥饿之冬"中备受折磨，严重损害了新陈代谢机能，终生都很瘦弱。她曾婉拒出演《安妮日记》中的安妮·弗兰克，因为心理上无法承受对那段历史的重温。伊娜的家被炮火摧毁，心爱的小提琴不见踪影，她从此再也没有摸过小提琴，而且在每年的9月17日都会"跌入精神的最低谷。从某种程度上讲，她在漫长的生活中延续了战争"。同样，"在巴尔特的心中，战争仍穿越岁月的重重壁垒无声地持续"。因此，"在漫长的六十多年中，战争，是梵尼一家永远回避的话题"①。曾晓文在发掘这段公公的家族历史时，笔调沉郁，在战争英雄的光荣之外，更加关注他们因战争而受到的严重精神创伤。

　　谢凌洁的《双桨船》以悬疑的笔法书写了二战老兵的创伤。作品的序幕通过比利时蓝鲸俱乐部的高级教练、海洋探险家威廉·莫尔的朋友们在海底搜寻失踪的威廉的行动和比利时《标准报》1996年的

---

① 曾晓文：《巴尔特的二战记忆》，《中国作家》（纪实）2017年第11期。

一篇报道交代了威廉·莫尔的身份和海潜意外死亡的始末。威廉不仅是海洋探索者，而且是作家，还是美国的二战英雄。而威廉意外身亡的地点是太平洋赤道附近的楚克珊瑚礁，这是一处海床公墓，沉没着几十艘日本战舰。作品的正文是以威廉的朋友、中国留学生苏语为了再版威廉的遗作而寻访他的旧版小说《双桅船》的历程和威廉的妻子埃萨的日记交替展开。苏语的寻访好似破解一宗迷案，因为威廉的《双桅船》当年在英国出版，曾引起很大反响，但后来威廉却到处搜罗自己的作品，不愿它流传于世。而今只剩下牛津大学图书馆存有一本。苏语找到这仅存的一本《双桅船》后发现，它的内页被撕掉了很多，而图书馆馆员说威廉和她的女儿克洛伊都多次到这个图书馆来过，克洛伊甚至企图将书偷走。这让苏语十分困惑。在威廉的妻子埃萨病逝后，根据威廉生前的意愿，苏语和男友安德烈买下了威廉的老房子，替他继续打理院子里放的一艘古老的双桅帆船和一座藏书丰富的地下书房。因为安德烈是威廉多年的朋友，苏语与安德烈的结识就是在威廉家。苏语从威廉留下的地下书房开始，搜寻威廉当年收回的那些《双桅船》。搜索刚刚展开，安德烈就在信箱发现了一封一年前来自西班牙巴塞罗那的信，写信者自称是老鹰的房东，老鹰病逝，请求威廉去处理他的遗物。于是，安德烈和苏语立刻启程去了巴塞罗那。他们发现，老鹰本名大卫·休谟，出生在美国加州，二战中受伤，终生与轮椅为伴，居住在西班牙已经几十年了，是巴塞罗那著名的作曲家。他的房间里收藏着许多演出莎士比亚戏剧的行头、唱片。随着苏语的搜索行动，威廉留下的文章、信件、照片、唱片，老鹰留下的信件、照片、电影胶片，威廉和埃萨的日记以及威廉和老鹰之间的纸质通信和录音通信等各种材料汇集起来，逐渐揭开了二战中三个军人威廉、老鹰、多尼之间的复杂情感，以及威廉与老鹰的精神创伤。

威廉与多尼少年相识，亲如兄弟。威廉出身军人世家，父亲因为古巴和菲律宾战场的经历成为英雄，在军中身居要职。但战场生涯造成的创伤，使得父亲性格暴躁，对母亲颇多虐待，终于造成家庭破裂，母亲远走他乡。威廉是在爷爷身边长大的。他与多尼相识成为朋友后，在多尼的母亲身上得到了母爱的补偿。而多尼在威廉的爷爷身上得到了父爱的补偿。因此，他们俩感情十分深厚。多尼全名为阿多尼斯·卡特，出身于歌剧世家。他的父亲一战时牺牲在欧洲战场。对战争的恐惧使得多尼的母亲赛妲从小就把他跟女儿们一起打扮，以免将来会被征兵。多尼天生英俊，暗合了父亲离家前用希腊美少年阿多尼斯的名字给他的命名。他从小具有音乐天赋和天生的好嗓音，7岁就跟姐姐们一起组成乐队，在街头演唱。后来，他学习歌剧，15岁成名，成为莎士比亚戏剧最出色的"女"主角，被誉为天才。他演出的舞蹈《天鹅之死》轰动一时。他的绰号"天鹅"由此而来。但成名后的美少年，被许多男性追逐，使得母亲懊悔从小给他的女性化装扮和让他走上了戏剧之路，以至于培养出了多尼的一些柔美气质。为了纠正过往的错误，赛妲恳求威廉的爷爷将多尼送入军队，以重新培养他的英武之气。但威廉的爷爷认为多尼不适合军营，只属于舞台。高中毕业前，因为一次打赌，威廉入了军校，成为空军。一向视威廉为精神支柱的多尼不顾劝阻，也跟随威廉从军。他们在军校结识教官老鹰。老鹰热爱音乐，与多尼也成为朋友。多尼超凡绝伦的美和表演天才在军校引发强烈的关注和一些学员的骚扰。老鹰和威廉都自视为多尼的保护者，但两人之间又有着隐隐的互相排斥。军校中出现很多关于他们三人的流言。老鹰和威廉都想劝说多尼离开军队，回到属于他的舞台上。但多尼耽于与他们的友情而不肯离开。后来，一个疯狂的"戏迷"利用多尼对歌剧的痴迷而设计强暴了他。多尼受到极度的精神刺激，数次企图自杀。在奔赴太平洋战场之前，受辱的创伤和对战争的恐惧已经使得多尼濒临崩溃。但他还是拒绝了老鹰让他离开军队的要求。战斗中，他们的飞机被击落，威廉和老鹰一时都没有找到坠机的多尼。在恐惧中，他们分别以为对方作为多尼的保护神一定会找到多尼，于是各自放弃了寻找。多尼就此不知所终。战场上的放弃就此成为威廉和老鹰两人终生的创伤。他们见面时就彼此抱怨、争吵，甚至大打出手，独处时则各自深深悔恨。虽然他们都成为声名赫赫的二战英雄，但却都备觉惭愧，无颜面对自己获得的荣誉和欢呼："每当看到类似崇敬谦恭的眼神举止，我内心的耻辱感就变得更强一些。何为英雄？一个连自己最亲爱的手足都没有尽责施救的人，还谈什么英雄?"① 他们选择离开美国，到西班牙去开始新的人生，正是为了躲避这种英雄的光环。威廉在巴塞罗那遇到埃萨，跟她回到比利时的小城安家。老鹰则独自在轮椅上终老巴塞罗那。

失去多尼的痛苦和自己在恐惧之中的放弃使得威廉和老鹰多年生活于"旧景重返"的创伤之中。他们无法向他人言说这种伤痛。即使是面对自己的妻子，威廉也无法诉说。他真心爱埃萨和两个女儿，但感受到爱的同时又会自责自己不配拥有爱和正常的生活。这种深深的自我谴责和对过去的刻意隐藏导致他和妻子的婚姻生活中多年弥漫着一种难以消解的疏离之感。威廉经常在夜深人静时，独自在地下书房放映多尼主演过的莎士比亚戏剧的电影胶片。好奇的埃萨偷偷去书房寻找时，却难觅踪迹。被排斥的埃萨感到愤怒和懊恼。威廉尝试写作，希望通过写作来表达自己的思念，呈现三人之间的深厚情感，释放自己失去多尼的精神压抑。但书出版后，被媒体和评论界以精神分析理论来解读。他大惊失色，不能允许他人质疑这种深沉复杂的情感，因此竭尽全力地收回各地流传的书册，不能收回的则不惜违反规则加以损毁。唯有彼此面对时，他们才能说出心中的悲伤与痛悔："似乎，我们都不打算向外人宣告、曾经灾难时刻我俩置同伴于不顾而独自逃亡的事实。这深藏的羞耻，生怕别人知悉而雪上加霜。如今，我怀揣这同等于罪过的秘密，颓靡昏庸，了无生趣。原以为，背井离乡，到异地成为外邦，以获平静重建人生，其实不然——我成了被撒旦主宰的一副皮囊，时时受到道义良心的谴责，尤其别人满目辉光地呼唤我'阿喀琉斯'时，我简直想挖个地洞钻进去。更煎熬的是，我没有勇气向与我相对而卧的女人吐露哪怕一丝半点的焦愁忧思，因为羞愧和痛楚，我把自己曾立下的功勋也深藏不露，我甚至收敛了与生俱来的、阳光一样耀眼的骄傲锋芒，以致有时觉得自己枯如朽木……我怀疑自己，在失去多尼的那一刻起，就失去了享乐的资格和能力。一如经受灾祸而脑神经受损的失语者，除和你写信，我几乎失去了说话的冲动和能力，由此，我变得沉默。"因此，他们频繁通信、互访，各自竭尽全力收藏多尼当年演出的胶片、戏服等纪念品。

---

① 谢凌洁：《双桅船》，花城出版社 2017 年版，第 141 页。

威廉还拼命学习海潜技能，悄悄地多次潜入当年飞机坠落的海域，凭吊多尼。在多年的争吵、诉说和回忆中，威廉逐渐明白，多尼当年拒绝离开军队，就是希望在战争中死去，以彻底洗净自己受辱的污浊，那是"一种对个人前程绝望的自绝"①。借助现代科技的力量，威廉还带领坐着轮椅的老鹰一起到多尼葬身的楚克珊瑚礁海域海潜，共同凭吊多尼。他们终于与自己达成了和解，实现了自我救赎。

　　双线叙述的另一支、埃萨的日记同样是悬疑的，因为埃萨的家庭中也隐藏着一个秘密。德国占领比利时前，埃萨与邻居斯特恩家族的索菲亚是好朋友。斯特恩家族是犹太人，世代从事钻石切割和镶嵌生意，非常富有。当他们一家被德军驱赶去集中营之前，索菲亚给远在西班牙读大学的埃萨写了一封信，告知埃萨，她的母亲苏珊娜在家里的花园中埋下了一个旅行箱，里面有一些家族的珍贵物品，请埃萨将来挖出来替她家保存。然而，当埃萨战后回到家乡时，斯特恩家的房子已经易主。新主人允许埃萨挖掘，却没有发现旅行箱。到底是谁偷走了斯特恩家的东西？他们家被抓又是谁告的密？这个问题困扰着埃萨。她怀疑是自己的父亲卡尔，因为她带着威廉从西班牙回到家乡的第一天，正碰到卡尔在广场上被众人喝骂、羞辱，是威廉靠自己二战英雄的身份保护了卡尔。但是，她和威廉都不知道卡尔到底是不是内奸和告密者，因为古怪的卡尔不断搬家，总是心怀鬼胎的样子。结婚后，埃萨不断接到匿名信，追问斯特恩家族旧物何在？还经常碰到有陌生人在跟踪。她不知道是谁写了信，谁在跟踪，也不敢把这个问题告诉威廉，只是暗地里追查斯特恩家族的下落，追查当年失踪的那些旧物的下落。后来，埃萨才发现，原来威廉也收到了匿名信，也在暗自追查这些事情。不仅如此，埃萨的母亲玛丽亚也在追查。因为当年玛丽亚没有收留索菲亚和罗尼尔姐弟避难，为此终生负疚。她为自己因恐惧而失去了勇敢羞惭不已。威廉对此也深有同感。他们三人都怀揣着秘密，却互相隐瞒和躲避。最终，他们追查到斯特恩家的小儿子罗尼尔幸存于世。他们在古董商路易那里找到了斯特恩家古老的希伯来文经卷《托拉》，也在另一个古董商家看到了斯特恩家的怀表，上

---

① 谢凌洁：《双桅船》，花城出版社 2017 年版，第 143、159 页。

面刻着苏珊娜的名字。两家古董商提到的物品出售人都指向了卡尔。而古怪的卡尔在中风后，经常拼死要爬上二楼自己的办公室。那间办公室里锁着的几个保险柜从不示人。玛丽亚偷偷打开后，找到了斯特恩家的旅行箱。一直躲在暗处的罗尼尔终于现身，与埃萨一家相见。卡尔也终于道出真相，他当年偷窥到苏珊娜埋藏箱子，在新房主入住前偷偷挖走了箱子。由于怀表和经卷上都有斯特恩家族的标记，他不得不冒险将两件东西出售。之后，为了怕人追查而不断搬家，但始终不敢把这个秘密告诉妻子玛丽亚。为了减轻负疚，他打听到罗尼尔后来移居美国，投靠了亲戚，于是数次匿名汇款给罗尼尔。但他的确没有告发斯特恩一家。夫妻之间由于斯特恩家的这个秘密而半生争吵、情感疏离。玛丽亚半生都在为卡尔忏悔。最终，当物归原主时，他们一家人才真正释放了心头的重负。威廉和埃萨也在彼此诉说了各自多年的隐秘和痛楚后，重新获得了爱情的和谐。

《双桅船》叙事流畅，内涵丰富。除了战争创伤的书写，还在老鹰与威廉的通信之中包蕴了许多哲学、历史和艺术的见解。当然，这种丰富也不乏一些炫技之处，以至于有时游离了叙事的逻辑性。

戴舫的短篇《手感》在表现现代社会"多余人"的精神痛苦时，也对联合国工作人员在卢旺达种族屠杀事件中遭受到的心理创伤作了惊心动魄的刻画。主人公孔令梵是生活在纽约的华人移民，是没有婚姻家庭的单身汉，生活在上班看股票、下班泡酒吧、间或搞搞一夜情的机械和空虚中，几乎没有真正的朋友。这种空虚让他渴望寻找刺激，所以他不怕死——走路横冲直撞、疯狂飙车。他仅有的朋友鸠依是东欧移民，与他一样空虚。鸠依供职于联合国的救援机构，后来被派去卢旺达执行志愿者救援任务，意外地被美国的电视媒体塑造成了"英雄"。孔令梵受到启发，也准备去卢旺达感受生活的刺激。但鸠依却竭力反对孔令梵去卢旺达，为了阻止他，鸠依不得不将电视纪录片没有说出的真相告诉孔令梵。原来联合国维和人员无力阻止卢旺达的种族屠杀，部分人只好偷偷去刑场救助一些中枪未死的蒙难者。但对伤重无救的伤者，为了减轻他们临死前的痛苦，这些维和人员会用刀帮助他们立刻死去。这种"残酷的仁慈"使得救人者产生了极大的心理创伤，甚至唤起了他们的嗜血欲望："就用刀一划。又一划。又一划。刀很锋利。手感美妙之极。""工作并不可怕","怕就怕你几天没去那儿……救人，还老想去。""有几个人染上了一种神经质的抽搐，手老是这么一划一划。"鸠依在给孔令梵示范时，却没有意识到他自己的手就在"一划一划地抽搐"①。他们已分不清这种行动是让他们体验到了崇高和仁慈，还是嗜血的"美妙手感"。而由于没有能够尽最大努力拯救种族屠杀中的受难者，维和部队最高司令官也无法承受良心的重压，辞去了军职，忍受着抑郁症的折磨，靠酗酒和服药度日。戴舫的这篇短而精致的作品从一种特别的角度将置身种族屠杀的残酷现场、却无力真正维护和平的军人所遭受的巨大创伤血淋淋地展示出来，令人难以直视。

战争是人类最残酷的社会行为之一，在战争中为了求生而生发的恐惧感和因为这种恐惧感而放弃的对他人的救助、悲悯以及其他各种凸显人性自利的举动，在正常的社会氛围中都是有悖于人的道德观的。因此，当硝烟散去，回到正常生活进程中的人，往往无法原谅自己在极端境遇下的道德不洁。他们会经年累月在头脑中"旧景重返"，不断地自我谴责、自我怀疑，由此造成精神的压抑和行为的反常。创伤体验和创伤后应激障碍不仅是创伤亲历者个体的痛苦，也是日常亲密关系中隐伏的"地雷"。因此，战争的硝烟可以散去，战争却没有真正远去。因为它所带来的创伤也许会伴随多年、甚至是终生。而疗愈这种创伤也是艰难和缓慢的。"每个个体对创伤的体验和感受不同，也就会用不同的方式来表达它。有的人选择沉默，希望新的现实生活可以覆盖创伤经历、让自己完全康复；有的人选择不停地诉说，借助一遍遍地向他人复述自己的故事来缓解伤痛，寻求外在的帮助；有的人选择文字，在文字编织的世界里与过去再次相遇，通过语言来释放恐惧、找寻慰藉；有的人选择材料，通过收藏、设馆、旅行等实际的方式来平衡过去与现实之间的关系；有的人选择宗教，把苦难和对信仰的虔诚紧紧维系在一起；有的人选择放弃信仰，因为无法再把上帝之爱与残酷的人世磨难联结起来。"② 上述几个有关战争创伤的文本

---

① 戴舫：《手感；猎熊之什》，华东师范大学出版社 2009 年版，第 247 页。
② 赵静蓉：《创伤记忆：心理事实与文化表征》，《文艺理论研究》2015 年第 2 期。

中，不同的创伤体验者也正是呈现了表达创伤的多种路径以及疗愈的艰难。

在特殊的时代或者特定的社会环境，会使某些生活中的波折扭曲、异变成改变命运的沉重鞭索，从而成为创伤的重要发生源。陈谦的《特蕾莎的流氓犯》《下楼》、王瑞云的《姑父》等作品都有这样的叙事背景。

《特蕾莎的流氓犯》是一个事关忏悔的故事，是陈谦将"青春记忆，忏悔意识，心理和精神的救赎，由此结构进历史和现实、中国和北美的框架里，汇成一阕献给特蕾莎们青春时代的挽歌"[1]。本名劲梅的特蕾莎是广西南宁人，曾经在 13 岁（1975 年）的少年时代由于青春期性的萌动和嫉妒而检举了自己暗恋的 16 岁少年王旭东，使他成了一个被劳改的流氓犯。劲梅为此背负上了沉重的负罪感，三十年不曾解脱。这负罪感如同一只怪兽，"天涯海角地追赶着她"。为了逃避，她不停地远走，从长沙、广州，到英国、加拿大，始终"不敢回望来路"，甚至把名字也改成了特蕾莎。在父亲和母亲的追悼会上，她在伤心之余又有着一份解脱，因为今后再也不用回到家乡南宁，不需要面对会勾起回忆的场景。在这个怪兽的折磨下，她曾经长时间地躲避爱与性，生活缺少色彩："她的衣橱里没有一点的花色。各式的黑，各式的白，各式的灰，填涂着她的四季。"直到遇到单纯明朗的家明，温暖了她。结婚后，她随夫迁居美国，事业有成，又生下女儿，心头的阴霾和恐惧才有所减弱。但是，她仍然无法与丈夫谈及此事。这件秘密让她得了强迫症："它扣在心上，我一不小心，它就钳我的心一下，生疼生疼，那种感觉太可怕了……它又像一个怪兽，伏在道旁，可能在你人生最得意的时刻，冷不防跳出来偷袭，让你的自尊瞬间挥发。"[2] 当她在电视上看到那个叫王旭东的访问学者时，少年时代造就的恐惧重新攫住了她，可怕的怪兽再次追上了她。

她终于决定不再逃避，直面这个伤痛，用真诚的忏悔来解脱负罪感的折磨。但两人见面交谈之后，才发现是一个误会。这个王旭东虽

① 陈谦：《谁是眉立》，鹭江出版社 2016 年版，第 6 页。
② 陈谦：《特蕾莎的流氓犯；谁是眉立》，鹭江出版社 2016 年版，第 2、32 页。

然也曾在广西短暂地生活过，却并不是她的"流氓犯"。不过，这个王旭东，却也有一段相似的往事，也有着期待解脱的负罪感。同样是1975 年的夏天，16 岁的这个王旭东从大连到广西融安探望在铁道兵部队当师政委的父亲，与 14 岁的李红梅互生情愫。他们在融江游泳约会时，王旭东在冲动之下不顾李红梅的抗拒越过了界限。李红梅的母亲发觉后，利用这一点要求王旭东的父亲出面将李红梅的哥哥从插队的三江侗寨调回县城。在父亲的暴打和威胁之下，王旭东将责任完全推给了李红梅。最终父亲利用权势将李红梅一家都赶到了偏远的三江。即使王旭东悔恨道出实情，也未能改变李家的命运。从此，"他短暂而青嫩的少年时光让融江上决堤的洪水冲成七零八落的碎片，再也无法整合。它们散落在他一路的行程里，冷不防就割痛他"。"那个夏天变成了一把刀，插到他的喉管深处，让他不敢对它发出声响。"①

　　陈谦在文本中设置了一个戏剧化的巧合，相同的名字、相近的年龄、同一个夏天、相似的往事，同样的负罪感。这个巧合"像一个错位的对质，也像一个母本的两个变形的镜像，相互印证又相互否定"，这种错位和镜像是作者精心建造的"一条切入大地裂痕的通道"，它呈现着那个特定时代中由于无知和无力而造成的伤害和折磨，"这样的折磨和宿命般的灾难，在历史荒唐的大叙事里无人能够幸免"。② 即使远离了那个时代、远离了那片自己犯下罪恶的土地，创伤仍然锥心刺骨。这创伤如此深重，在于它不是普通的个体间的是非纠葛，而是源于未经清理的一处文化废墟。没有对文化土壤的深翻，创伤并不会简单地随时间流逝而痊愈。因此，虽然王旭东和特蕾莎在交谈中互相安慰，不能将时代的悲剧负载在当初情窦初开却无知懵懂的少年身上，但他们彼此都清醒地知道：将责任推给时代固然是容易的，但良心却无法真正安宁。他们知道自己心底是有罪的。毕竟，悲剧是一笔一画写出来的，是由每一个具体的人参与制造的。陈谦的笔墨在这里显出了反思的更进一步。因为"有着太多的小说，在展演悲剧的同时又推导出一个空洞而又终极的悲剧制造者，比如说'时代'，所有的

---

　　①　陈谦：《特蕾莎的流氓犯；谁是眉立》，鹭江出版社 2016 年版，第 16 页。
　　②　唐云：《在大地的裂痕深处痛苦地穿行——评陈谦的小说〈特蕾莎的流氓犯〉和〈下楼〉》，《香港文学》2011 年第 11 期。

反思到了这一步就戛然而止。树立起终极的悲剧制造者就等于给了其他所有人豁免权，'我们'都是受害者，但谁也不去探究潜藏在人类心灵暗角中的邪恶，如何与时代的灾难形成一种媾和……"①

　　王旭东和特蕾莎都试图通过道歉、忏悔求得被伤害者的原谅，来卸下心头的十字架，来获得心灵的救赎。然而，这种仅仅出于个人解脱的忏悔，仍然不是彻底的、真正的忏悔。王旭东在发现特蕾莎不是李红梅时，一瞬间甚至有逃过一劫的放松。这说明他的逃避心理仍然没有真正克服。事实上，当时过境迁，单纯的道歉对过去的伤害而言其实于事无补，受伤害者被改变的一生没有修正的机会。因此，如何才能真正承担起自己的罪，仍需要他们未来更深长的思索。正如王旭东意识到的："当她从道歉开始，转到指责，他就晓得，她还有很长的路要走，哪怕今夜里，她遇到的果真是她的流氓犯。"② 结尾处，特蕾莎懊悔没有叮嘱王旭东为她隐藏这次见面和他们的谈话。正是这个想法，让她再次遭遇了带着凄厉嘶鸣的"怪兽"，这意味着特蕾莎依然要面对创伤的折磨。

　　不过，道歉、忏悔虽然还不够彻底，但仍具有一定的道德意义，它意味着施害者对自身的错或者罪的直面。而王旭东从事的学术研究，试图为时代留下个性化的记录，作为一种历史的见证，也是一种对责任的承担。虽然他不知道这种原始记录是否会有具体的作用，但他认为："它是对我所经历的时代的一种交代，是对生命中碰到过的人们表示尊重的一种形式。"③ 忏悔个体的错与罪，是施害者面对受害者和个体良知的道德责任，而记载个体的错与罪，则是施害者面向历史、面向族群的道德责任，具有更高的伦理价值和意义。"'一个人'对耻辱与罪责的承担、反省，也正是整个民族反思灾难与道德完善的起点。"④

　　《下楼》是一个精致的短篇，意蕴深刻。它的叙事线索是心理学

---

① 金理：《罪的自觉、生命的具体性：与机能化的文学》，《小说评论》2008 年第 4 期。

② 陈谦：《特蕾莎的流氓犯；谁是眉立》，鹭江出版社 2016 年版，第 34 页。

③ 陈谦：《特蕾莎的流氓犯；谁是眉立》，鹭江出版社 2016 年版，第 35 页。

④ 金理：《罪的自觉、生命的具体性：与机能化的文学》，《小说评论》2008 年第 4 期。

家丹桂如何投身于创伤心理学研究的，主要的场景是丹桂与创伤心理学家戴比·斯特林教授的对谈。在断续的对谈中，牵引出两段创伤记忆。丹桂的父亲在她三岁时服了过量安眠药沉江自杀，母亲潦草地以父亲个性"不开朗"作为事件的解释，以"向前看"作为丹桂精神创伤的解决之道。但这种解释无法奏效，丹桂从 12 岁发现了父亲的日记后，就深陷在寻找父亲的噩梦困扰中，犹如黑沉的铁盖压在她的精神之上。投身创伤心理学研究，是她试图为自己精神创伤的疗治寻找突破口。而戴比在对谈中也提到一个自杀事件所引发的精神创伤：中英混血女子康妮与丈夫唐先生相识于哈佛大学，毕业后随丈夫到上海生活。由于目睹丈夫跳楼自杀的惨相，康妮虽然没有流一滴泪，也没有对任何人诉说过伤痛，却从此拒绝下楼，直至生命终结，长达二十多年。

　　陈谦在一个短篇当中，嵌入了两个由自杀而引起的严重精神创伤的案例。叙述虽然简单，却让我们看到了精神创伤的沉重之力。尤其康妮的拒绝下楼，极具震撼性。这个细节很专业地呈现出精神创伤的特异性表现。因为遭受精神创伤的人往往无法通过语言来表达其痛楚，于是身体会通过"自闭""幻觉"等特异方式来间接地呈现精神痛苦。康妮至死没有从创伤中走出，说明仅靠创伤者个体的单薄力量，很难真正解脱痛苦，而需要专业的外在帮助。如丹桂的母亲那样，我们的社会最擅长以"向前看"的高调阻止人们对创伤的直面，希冀人们靠遗忘来回避历史，这其实是不负责任的。"对待过去的严重伤害要依靠宽恕，而不能要求遗忘，更不能强迫遗忘。"[1] 丹桂的母亲自己选择遗忘和躲避，心无旁骛地投身于仕途，越升越高，但她的仕途通达却变成丹桂精神上那个黑沉沉的铁盖上的又一块重物。在没有对创伤的直面、没有对创伤的科学疗治时，潦草地强调"向前看"不过是掩耳盗铃、自我麻醉。因此，丹桂的噩梦最终只能靠自己来摆脱，这种摆脱要依赖于心理学的专业帮助所产生的信任、理解和宽恕。丹桂在自我解脱的同时，也接过这个领域中前辈们手中的"火炬"，传递知识与关爱，以便帮助更多同样深陷于创伤中的人。如同

---

[1]　徐贲：《人以什么理由来记忆》，吉林出版集团有限责任公司 2009 年版，第 4 页。

戴比·斯特林教授的老师杰里·彼得森说过的："各种各样的康妮，会影响到身后几代人的人生。他们需要救治。"①

《特蕾莎的流氓犯》和《下楼》，如同一枚硬币的两面，一面是施害者的负罪与忏悔，一面则是受害者的创伤与疗治。无论是施害者还是受害者，都是创伤的体验者，他们虽处于事件中的不同位置，却被同样蚀骨的疼痛所折磨。这种疼痛是个体的，亦是民族的。因此，陈谦这种关于疼痛的书写，具有一种深远的意义。因为"文学书写疼痛的意义，就在于还原并见证个人或群体的创伤性苦难，为个体和文化共同体保留一份珍贵的'创伤记忆'，同时看见疼痛，也是对受害者感同身受的悲悯和抱慰"。而将民族历史的创痛，透过小说中的鲜活人物来呈现，是"将个人的疼痛与国家的疼痛紧密相连，把国家的历史与现实创伤还原为每个个体的心灵或血肉之痛，最终以个人的痛苦经验唤起一个文化共同体共有的创伤体验"②。

王瑞云的短篇《姑父》通过外在的观察者视角，以姑父恶行恶状的吃相和拼命囤积垃圾废物的变态行为将因极度的饥饿与匮乏造成的创伤展示出来。"我"与姑父只有三次见面，第一次还是小学生的"我"见到外地来的姑父时，他的形象很不堪，"除去老，黄，瘦，一个人看上去不知怎么的不舒齐，好像他是个箱子柜子什么的，曾被剧烈地挤压过，因此弄得每个榫头有些错位。两只肩膀高低不平，一颗头往高的那一边微侧过去，像在费劲扛住一个东西"。"眼睛是呆定定的，看着是像假的。"姑父本是报馆编辑，阴差阳错地因私藏枪支而入狱20年。吃饭的时候，"姑父坐着不说话，对着一桌子菜肴，他脸上有一种近似庄严的表情，仿佛信徒对着神坛一般，眼睛由于聚焦显出了奇异的光彩"。"我"妈妈夹给姑父一块鸭大腿肉，"他用鹰隼般的速度，只一口就把鸭块全放嘴里，鼓着腮嚼，脖子上的老皮跟着一抽一抽地动。动了好一阵，见他把两根手指头伸进嘴里，抽出一小截腿骨来，送到眼前看一看，复又放到嘴里吮一吮。吮的时候，腮帮瘪了下去，一边一个大坑"。而且"嚼完了嘴里的，不等人让，伸过

---

①　陈谦：《下楼；谁是眉立》，鹭江出版社 2016 年版，第 69 页。

②　周蕾：《见证"疼痛"的写作——论余华笔下的"中国故事"》，《当代作家评论》2014 年第 6 期。

筷子，又去夹第二块鸭腿，然后第三块，第四块……又迅猛又利索……两只大而无当的眼睛因吃得卖力，而蒙上了一层薄泪，竟有了些晶亮的反光"。不慎掉了一块鸭肉时，姑父不顾姑妈的劝阻，执意要费劲地将身体沉到桌下去捡，十分狼狈。捡起来后，看了一看就送进嘴里，令姑妈尴尬和难过得脸都白了，泪光闪闪。而与他形成对比的是姑妈的吃相："用筷子先把骨头剔下来，才把肉送进嘴里，抿着嘴，慢慢地开始吃。"①

　　第二次见面是参加表姐的婚礼，舅公谈笑忆及年轻时爱打网球的姑父"穿着白球鞋，白短裤，白短衬衫，派头一级"。围着听的众亲友却诧异得无法赔笑，因为与姑父当下的形象实在差之千里。吃饭的时候，姑父的眼睛又有了那种因聚焦而产生的奇异光芒。他的吃相虽比上一次从容了很多，但桌上的水晶蹄髈还是大半被他吃了。饭后大家回到家，"我"又发现了姑父偷吃蜜枣。第三次是"我"去杭州上大学，路过上海，在姑妈家小住。"我"发现姑妈家所有人都在嫌弃姑父，而姑父则在抱怨大家都没良心。大家不跟他一起吃饭，连碗筷都是分开洗分开放的。他住的房间酸臭至极，塞满了破烂的球鞋、手套、衣服等杂物。他不停地念叨自己已经准备好再"进去"了，这些东西都是用得上的，因为"里面"的劳作是比死都难熬的。表姐面对我的疑惑，私下控诉父亲偷吃、抢吃、囤积垃圾废物等种种恶行。一家人都为姑父的变态行为备受折磨。

　　在姑父去世后，我再一次去姑妈家时，姑妈拿出一张旧照片，"我"拿起来一看，"眼睛顿时直了——一个极其英俊的年轻人，穿着深色西装，戴一条斜条纹的领带，一头浓密的黑发整齐地向后梳着，脸微侧，下颌扬起，下巴上有一颗黑痣，有棱有角的嘴抿着，鼻梁高挺，剑眉下一双明亮好看的眼睛……眼睛里流露的……是年华正好的潇洒和自信，仿佛一个世界都是他的"②。那一年，姑父 25 岁。而"我"正好也已经 25 岁。照片中的姑父与记忆中的姑父这种云泥之别，如一声裂帛，将叙述戛然而止，但余声悠长。

---

① 王瑞云：《姑父》，《收获》2005 年第 1 期。
② 王瑞云：《姑父》，《收获》2005 年第 1 期。

王瑞云虽笔墨含蓄，但几组特写画面般的对比性细节，生动得近乎惊悚，将姑父悲剧性的命运和严重的创伤如刀笔般刻写在每个读者的眼前。令人唏嘘的是，姑父的创伤终生未愈，他在家人和亲戚的嫌恶中成为家庭的最大负担，他的死亡让所有人松了一口气。家里的房子，"我"父亲当年的工作等都源自姑父曾经的付出。他却半世凄清，在惊惶的恐惧中走向了生命的终点。

这几篇小说的叙事角度都极为独特，以颇具戏剧性的方式将隐秘痛楚的个体心理创伤呈现出来，既素描时代的荒诞和粗糙，也反思个体的责任与承担，具有强烈的震撼性力量。因为只有"文学独有的生动性、形象性和情感性，可以帮助创伤获得持久的、具有强大感染力和冲击力的声音"①，让它持久地回荡在历史的时空之中。

相较于战争创伤，自然灾难带来的创伤更为多见，但却是更容易为文学书写所忽视的。这或许是由于灾难的归因在于人力之不可控，或许是由于作家们更为关注由人性的贪婪、制度的漏洞导致的灾难，因为书写这些灾难及其灾难中的创伤更具启示价值。在梳理新世纪以来新移民小说的主题嬗变的过程中，可以发现对自然灾难导致的创伤书写是很少见的。张翎的《余震》可能是新移民文学中仅有的一篇直接书写地震创伤的小说。

小说开篇就是在多伦多圣麦克医院的心理诊疗室中进行的一次治疗，患者是自由撰稿人雪梨·小灯·王，因自杀呼救而从急诊外科转到心理治疗科。整篇小说是由 16 个片段组成，时间从 1976 年到 2006 年，地点包括唐山、石家庄、上海和多伦多，是雪梨·小灯·王 37 年人生中的一些代表性时刻。雪梨·小灯·王原名叫做万小登，唐山大地震的时候才 7 岁。地震发生时，她和双胞胎弟弟万小达被压在同一块巨大的水泥板底下，救人只能撬动水泥板，而无论从哪一头撬动都只能使一个孩子生存下来。母亲在生死抉择面前选择了保存儿子小达。小登在听到母亲的选择时，"期待着小达说一句话，可是小达什么也没有说"，只是拽紧了小登的手。小登被挖掘出来时，人们以为她已经死了，身上还背着父亲刚给他们姐弟买的新书包。但后来发生

---

① 何卫华：《创伤叙事的可能、建构性和功能》，《文艺理论研究》2019 年第 2 期。

了奇迹，昏死的小登在暴雨中苏醒。她拼命将身上的书包撕扯下来扔掉，独自离开了。不久，她被一对王姓夫妇收养，她自己给自己取名王小灯。她追问养母三次"你们会收留我多久？"养母流泪承诺一辈子都和她在一起。劫后余生的小灯虽然过着安定的生活，但她再也不会哭了。即使是最爱她的养母病故时，她也没有哭，只是抱着养母的骨灰盒轻轻地说了一句"你骗了我"。因为养母没有陪她一辈子，她才13岁。养母病故后，小灯遭到养父骚扰，离家出走。后来，小灯考入复旦大学，遇到了爱人杨阳，有了女儿苏西，婚后又留学加拿大。但地震中遭遇的创伤始终伴随着她。她长期头疼，却找不到医学上的异常之处。她试过中药、西药、针灸和印第安偏方，都没有效果。严重的头疼使她未能完成博士学业，也无法胜任任何常规的职业，甚至不能开车。"她只有两种生存状态：疼和不疼。疼是不疼的终止，不疼是疼的初始。这样的初始和终结像一个又一个细密的铁环，镣铐似的锁住了她的一生。"她对这种头疼的描述是像"一把重磅的榔头在砸……不是直接砸下来的，而是垫了好几层被褥之后的那种砸法。所以疼也不是尖锐的小面积的刺疼，却是一种扩散了的，沉闷的，带着巨大回声的钝疼。仿佛她的脑壳是一只松软的、质地低劣的皮球，每一锤砸下去，很久才能反弹回来。砸下来时是一重疼，反弹回去时是另一重疼。所以她的疼是双重的"。显然，这种莫名的头疼是当年撬动水泥板时，与水泥板压迫额头的生理痛苦同时发生的被母亲和弟弟放弃的精神痛苦所造成的持久创伤。除了严重的头疼，她还严重失眠、多梦，梦里是一扇套着一扇的灰色的窗，盖满了棉绒一样厚的尘土，像锈住了一样怎么也推不开。虽然爱丈夫和女儿，但她无法与丈夫和女儿保持正常的关系，对家人有着强烈的控制欲和不信任，导致女儿从九岁就开始频繁离家出走，婚姻也最终解体。但无论多么痛苦，她都哭不出来。她的口头禅是"这世上，没有一样东西，是你可以永久保存的"①。无疑，当年水泥板下被生母放弃、养母过早的病故、养父的骚扰，都造成了她安全感的极度匮乏。她需要感到自

---

① 张翎：《余震；生命中最黑暗的夜晚》，九州出版社2012年版，第215、217、227页。

己一直在掌控局面，否则就会不安、狂躁。对家人的控制和猜疑，就是这种匮乏感的外现。对小灯来说，地震虽然结束在七岁，精神上的余震却持续了三十年。经过心理医生的治疗，小灯最终决定回到家乡唐山，去面对自己精神上的阴影。见到生母的那一刻，她的眼泪终于流了出来。她听到弟弟的双胞胎儿女分别叫纪登和念登。三十年的创伤由此疗愈。

小灯的创伤是复合的，并非仅仅在于地震，地震中母亲在重男轻女观念下的生死抉择、震后被收养过程中养父的性骚扰等都是她创伤的来源。也因此，作者设置的疗愈结局略显匆促和简单。从小灯第一次接受治疗，到最后康复，时间不过只有三个月。三十年的创伤是否能够如此容易地被治愈，是很可质疑的。不过，作者当然也是清楚这一点的。张翎在"创作谈"中说："结尾处小灯千里寻亲的情节是我忍不住丢给自己的止疼片，其实小灯的疼是无药可治的。"①

二湘的《暗涌》通过以漂泊漫游来疗治创伤的跨国华人吴贵林，勾连起了不同时代、不同个体的隐秘创伤。这些创伤包含了多种类型。主人公吴贵林的创伤是多重的，一是来自少年时被改嫁的母亲离弃；二是来自被收养家庭的亲情匮乏；三是来自他自己因工作压力过大而失手害死了自己的女儿。吴贵林的女友何菲芳的创伤来自性骚扰和反抗性骚扰中的误杀事件。吴贵林的养父之所以对待他非常暴躁，并非是出于没有血缘，而是战争创伤的表现。吴贵林的朋友阮华勇的创伤来自偷渡历程中的磨难和战争。阮华勇的女友玉燕的抑郁症是由于偷渡船上的被性侵。在这些被创伤困扰的个体中，不幸者如玉燕和阮华勇，先后死于创伤后应激障碍。而幸运者如吴贵林和何菲芳则逐渐走出困境。在吴贵林因抑郁症住院后，第一次与养父进行推心置腹的交谈，从而理解了养父也在终生承受着创伤的折磨，并且也第一次知道了生母当年的离弃不是因为"不爱"，而是因为"爱"。这时，他的创伤开始走向愈合。到他跨越千山万水，找到失散几十年的亲生母亲时，创伤的疗愈基本完成，开始与世界和解，与自己的内心和解。何菲芳则因吴贵林的爱情而获得拯救。《暗涌》在对跨国华人生

---

① 张翎：《浴火，却不是凤凰》，《中篇小说选刊》2007 年第 2 期。

存场景的描摹上开拓了新的表达空间，塑造了新的跨国华人形象，但在一部作品中聚集了如此之多的备受创伤折磨的个体，则又难免失之刻意，其震撼力反而有所稀释。

创伤书写的价值在于"直面创伤性事件，剖析其'症状'，进行策略性解释、拆解和再现，目的是将曾经发生的不公、不合理，甚至罪恶公之于众，追溯悲剧性事件背后的社会历史原因，激励见证者反思、反对和抨击各种不合理现象，由此给予'他者'更多关注"①。新移民文学中的创伤书写，涉及的类型较为丰富，很多作品都深刻触及到了华人移民群体精神生活的本相。虽不乏"略显直接地演绎创伤理论"② 之处，但这些作品从不同的痛点介入现实和历史的褶皱之中，掀开其下被遮掩的严重创伤，探索疗愈的可能，其书写中的悲悯是被忽视和回避的黑暗世界中的一缕柔光。

---

① 何卫华：《创伤叙事的可能、建构性和功能》，《文艺理论研究》2019 年第 2 期。

② 王文胜：《创伤与医治——论海外新移民作家陈谦的创伤小说》，《扬子江评论》2016 年第 4 期。

# 第八章

# 新移民写作的中产阶级话语

中产阶级在中国曾以所谓"小资产阶级"的名目出现在国家的政治话语中，文学中对它的表现主要以批判为主。但这种在政治主导下的阶级标签是有失全面的。即使是西方的中产阶级文化研究，也是存在某些误区的，中产阶级的复杂性、中产阶级意识中的积极因素远未得到充分的认识。彼得·盖伊的《施尼兹勒的世纪》就匡正了这种观念。现在，中产阶级普遍被认为是一个成熟的现代社会中的主流阶层，是社会结构中最稳定的因素。中产阶层有着自己的言说方式、生活方式、情感需求和价值理念，因而，文学表达中的中产阶级话语不同于知识分子的宏大叙事，也没有底层写作的苦难色彩，而具有自身独特的话语形态。虽然很多文学批评与文化批评都对中产阶级趣味、中产阶级气质、中产阶级意识等持激烈的批判态度，认为中产阶级趣味"所代表的是一种删除了精英知识分子的启蒙批评立场的、同时也隔绝了底层社会的利益代言角色的、与今天的商业文化达成了利益默契的、充满消费性与商业动机的、假装附庸风雅的或者假装反对高雅的艺术复制行为"。"中产阶级的生活和心态，使得这些写作者与真正的'现实'之间产生了空前的隔膜。他们几乎是生活在自大和自我的幻觉之中，个人经历、生活细节、狭小的社会关系、亲情与性爱经验、书斋中的个人事件……基本上是这样一些东西，构成了日益狭隘而贫乏的写作资源……"① "'中产阶级气质'意味着对自己和自己的

---

① 张清华:《持续狂欢·伦理震荡·中产趣味——对新世纪诗歌状况的一个简略考察》,《文艺争鸣》2007 年第 6 期。

生活感到满意，意味着形而上的情思的枯竭，意味着人生的终极关怀的丧失，意味着精神探索之路的断绝……"① 但笔者认为这种批判是失之极端的。虽然中产阶级因为没有衣食之虞，常常偏好消闲文化，通过各种旅行札记、艺术赏析或者日常的生活情趣展示来记取生活的闲适美好，或者更为关注个体精神世界中的幽微轻愁，但中产阶级话语模式也有超脱于日常琐屑的一面，也有对公共事务和社会议题的关注，如环境保护、女性解放、政治运动、教育变革等。两种话语看似截然相反，其实都是源于中产阶级没有衣食之虞的生活方式。同时，正如学者向荣曾指出的：我们应该区分"中产阶级文学"与"关于中产阶级的文学"，"所谓'中产阶级文学'应当是以中产阶级的审美趣味为叙事法则的文学，这种文学的精神立场和价值向度基本上是中产化了的，热衷于呈现中产阶级的生存方式和生活趣味，因而中产阶级文学不可能具有真正的批判精神和人文理想。……而'关于中产阶级的文学'则是以中产阶级人物和生活为叙事对象的文学，但它绝不认同中产阶级的美学趣味，它的叙事立场是个人化的，但在客观地表达和展现中产阶级故事时，肯定会体现出一种现实主义的批判精神和人文关怀，它不仅关注中产阶级的生存欲望，更重要的是它要探寻那些在欲望中沉浮的灵魂，并把对中产阶级人性的叙事还原成关于人类存在意义上的普遍叙事，从而将文学的阶级性提升到人类性的精神高度上"②。华人移民群体中的中产阶级的构成相对于国内正在崛起的中产阶级来说，其知识分子、专业人士的背景可能更加深厚，因为这一群体是以赴外留学群体为主力形成的，这一背景决定了他们的中产阶级话语中虽不乏"小清新"的浪漫格调、对生活中"茶杯风波"的热衷，以及矫情和自恋，但也包含对自身阶层属性中平庸、保守特质的清醒批判，同时也彰明较著地将自身阶层属性中超越平庸、关注社会议题的另一面进行了表达。因此，与国内都市小说对于中产阶级生活图景的展现集中于新富阶层偏好的消费主义物质符码罗列不同，新移民小说更倾向表现一些职业场景中的思想激荡、观念冲击和价值

---

① 王彬彬：《"中产阶级气质"批判——关于当代中国知识者精神状态的一份札记》，《文艺评论》1994 年第 5 期。

② 向荣：《想象的中产阶级与文学的中产化写作》，《文艺评论》2006 年第 3 期。

选择。在硅谷的高科技公司、大学和研究所的实验室、华尔街银行、政府办公室等中产阶级的典型职场中发生的故事，传达出新移民作为居住国的一分子对居住国基本社会制度深度观察和了解的欲望，其背后更有着对两种制度、两种文化的比较心理。

# 第一节　中产阶级女性的自我认知

弗吉尼亚·伍尔芙说过："作为女作家，杀死'房中的天使'是她们职业的一部分。"她所谓"房中的天使"也就是男权社会对女性的社会角色定位："她相当惹人喜爱，有无穷的魅力。一点也不自私，在家庭生活这门难度极高的学科中出类拔萃。每天，她都在牺牲自己。如果餐桌上有一只鸡，她拿的是鸡脚，如果屋里有穿堂风，她准坐在那儿挡着。简而言之，她是这样一个人：从来没有自己的想法、愿望，别人的见解和意愿她总是更愿意赞同。首先——其实不用我说——她纯洁无瑕。她的纯洁被认为是她主要的美丽之处——她因羞怯而脸上泛起红晕，这使她具有极其优雅的气质。在那些日子里——在维多利亚女王统治的最后几年——每间房子里都有它的天使。"① 可以说，从弗吉尼亚·伍尔芙的时代到现在，每一个希望在事业上有所成就、实现自己梦想的女性，都始终面对着这种"天使"角色定位的规约。女性在追求自我实现的过程中，在妻职、母职和独立自我之间的挣扎，不止是一场个体精神世界中的无声搏斗，还会延烧到现实生活，制造出许多逃离温情围城的决绝女人。而对于那些迷醉于浪漫爱情、以围城中的烟火生活为人生至高幸福的女性来说，则面对在两性关系中如何确立自身尊严、如何面对外部确认与自我确认之间的平衡的困惑，毕竟维多利亚时代的"天使"已经不再完全适合现代女性扮演。在这些问题上，陈谦、王芫、张惠雯、曾晓文、毕熙燕等女性作家都给出了不同角度的思考。

---

① 弗吉尼亚·伍尔芙：《伍尔芙随笔全集Ⅲ》，中国社会科学出版社 2001 年版，第 1368、1367 页。

### 一　追求自我实现之途：逃离与自限

中产阶级女性追求自我实现的过程中要战胜的障碍有很多，一方面，她们的现实人生被层层的责任与情感绑缚着，被各种生活信条教导着。这些看上去温馨的情感与责任，这些听上去正确无比的生活信条是她们追求自我实现的巨大阻隔。另一方面，习焉不察的生活的惯性对人的意识的钝化，也是女性追求自我实现中需要冲破的自我思维限制。如何冲破这些阻隔，以及冲破之后将会迎来怎样的结局，是很多女性作家喜爱的主题。

陈谦笔下的女性大多是居于同一经济层次和精神层次的中产阶级女性。她们接受过高等教育，通过数年奋斗，已经完成了当初出国时的物质梦想，生活稳定、衣食无忧。当人生步入这一阶段之后、也只有在到达这一阶段的时候，她们开始寻求精神上的完满，寻求自我实现。这个寻求的过程，充满着痛苦的挣扎。陈谦的《爱在无爱的硅谷》《望断南飞雁》和《无穷镜》都是对这种挣扎的表现。

按照 C. 莱特·米尔斯在《白领：美国的中产阶级》一书中的界定，中产阶级虽然具有一定的文化水准，拒绝粗鄙的大众趣味，但通常思想保守，生活机械单调，缺乏变革的热情。在近现代西方文学、艺术中对中产阶级文化的批判始终是一个很重要的主题。从塞林格的《麦田的守望者》，赫尔曼·黑塞的《荒原狼》，纳博科夫的《贵人女人小人》到费里尼的电影《白酋长》、风靡世界的摇滚乐等等，都是致力于批判现代文明的平庸和中产阶级趣味的浅薄，追求个性、寻找精神出路的突破。对这种中产阶级文化批判的探讨在《爱在无爱的硅谷》中是一个很重要的主题。

作品中的女主人公苏菊，是美国硅谷中典型的技术精英。她与商人男友利飞同居，事业成功，生活精致，节奏悠然。但剥离开表面的完美，苏菊的内心却是匮乏的，她一直渴望一种有灵性的生活，让自己的灵魂飞离平庸琐碎的中产阶级的"成功"生活。利飞理智而温文的完美情人形象，以及他所代表的精致优雅的生活模式，恰恰构筑了她灵魂窒息的围墙。她渴望生活的诗化和戏剧化。当邂逅落拓不羁的画家王夏时，苏菊以为自己终于找到了逃离平庸乏味的中产阶级生活的真正出口。于是，不顾利飞的温情挽留和姐姐苏玫疾言厉色的劝止，她舍弃别人眼中完美的生活，放飞自己的心灵，追随王夏浪迹天涯。然而，这次勇敢的出走并没有带给她想象中的精神完满，却只是让她看清了自己和王夏身上隐藏着的"伪清高"与"伪浪漫"。年轻时的王夏，曾经是国内名动一时的新锐画家，来到美国后，却自我放逐，拒绝追求世俗意义上的事业成功。但他的落拓不羁，其实是一种刻意打造的人生姿态，是他为了逃避现实，拒绝做出改变的掩饰。因为改变，意味着对他过往的辉煌的一种否定。而苏菊，虽然自以为追求灵魂的纯净完美远胜于生活的稳定安逸，但她过往的生活历程，已经润物无声地悄悄建构了她的社会性身份认同。在骨子里，她依然看重世俗意义上的成功，因此无法接受王夏的逃避姿态。怀孕事件，让她看清了自己，原来自己追求的所谓的"艺术"生活，其实是要有奢华和精致做底色的。当灵性与梦想遭遇琐碎繁冗的人间烟火时，其不堪一击的脆弱，昭示了它们缺少质感的虚假性一面。于是，想象中的浪漫爱情必然要褪去其迷幻的色彩，在生活的粗粝中显出其真实的质地。失望的苏菊只能放弃当初的梦想，离开王夏，再次逃离，在灵性与现实之间的地带继续寻找恰切的契合点。

苏菊的这一程生活波折，实质上是一个中产阶级女性试图重新寻找自己的社会价值、社会趣味的定位过程。她试图从自己惯常所属的中产阶级圈层中脱序而出，去拥抱一种波西米亚艺术家的趣味。在这个拥抱过程中，她所由来的那个中产阶级圈层的价值体系，又无时无刻不在干扰着她。她已经相对固化的中产阶级价值观并不会由于心灵的一种单纯渴望而被彻底抛弃。因为那个价值体系已经内化于她的精神世界中。显然，苏菊的渴望，其实不过是要在中产阶级的价值体系的既有规范之中寻求一点个性和变异，而不是彻底地放弃这一规范。因此，她的看似决绝的挣脱和看似无畏的逃离，其实只是对自己的一种误读，因此注定只能是一个失望的结果。

苏菊的男友利飞，作为一个成功人士，宽容、稳重、能干、优雅。但在完美外表背后，他的生活模式和价值观念，明白无误地呈现了中产阶级生活的平面化。挣钱就是他的事业，名牌衣饰是他的固定包装，只谈股票和生意经的社交聚会是他的生活空间，他的一切感情都要靠物质来呈现，给苏菊提供锦衣玉食、高尚华宅就是他爱的表达。正是这种平面化，让苏菊感到窒息、渴望逃离。然而，苏菊的逃离和王夏的刻意抗拒，都没有取得他们自己预想的效果。这也许从一个侧面说明：灵性的生活，不是谁都有能力追求的，那意味着非同一般的精神承受力。中产阶级最重要的阶级属性就是对主流价值观的认同和维护，他们对稳定生活模式的需要远甚于灵性。对中产阶级来说，"他们对现实有可能产生一些审慎的不满，然而又经受不起理想和梦幻的破灭，因此，他们对于梦想的态度也倾向于现实、保守，带点患得患失"①。苏菊念兹在兹的所谓灵性，在中产阶级的生活中，也许可有可无，只是一抹人生的点缀，安稳才是他们人生的底色。

《望断南飞雁》中的女主人公南雁，是一个中产阶级主妇。在中产阶级的价值观中，赋予家庭以特别重要的意义。一个具有相当的文化品位、不工作的全职主妇是一幅美满的中产阶级家庭图画中至关重要的角色。这种家庭模式的确立，毫无疑问是从有利于丈夫和孩子的原则出发的。身居其中的主妇，却甘苦自知。因为在这种家庭模式中，女性最重要的价值在于相夫教子，至于她们本身的学识与智慧，同她们的容貌和风度一样，更多的是家庭这个社会基本单元的外在装点，没有人真正看重它们的自身意义。而她们的梦想，就更不会有人关注。《望断南飞雁》从丈夫沛宁的视角展开，通过沛宁的回忆，勾勒出妻子南雁作为一个中产阶级家庭主妇的精神挣扎和现实逃离历程。南雁的逃离就是对"贤妻良母"的女性社会角色的放弃。南雁看上去是一个温柔贤淑、并不看重事业和理想的居家女性，沛宁之所以选择她结婚，就是基于这种认识。但对于南雁来说，这其实是一种个性误读。她随同沛宁赴美陪读，虽然有着爱情追随的成分，但内心深处却隐藏着更强烈的一种渴望，那就是到美国去实现自己学习艺术设计的梦想。因为在中国的二十几年人生中，她不得不放弃自己的艺术梦想，屈从于父母为她做出的选择，上了药学专科，一辈子陷在"实验室的那点破事"中。而在她的认知中，"在美国，你想是什么，你

---

① 张秋：《中产阶级的审慎魅力》，江西教育出版社 2010 年版，第 41 页。

就可以是什么——只要你肯努力"①。但是，在异国他乡的生存艰难中，为了支持丈夫的学业和研究工作，南雁只能不断地让自己的梦想让位于现实，生儿育女，操持家务，孤独地困守家庭。自己的艺术梦想一再地被排挤到生活的种种琐碎之后。

丈夫沛宁是一个典型的中产阶级华人移民，他有着自己功成名就的梦想，并愿意为之不懈努力，他希望妻子和家庭是以他为中心的。为此，他放弃了真正相爱的女同学王镭，而选择了南雁。因为王镭是一个比他还要聪明、还要努力的女性，不可能放弃自己的事业来成就他的梦想。他每日忙于自己的事业，很少关注妻子的心灵孤寂，更没有真正重视妻子心底深处从未放弃的艺术梦想。当家庭处于失序的忙乱之中时，他首先想到的是要求妻子放弃工作，全职照顾家庭，因为"We should have our family life."这是中国传统的"男主外女主内"思想的美国式表达。虽然听上去更加温情，但内里并无本质不同。然而，被压抑的梦想是心底里一颗倔强的种子，不断地冲撞着心灵，努力地生长着，终于有一天会刺破现实的坚硬，破土而出。当沛宁的终身教授职位终于胜券在握、指日可待，每个人都认为他们一家的"美国梦"完美实现的时候，南雁却毅然放下别人眼中的这份美满生活，扔掉别人塞给她的"美国梦"，决绝地拒绝丈夫强加给她的价值判断，宁肯忍受离开两个年幼孩子的感情折磨，也要逃离家庭，逃离丈夫和中产阶级文化派定给她的社会角色，为自己的梦想从头奋斗。她崇尚美国的价值观念："我们每个人都有自己的使命，你要去发现它，完成它。"她离开孩子，是希望孩子将来能明白，"人不是随机地给挂到基因链上的一环，活着更不只是传递基因！而是要听从自己内心的呼唤……"②

《望断南飞雁》的女性逃离主题可以说延续了"五四"一代女作家的精神追寻。女性的身心独立，价值实现与传统社会角色之间的冲突，事实上是始终困扰着大多数女性的精神症结。这种困扰尤其鲜明地表现在中产阶级女性身上。因为她们所处的生活环境中，物质意义

---

① 陈谦：《望断南飞雁》，新星出版社 2010 年版，第 40 页。
② 陈谦：《望断南飞雁》，新星出版社 2010 年版，第 63、104 页。

的生存并不是最重要的人生课题，如何能够寻求精神的完满才是令她们惶惑的。陈衡哲的《洛绮思的问题》、凌淑华的《绮霞》等，都是探讨这一主题的名作。这种主题不仅在现代文学史上有着极其丰富的文本，单就华人移民文学来说，也有很多杰出的文本。比如当代华人移民文学的先驱於梨华，就曾经反复书写过这一主题。《望断南飞雁》与於梨华的《考验》在文本上是非常相似的，甚至可以说是致敬之作。《考验》中的女主人公思羽是与南雁高度相似的人物形象，也曾是有着自己个性追求的女留学生，但结婚后，在贤妻良母的角色扮演中身心俱疲。丈夫事业上的艰难挣扎完全毁掉了她艺术世界的空灵。最终，她痛下决心，开始逃离家庭。

　　於梨华、陈谦等两代女作家对华人移民女性精神困境的思考，在某种程度上构成了对"五四"时期主张女性作为人的权利和个性要求的启蒙叙事主题的遥相回应。但这种回应，并不是单纯的重复和延续。因为时间的间隔和空间的跨越，使得当代华人移民女性所面对的现实处境已经明显区别于"五四"时期，也区别于20世纪三四十年代。"五四"时期中国女性追求身心独立、个体价值实现所要面对的主要是显性的障碍和压力，如经济独立、婚姻自主等。而当代华人移民女性所要突破的是一些隐性的障碍，如家庭情感的羁绊、个人奋斗的勇气，以及虽没有明文规定却在人们的价值体系中始终没有真正动摇的对女性社会角色的派定等。这种遥远，不只是时间的跨越，还有空间的跨越和文化背景的交错。因为海外华人女性，具有现实与文化身份的"三重性"：她们是东方男性世界中的女性、西方男性世界中的华人女性和西方世界中的华人。这种文化与身份认同的复杂性，使她们在寻求自我、寻求女性的自我意识、性别意识、探索女性生命历程的时候，具有这一群体的独特视角。华人在美国社会当中，作为少数族裔，处于相对弱势的地位。而华人移民女性，除了种族的重压之外，还要承受民族文化中几千年积存的传统意识积淀的束缚，承受来自华人男性对于"贤妻良母"角色的格外强烈的现实需求，其精神世界异常窘困沉重。苏菊、南雁们的挣扎和逃离，具有双重的意义。一方面，这是女性试图挣脱物质生活的拘囿，以及男性对女性的社会角色派定，寻求个人精神上的完满，实现女性独立的生存价值。另一方面，作为具有较高文化水准的中产阶级女性，她们的逃离，又带有知识分子群体对现代社会以中产阶级刻板、平庸的生活模式为代表的主流文化的隐性批判。

陈谦的短篇《谁是眉立》，则以戏剧化的情节对女性的自我实现进行了褒扬。女主角可雯在追随丈夫归国创业前夕，委托旧金山湾区的一个心理支持义工团队处理一本小说——於梨华的《又见棕榈，又见棕榈》。因为这本伴随她多年的小说，需要一个仪式来切断与自己的关联。这本书是她大学时代的恋人叶晓峰送给她的。叶晓峰在研究生毕业、即将赴美留学的前夕，从上海给还在广西读大学的可雯寄了这本小说，并在扉页上题字——"送给我的眉立"。在随书而来的信中，叶晓峰说这本书让他对留学生活的艰辛有了心理准备，并说："读着读着，我常常会想，你恐怕就是眉立了，我的眉立。"[1] 可雯看完小说，发现眉立是书中男主角牟天磊的初恋女友，性格乖顺，缺乏独立精神。牟天磊赴美留学后，眉立由于家庭生活的困难而选择另嫁他人。十年后，牟天磊回台湾探亲，再次见到眉立时，眉立已是三个孩子的母亲，虽婚姻和顺，却仍对牟天磊表示难忘初恋。可雯看完小说后，立即坐车赶去上海，打算当面告诉叶晓峰，她不是眉立，她会追随叶晓峰一起漂洋过海。然而，叶晓峰一面说不忍可雯去美国吃苦，将她称作自己的眉立，一面却想在出国之前强行与可雯上床。失望、愤怒的可雯连夜离开了上海，此后发奋学习，毕业后也赴美留学，并在十几年后成为美国芯片界的成功者。就在结婚前夕，她在香港机场见到了分别近 20 年的叶晓峰。此时的叶晓峰已经定居香港，妻子是成功的商人，而博士毕业的他却在家全职教育三个孩子。吃惊的可雯不由得发出感慨："你成了眉立了。"叶晓峰却疑惑地问："眉立是谁？"[2] 戛然而止的结尾，以现实生活的戏剧性翻转，对可雯的女性自我实现给出了一个精彩的定格。可雯强烈的个人意识和性别意识，使她一开始就拒绝陷入到女性传统角色的藩篱之内，不愿意成为被追逐梦想的男性留在身后的旧日回忆，更不愿成为他矫情的感伤情

---

[1]　陈谦：《谁是眉立》，鹭江出版社 2016 年版，第 42 页。

[2]　陈谦：《谁是眉立》，鹭江出版社 2016 年版，第 58 页。

绪的配角。历经多年努力，在回望来路时，她终于肯定地确认自己挣脱了前男友想当然地派定给她的哀婉角色，好整以暇地欣赏自己对这种两性角色定位的成功颠覆。而当年雄心勃勃的叶晓峰，却早已忘记了自己年轻时的梦想，成为了"相妻教子"的男版眉立。

当然，陈谦的这种褒扬也不免有一点用力过猛。如果我们从两性平等的角度来说，受过高等教育的男性甘愿成为全职丈夫、"相妻教子"恰恰是社会的进步所在。因为男权社会在将"贤妻良母"的性别标签硬性地贴给女性的同时，也将"建功立业"的重轭牢牢地架在了男性的脖子上。正如不是每一个女人都愿意成为贤妻良母一样，也不是每一个男人都愿意建功立业。因此，充分地尊重每一个个体的自主选择，才是真正的性别平等。而在诠释女性的自我实现时，只有跳出两性争锋的格局，才是更高层次的探讨。陈谦的另一部作品《无穷镜》对于女性人生价值实现的探讨就比《谁是眉立》更多了一些理性和平和。因为《无穷镜》虽然是围绕女主人公珊映展开人生意义的探讨，但作品在呈现珊映的自我实现的过程中，通过多组人物的并置和对话，以复调的形式对两种人生观进行了思考。

米兰·昆德拉说过："一个主题就是对存在的一种探寻。而且我越来越意识到，这样一种探寻实际上是对一些特别的词、一些主题词进行审视。所以我坚持：小说首先是建立在几个根本性的词语上的。"① 《无穷镜》就是一部建立在"烟花"和"线香"两个主题词上的小说。《无穷镜》聚焦硅谷的科技精英群体，围绕女主人公珊映的裸眼 3D 图像处理芯片的研发波折，层层铺展，展现她周遭人等的生活样貌，仿佛是一块现实切片，让所有人物的内在世界都展示出了最核心的部分。陈谦在写作中没有让自己的思想倾向主导笔下的人物，也没有让人物的口中都充斥着喋喋不休的说教和独白，而是小心地控制着笔端，隐藏起自己的感情和意志，不动声色地描摹、刻画人物的精神世界，让世界的丰富性和人性的复杂性从故事的紧张中悄悄地渗透出来，使叙事在一定意义上具有了复调小说的特性。

巴赫金在分析陀思妥耶夫斯基小说的诗学特征时提出了"复调小

---

① 米兰·昆德拉：《小说的艺术》，上海译文出版社 2004 年版，第 105 页。

说"的概念:"有着众多的各自独立而不相融合的声音和意识,由具有充分价值和不同声音组成的真正的复调——这确实是陀思妥耶夫斯基长篇小说的基本特点。在他的作品里,不是众多性格和命运构成一个统一的客观世界,在作者统一的意识支配下层层展开;这里恰是众多的地位平等的意识连同他们各自的世界,结合在某个统一的事件之中,而互相间不发生融合。"[①]《无穷镜》中人物众多,但每个人物都有自己的个性、经历和人生态度,这些人物和他们的精神世界图景在陈谦的笔下是独立且对峙的,这种对峙在故事的结局中并没有通过辩证的发展得到消除,或是融合统一在作者权威的、主导的思想意识框架之下,而是依然呈现为相互独立的、价值相当的开放状态。在各种对话性思想、观点和立场的交锋中,文本成为一个充满张力的多声部乐章,世界由此现出它纷繁的真相。

复调小说的关键特性是对话性:"在地位平等、价值相当的不同意识之间,对话性是它们相互作用的一种特殊形式。"[②]《无穷镜》中,陈谦并没有把主人公珊映放置在一个最具光彩、代表理想和坚毅的主角宝座上,也没有让其他人物仅仅作为珊映的衬托而存在,而是通过把他们放在聚焦镜、望远镜、显微镜、反光镜等各种镜的后面,让他们作为地位平等、价值相当的个体意识,从不同的方向、不同的侧面与珊映构成并置和对话,在相互层叠之中演奏出和谐的复调乐章。

《无穷镜》的第一章,在珊映曾经的创业伙伴皮特与珊映关于创业成功的对话中,反复出现了一个关键词——"上岸"。面对疲惫的珊映,皮特安慰她"我们都会上岸的",珊映内心的潜台词却是"上岸了又做什么呢?像他们那个发了大财,却被传为笑谈的斯坦福学长泰德和他太太那样饱食终日,然后发胖,患上忧郁症?还是像康丰那样六神无主,孤魂野鬼般地东游西荡?"[③] 显然,此时的珊映对"上

---

① 巴赫金:《陀思妥耶夫斯基诗学问题》,生活·读书·新知三联书店1988年版,第29页。

② 巴赫金:《陀思妥耶夫斯基诗学问题》,生活·读书·新知三联书店1988年版,第44页。

③ 陈谦:《无穷镜》,江苏凤凰文艺出版社2016年版,第8页。

岸"这种世俗意义的创业成功、名利双收的结果并不是全心认同的，因此会在心底与皮特辩驳。但在这一节的结尾，珊映离开聚会时，面对重重压力，想到自己为创业所付出的人生代价，心里却又想到必须要带领团队全体"上岸"，因为只有如此，她所承受过的一切，才会获得真正的回报。如此思绪与之前的想法已经构成了观念的矛盾，这种矛盾事实上就是珊映的自我对话和自我辩难。

珊映是有"野心"的创业者，这首先来自其父亲的影响。珊映的父亲一生拼搏，从广西山区的农机站一路攀登到上海交通大学的讲台上。因此，他也一直鼓励女儿要做夜空中绽放的烟花，去一览众山小，去体会险峰上的无限风光，而不要像世间的芸芸众生一样，活成一炷燃在风中的"线香"，仅以安然燃尽为福气。于是，夜空里腾空怒放的"烟花"就成为珊映人生目标的具象。为此，她失去了孩子，失去了婚姻，也没有放弃作为烟花怒放的可能性。

在第二章"望远镜"中，珊映一方面试图通过用望远镜拍摄的照片作为比照来寻找裸眼 3D 芯片的瑕疵根源；另一方面，也有意无意地通过望远镜来"窥视"另一端的一个神秘东方女子的日常生活场景，从而比照自己的人生图景。因为在珊映的想象中，那就是她选择绕开的小径上的风景，那个与自己有些相似的神秘女子就是她下意识中的镜像。窥视和想象过现实中的邻居后，珊映又通过微博在网上窥视和想象一个叫安吉拉的同行。而安吉拉的微博上，题头正是美国诗人罗伯特·佛罗斯特的代表作 *The Road Not Taken*。诸多的镜子助长着窥视，这两个神秘而陌生的年轻女子作为珊映窥探和想象的另一条人生之路上的风景，都成为珊映不自觉地为自己设置出的镜像。安吉拉作为珊映放弃的平安喜乐的"线香"式人生图景与珊映挣扎在创业中的艰辛相互映照，同步给读者呈现出两种相反的价值选择背后的现实境况，而且没有进行任何倾向性的评判，使两种人生图景本身构成了一种对话。然而在结尾处，当珊映终于站在安吉拉面前时，这个珊映想象中在温暖的"线香"式生活中沉醉的女子，却又发出了"如果生活重新来过，我肯定会选不同的道路"①的喟叹。珊映的想象与现

---

① 陈谦：《无穷镜》，江苏凤凰文艺出版社 2016 年版，第 230 页。

实出现了偏差，她的茫然与惊讶是又一次的自我辩难。

珊映的投资人郭妍在珊映追逐"烟花绚烂"的人生旅途中是一个重要的助力。她的生活本身也构成一种自我矛盾和自我对话。穿行于中美之间从事创投的郭妍，是世人眼中典型的成功人士，衣食无忧，财务自由。然而，她孜孜以求的却是凡俗的天伦之乐，工作只是失掉了获得天伦之乐的可能性之后的无奈选择。郭妍曾经也是追逐"烟花"的拼搏者，生下儿子后，她选择成为全职母亲，似乎是一个从"烟花"向"线香"的完美转身。但儿子被绑架丧生后，她在情感的创痛之中选择重返职场。她做的工作是帮助创业女性获得"烟花"绽放的绚烂，但作为朋友，她却推心置腹地劝告珊映重视家庭、生儿育女，吸纳"线香"的静稳之美，郭妍的思想与行为之间也构成了自我辩难。

从表面上看，珊映的前夫康丰所代表的也是一种"线香"式的人生，珊映与康丰的人生对话充满着紧张、冲突与一定的迂回式和解。康丰的人生态度超然淡定，追求一种"大自由，大自在"，人生目标就是凡俗的"美国梦"——一双儿女，一辆越野车，一只德国大狼犬。这具体而平庸的人生目标，似乎就是一种"缓缓燃烧的线香"式的价值追求。他与珊映婚姻的终结，就在于他无法接受珊映执著于改变世界的强烈创业渴望。在他的意识中，女人的贤妻良母属性还是应该居于首位的。如果仅止于此，这种夫妻冲突不过是传统的男权意识与女性价值实现的冲突，并无新意。但是，当康丰迷恋上登山之后，一次次命悬一线的紧张和刺激，使他重新认识了自己。他终于意识到，其实自己跟珊映不过是异曲同工，都在追求一种妙不可言的极致快感。只是珊映的快感在于攀登创业的险峰、改变世界，绽放自己梦想的烟花；而他的快感则在于征服现实的雪山峻岭，体味险象环生之后千峰万壑踏在脚下的雄壮与阔大。他一直追求的"大自由，大自在"原来就在这种极致的快感之中。显然，康丰的心路历程中也同样隐含着一种自我辩难，而康丰与珊映之间的价值冲突及其迂回和解式的结局，其实也是与各种有关两性冲突主题作品的一种巧妙对话，"每一段话语都有意或无意地与先前同一主题的话语，以及它预料或明示的将来可能发生的话语产生对话性。个体的声音只有加入到由业已存在的其他声音组成的复杂和声中才能为人所知"①。

对《无穷镜》中的各色人物而言，他们的执著或纠结都已经超脱了一般的生存挣扎，而是对精神世界的路径选择和修正。这些技术精英、创业狂人，是硅谷的典型群体。这一群体虽然不属于世界中的多数，但也是后现代的都市图景中从不缺席的标配。当中国的大都市日渐闪烁着国际化的迷离光影时，硅谷科技精英的精神世界与国内的同行业群体也已形成相互映照的镜像。陈谦以复调式的叙事，及时地为读者的眺望推开了轩窗，让读者看到一个风景繁丽的世界，体会或执著或自在的他者人生，从而聆听一场多声部的生活对话。

康丰的爷爷奶奶"线香"式的自在的生活态度对康丰影响至深，而珊映的父亲"烟花怒放"的价值追求造就了珊映执著的人生选择，因而康丰与珊映的冲突与对话，实际上也是老一代的潜在对话。珊映的母亲和哥哥也是"线香"式人生的范本，于是，在珊映的家庭内部也存在着两种人生的对话。在珊映的婚礼上，父亲毫不避讳地以哥哥的平凡为对照来盛赞珊映的杰出，无疑是家庭和婚姻中价值分歧的一种显露，那种微妙的紧张正是一种对话呈现。珊映的老师尼克与妻子杰妮的人生态度和价值选择之间也是一种"烟花"与"线香"的对话。尼克提出"人生应该像一个收放自如的橡胶圈，需要拉开时能拉开到最大；又能从容收回来，不要让它崩断"②的观点，则又在一定程度上将"线香"与"烟花"的对照，导向了另一种中庸的出口。于是，"橡胶圈"式的人生又与"线香"与"烟花"构成了三角并置，形成了另一层次的对话。

围绕"线香"与"烟花"，文本中容纳了各种同中有异、异中有同的声音。虽然，安吉拉最后的伤感喟叹仿佛是"线香"在"烟花"面前的黯然失落，但郭妍的故事却又意味着"烟花"在"线香"面前的落寞与向往，二者之间仍是构成了一种对峙；珊映的前同事海伦在生病前后的心态变化，更是在"烟花"与"线香"之间不断逡巡往复的典型；康丰对待事业和登山的不同心态则又意味着常人在人生

---

① 托多罗夫：《巴赫金、对话理论及其他》，百花文艺出版社 2001 年版，第 172 页。
② 陈谦：《无穷镜》，江苏凤凰文艺出版社 2016 年版，第 179 页。

选择上"烟花"与"线香"交织的复杂性。小说开放式的结尾，使得种种自我辩难和对话都会继续并置，而不会消除对峙，达致融合与统一，而"这种辩难性和复调性标志着某种统一的一元性的真理被打碎了，没有什么人掌握唯一正确的真理"①。

《无穷镜》的复调叙事特性，还体现在视角的转换中。《无穷镜》表面看起来是全知视角叙述，其实是一种"人物有限视角"。作品总体上是珊映的有限视角，但在叙述过程中也存在多次叙事视角的转换，譬如在"引子·后视镜"中，叙述发生了三次转换，分别从珊映、尼克、郭妍和康丰的视角来展开。通过设置不同的"聚焦人物"，作者把珊映人生中几个重要的坐标人物渐次推到读者眼前，他们的前尘旧事与当下境况都是通过他们自己的叙述呈现给读者的，这使得"叙述声音与叙事眼光就不再统一于叙述者，而是分别存在于故事外的叙述者与故事内的聚焦人物这两个不同实体之中"②。这样一来，每个人的话语都是自足的，但又是彼此参照和对话的。多个叙述视角的共存与切换，使得文本得以容纳了多个相互独立的声音，而作者的声音则巧妙地隐退，从而回避了明确表达价值立场。《无穷镜》的结尾是开放式的，这是现实生活的真实状态，更是复调小说的特性之一。"生活的本身发展，不取决于作者，而有其自身的逻辑……生活在本质上是对白性的，人与人之间存在着一种对白关系，而生活是无限的，因之对白也带有未完成的特色，并显示出多种声音和意义。"③"烟花"与"线香"的对照，"执著"与"自在"的对比，是生活本身呈现的复杂对话。文本中存在的对话性和未完成性，是世界的多元和模糊状态的映照。它使得读者的阅读体验更为丰富，对人生的多种可能性和自我认知的矛盾性多了一重思考。

王芫的《路线图》是以一种调侃的调子来表现中产阶级女性在追求自我实现过程中由于不自觉的自我心理暗示而导致的方向偏离与思

---

① 吴晓东：《鲁迅第一人称小说的复调问题》，《文学评论》2004 年第 4 期。

② 申丹：《叙述学与小说文体学研究》，北京大学出版社 2004 年版，第 259、201、202 页。

③ 钱中文：《复调小说及其理论问题——巴赫金的叙述理论之一》，《文艺理论研究》1983 年第 4 期。

想茫然。主人公安泊在上大学的时候就有"用英语写作"的梦想,后来这个梦想搁置在凡俗的生活之中。生了女儿后,30 岁的安泊忽然决定像初生婴儿一样从头开始学习英语,并且在 34 岁时移民加拿大,报名读了温哥华电影学院的一年制编剧培训班。培训班毕业后,她的婚姻也走到尽头。不过,前夫留给她的钱足够她的基本生活,她在加拿大买了房子,决定开始完成自己的写作梦想。然而,当初她移民的时候,因为无法给父母解释移民的动机是为了"用英语写作",于是言不由衷、自说自话地给家人画下了"移民路线图":第一步,安泊自己安顿下来;第二步,申请父母探亲,同时将女儿豆豆带到加拿大;第三步,办理妹妹的儿子丁当赴加求学;第四步,丁当入籍后办理妹妹一家移民加拿大;最终,18 年后,全家都变成加拿大人。可是,"路线图"进行到第二步时,是女儿独自先来到了加拿大,于是她不得不独自抚养 5 岁多的女儿,日子过得慌张忙乱,自然不可能安心写作。之后,为了替父母办理探亲签证,不缺衣食的她又不得不找了中文报纸的编辑工作,有了纳税证明,才终于帮父母办理了签证。就在父母即将启程来加的时候,安泊突然惊觉自己正在陷入自己亲手挖出来的生活陷阱。因为她为了帮父母办理签证而去上班,耽误了写作,而父母来到加拿大后,她苦心经营的全英文家庭环境又必然破碎,重新退回中文世界。何谈"用英语思维""用英文写作"?她带着"生活在别处""梦想在别处"的幻觉投入移民历程,最终却不过是在他乡重新建立了一个凡俗生活的框架。导致她偏离了追求梦想的旅途方向的并非是强大的外力,而是随波逐流的生活惯性和作为母亲、女儿的社会角色所给予她的心理暗示,是一种自我的设限。《路线图》叙事凝练、流畅,虽没有着力批判,也以富于意味的调侃将中产阶级女性追求自我实现的软性障碍作了新鲜的展示。

## 二　自我确认与外部确认:婚姻中的潜流

　　婚姻的建立和子女的诞育,至今依然被许多女性视为人生完满的必要条件之一,甚至是重中之重。对于这些女性而言,个人的自我实现与家庭负累的冲突并非是她们精神世界中的主旋律。她们常常体味的是爱情的喧嚣之后婚姻中的沉闷、家庭中其他成员对于婚姻本身的干扰，以及家庭之内女性试图保持的精神独立、自足所遭遇的世俗阻击。而这些多半关乎女性的自我确认与外部确认之间的平衡。张惠雯、曾晓文和毕熙燕的创作将婚姻中潜藏的这些浊流轻轻搅动了出来。

张惠雯比较善于以不易察觉的嘲讽来描写中产阶级女性生活中的平庸闲愁、杯水风波或者麻木婚姻中的死水微澜。她的短篇集《在南方》集中体现了这种特性。其中，《醉意》《失而复得》《岁暮》等都聚焦于女性在婚姻与爱情中的幽微、复杂情绪。《醉意》的故事发生在一次五个人的家庭宴会上，女主人是一个被丈夫忽略的妻子，她不喜欢丈夫与女同事贾莉之间的过分热情，疑心他们有私情。为了发泄不满，在微微的醉意中，她热烈回应一个单身男客人埃利克的提议：雪夜去城市公园一游。丈夫和贾莉都不情愿，但贾莉的男友同意，于是少数服从多数，大家最后还是一起去了。在公园里，女主人执意爬山，丈夫拒绝陪同，只有埃利克陪她一起登上小山。她在山顶感受着宁静的雪夜之美，也感受到一种对埃利克的微妙情愫。这种情愫对应着她对自己乏味、淡漠、缺少爱意的婚姻的不满。宿醉醒来后，丈夫刻薄地告诉她，埃利克是同性恋。"但她并未觉得太失落，甚至想到自己也许并不爱他，她爱上的不过是一个夜晚，是一个想象中的人，它们让她接近过幸福。"[1]《失而复得》中的婚姻悲剧更像是在异国搬演的中国肥皂剧。陈蔚多年来像宠溺儿子一样地照顾丈夫老赵，但老赵还是出轨了。老赵在跟情人同居后不久中风，情人一去不返。陈蔚却不计前嫌地接回丈夫照料。即便知道丈夫仍然厌烦她，她却自认幸福，因为"她是个没有自我的女人"，"她把幸福像押宝一样押在她这辈子唯一爱的男人身上"[2]。她用心地照顾他，同时也切断了他和外界的一切联系，让家庭变成了囚笼。这种饱含恨意的扭曲的爱，占据了陈蔚精神世界中的所有空间，窒息了她获取真正幸福的一切可能。《岁暮》的女主人公是生活富足的中年孀居者，正在筹办自己家例行的新年晚宴。丈夫留下的遗产使她生活无忧，儿子在外地上大学。她

---

[1]　张惠雯：《醉意；在南方》，北京十月文艺出版社 2018 年版，第 95 页。

[2]　张惠雯：《失而复得；在南方》，北京十月文艺出版社 2018 年版，第 42 页。

唯一的烦恼就是孤独。于是，丈夫去世后，每年的新年前夜她都要办一次晚宴，这是她最盼望的事情。因为这一天，她最好的男性朋友李医生会来。其实，李医生是她年轻时的秘密情人，她是因为孩子而选择留在了婚姻里。李医生于是一直单身，维持着与她不远不近的亲切关系。每年的新年晚宴上，李医生都要大醉一场，以此作为对她的一种感情折磨。这一次的晚宴，在例行的客人以外，增加了一个女主人的远房侄女婷婷。结果，李医生与年轻的婷婷之间产生了一种暧昧情愫。这种暧昧彻底终结了她和李医生之间多年的不正常情感。她的人生寂寞今后要重新寻找出口。

张惠雯经常让自己作品中的主人公处于无名的状态。似乎无名意味着她就可以是任何一个在稳定而乏味的中产阶级生活中体味着孤独、平淡、沉闷和迷惘的异域华人。"当人不再需要和饥寒作斗争，那他的敌人就变成了生活的庸俗和麻木"，所以，她笔下的故事可以发生在美国，也可以发生在其他地方，这是"对无论在哪里生活的人而言都普遍存在的问题，即那些灵魂内里的波动和幽曲的斗争"①。归根结底，这是人的需求曲线所决定的，也是中产阶级如影随形的阶层之愁。

曾晓文笔下的女性一般不是漂浮在异域背景上的，而是深深地嵌入了移居地的生活之中，并在移居地完成了精神世界的重塑。《重瓣女人花》就是一个很具代表性的短篇。女主人公晨槿与丈夫森青梅竹马，原本十分相爱。但晨槿婚后多年不育，引起了婆婆不满，逼迫她四处求医，甚至由于"病急乱投医"引起了药物中毒。为了摆脱婆婆带来的压力，她带丈夫移民加拿大。但数年之后，丧偶的婆婆也投奔到儿子身边，再次因生育问题在家庭中制造出强烈的矛盾。在一次争执中，婆媳动手厮打，婆婆报警，晨槿被送进了监狱。当地的女律师凯琳同情晨槿的遭遇，无偿为她提供了法律援助。在凯琳的启发下，晨槿才领悟到：原来多年以来，自己一直生活在婆婆的精神虐待之下；不育不是女人的原罪，生育也不是女性必须完成的人生义务。凯琳自己也因为年轻时的一次堕胎导致没有能生育自己的孩子，但她对

---

① 张惠雯：《后记：在南方》，北京十月文艺出版社 2018 年版，第 312 页。

继女玛莎真心疼爱，视如已出。即使后来发生婚变，丈夫出轨，背弃了家庭，凯琳仍然真诚地爱着玛莎。有感于诸多女性因为不育而遭受社会的歧视，生活在强烈的精神痛苦之中，凯琳积极倡导，创建了一个非营利组织"重瓣花俱乐部"，为不孕不育女性争取社会尊重。凯琳说："重瓣花因为雄蕊减少导致不孕，常需借助人工繁殖或无性繁殖。'重瓣花'，简直是不孕女人的别名。不孕女人，也有绽放的权利。"① 俱乐部里的女性族裔不同、文化背景不同，但都因不育而遭受过爱情与婚姻的排斥。晨槿通过参与这个俱乐部的读书会、研讨会等活动，获得了精神的解放，重新发现了女性的生命价值和意义。她捡起了自己钟爱的摄影活动，经常独自一人到加拿大各地拍摄瀑布，研究瀑布形成的历史和特点，还参加摄影展览，活出了自己的精彩，最终也收获了新的爱情。晨槿所面临的困境，也是很多女性的困境。她们被传统的男权文化物化为传宗接代的工具。晨槿是一个受过高等教育的职业女性，本应具有较强的女性主体意识，但她在被婆婆物化、逼迫的情境之中，却也不自觉地自我内化，以满足家庭的子嗣需求为人生最高目标，从未真正思考过女性的社会地位和人生价值。在忍无可忍时，也只是选择远走异国他乡来逃避困境。但她没有想到，在她以为的自由开放的西方世界，也有部分女性陷于同样的困境之中。在凯琳和"重瓣花俱乐部"姐妹的帮助下，晨槿才真正懂得摆脱女性不育的痛苦不能仅仅依靠医学，更需要观念的解放。因此，晨槿对自我价值的发现、对生活意义的认知是在移民之后真正完成的。于她而言，移民不仅是一次生活空间上的迁移，也是一次从旧有的观念体系中的挣脱。

　　澳大利亚的毕熙燕也以长篇小说《天生作妾》对女性的自我认知进行了富有深度的思考。作品以不同时代、不同文化中的几位女性在婚姻、爱情中的痛苦来思考女性如何在自我确认和外部确认之间寻求平衡。

　　《天生作妾》是双重叙述者，引子和尾声中的第一层叙述者"我"是一个澳大利亚华人女性，原本是悉尼一所大学的文学老师，

① 曾晓文：《重瓣女人花》，太白文艺出版社 2017 年版，第 59 页。

后来到一个图书馆做管理员，在与一个老读者、退休法官伯纳德·富瑞的聊天中了解到另一个华人女性"小六"的故事。而我的小名恰巧也是"小六"。伯纳德还声称他认识的"小六"与"我"形貌相似，是一个心理医生，因与丈夫临时分居而在他家租住过。伯纳德在与"我"的数次交谈中，转述了心理医生"小六"讲述的四个女人的故事。遗憾的是，因伯纳德突然去世，"我"未能了解心理医生"小六"的更多信息。但是，伯纳德在临终前给"我"留下了一封信和四张照片，说这是心理医生"小六"故事里的四个女人的照片，希望"我"把她们的故事写出来。于是，"我"写下了包括心理医生"小六"在内的五个女人的故事。正文中的第二层叙述者是心理医生"小六"，即谢晶晶，其他四个女人是她的"四奶"司秀莲、母亲姚佩珊、婆婆洛丝和友人芭芭拉。

"四奶"是小六的爷爷谢修成的四姨太，因丈夫和亲生儿子去世，投奔了正房长子谢慎德。她一生满足于自己的生活和为妾的地位。而当初，她是家乡文明镇上第一个初小毕业的女生。她被实验学堂校长谢修成纳为四姨太是满心欢喜的，因为她自觉出身穷苦，比起嫁给粗俗的穷汉，能够嫁给儒雅、富有的谢修成为妾是极大的幸运。婚后，她不仅与丈夫感情和谐，而且凭借自己的恭谨、勤劳博得了全家老小、乃至仆从下人的一致喜爱。在她对生活由衷满足的时候，谢家却遭逢变故。逃过一劫后，她反思自己是由于"享用的福气远远超过了她的命所能承受的，所以才有了这个报应。而自己之所以又能在大难中拣条命出来，乃是自己始终没有忘本，不断勤力的结果。于是她打定主意，尽全力侍奉慎德一家。绝不能因为慎德叫自己一声妈就忘了作小的身份。"[1] 她为谢家带大了六个孩子，操持一切家务，每日察言观色，赎罪一般谨小慎微地过了一辈子。当儿媳去世，小六要接她去澳大利亚享福时，她惊恐得中了风，坚决不肯去。她深恐自己的"贪福"，会再次报应了家人，连累小六。在小六的洋丈夫即将从澳大利亚来探望她的时候，四奶在家里安享去世。

小六的母亲姚佩珊出身书香门第，与丈夫谢慎德相识于抗战期

---

[1]　毕熙燕：《天生作妾》，上海文艺出版社 2003 年版，第 34 页。

间，婚后才发现丈夫的前妻香香并未死于战火，并且在名分上仍属于谢慎德的正室妻子，于是她在无意之中成为了谢慎德的"二房"，陷入了"妾"的地位。她哭闹着要离婚，却被丈夫以爱情、孩子等软化，默认了自己的尴尬地位。当四奶来到谢家后，"四奶本人的小老婆身份，还有她那卑躬屈膝、任劳任怨的言行举止，好像无时无刻不在提醒着佩珊那屈辱的隐衷"[①]。为此，她搬了家、辞去了工会主席的职务，力图最大限度地保护自己的隐私。后来，香香生的儿子车祸去世，谢慎德在回家办理丧事的时候，再次使香香怀孕，生下第二个儿子。这一事实震惊了佩珊，她彻底对爱情绝望，将所有的心力用于培养唯一的女儿小六。当发现小六与有妇之夫相恋时，她果断将女儿送往澳大利亚留学，避免重蹈自己的覆辙。为此母女之间始终关系冷淡。长期的郁闷和抽烟，使她五十多岁就患上了肺癌。临终前，她把所有的旧信件、文件封存好，留给了女儿，希望女儿能够理解她痛苦的人生。

小六的婆婆洛丝是犹太人，是从匈牙利移民到澳大利亚的。二战前，她的父亲是书店店主，母亲是护士。德国人占领匈牙利后，她的父母惨死。在躲藏的黑暗洞穴中，为了报答村民埃班对父亲的救助行动，也为了生存，17岁的洛丝委身于埃班。后来，埃班也被德国人打死。被拯救的洛丝第一次在阳光下看到埃班，却是他的尸体。她发现埃班居然是"黧黑秃顶、五官粗糙"的中年男人，备受打击。双重的刺激导致了流产，生活的巨变带给她严重的创伤。她在母亲生前的朋友罗德医生的鼓励下，重新开张了父亲留下的书店，试图恢复正常的生活。但白天看到的顾客，总让她疑心是曾经出卖过她父母的人。晚上，她独自承受着孤独和恐怖——家里前门后门都不敢上锁；每晚都在临睡前收拾一些随身衣物，以防再次遭遇战争中的深夜逃亡；睡觉不敢关灯，因为黑暗会让她重新记起那个可怕的洞穴。为了摆脱噩梦，她参加了战后犹太人互助组织，认识了在集中营失去妻儿的本杰明，之后不顾罗德医生的劝阻，与本杰明结婚，并变卖了家产，移民澳大利亚。在多年奋斗后，他们过上了安定的生活，生下了儿子西

---

① 毕熙燕：《天生作妾》，上海文艺出版社 2003 年版，第 81 页。

蒙。移民澳大利亚三十年后，洛丝偶遇了少年时的好友芭芭拉。贵族出身的芭芭拉也移民到了澳大利亚，成为著名画家。芭芭拉的生活让洛丝清楚地意识到了自己几十年生活的平庸。当年，她与芭芭拉一起就读于布达佩斯女子艺术中学，立志成为匈牙利的简·奥斯丁。而今，芭芭拉实现了画家梦想，她却与文学丝毫不沾边，只是经营点心店的小商人。生活境遇的落差导致洛丝精神失衡，看到了婚姻中的不完美，再次想起当年罗德医生的话："希望有朝一日你不会为自己的爱情而抱歉。"① 在夫妻陷入冷战时，洛丝发现丈夫出轨店里的员工林达。但本杰明和她最终都选择了相互原谅、维持婚姻，甚至继续收留林达在店里工作。丈夫去世后，洛丝才看到本杰明前妻的照片，居然酷似林达。洛丝想到自己几十年中并没有赢得丈夫完整的爱，痛苦难当，服药自杀。获救后，在儿媳小六的开导下，洛丝解开了心结，把丈夫与林达的恋情与世俗意义上的风流韵事区分开来，认为"她那因害怕孤寂而对本杰明无限依赖的行为，在一定程度上同本杰明爱恋林达一样，都是那场可怕的战争的后遗症"。之后，她卖掉店铺，买了自己的房子，邀请独身的林达同住，并开始写作回忆录《黑暗中的婚姻》，完成自己五十多年前的作家梦想。在作品的最后，她写下了基尔凯戈尔的名言："生活始终朝着未来，而悟性则经常向着过去。"②

芭芭拉既是洛丝的朋友，也是洛丝的儿子西蒙的朋友，同时还与小六关系密切。她出身贵族家庭，天生丽质，且具有绘画的天赋。二战后，匈牙利的改革让她的贵族父母感到危机，于是变卖家产帮她办理了澳大利亚移民。但父母却拒绝离开故土，双双自杀。芭芭拉在澳大利亚大学毕业后，凭借贵族出身所具有的文化底蕴获得了艺术上的成功，并与知名摄影师科特·富雷曼结婚。科特的热情奔放和才华横溢令她倾心，但这种不羁的奔放又与她自幼接受的讲究理性、秩序、含蓄、庄重的贵族教育格格不入。由此，她的身体耽于平民丈夫的浪漫不羁，精神却鄙夷平民阶层的随性浅陋。这种矛盾不仅使婚姻危机重重，也使芭芭拉对待女儿的教育过度严苛，最终导致母女失和，婚

---

① 毕熙燕：《天生作妾》，上海文艺出版社 2003 年版，第 112 页。
② 毕熙燕：《天生作妾》，上海文艺出版社 2003 年版，第 124、128 页。

姻解体。在罹患乳腺癌后，她自杀身亡。

"小六"谢晶晶的移民之路异常平顺：母亲为她办妥了一切手续；抵达墨尔本后，在机场邂逅画家芭芭拉，应邀为芭芭拉做模特，收入丰厚，还搬入了芭芭拉的豪宅；因为不需要打工，所以学业成绩突出，获得了全额奖学金；在芭芭拉家结识了丈夫西蒙，一见钟情，缔结跨族裔婚姻，顺利获得绿卡。她曾经视芭芭拉为女性自我实现的榜样，最后却发现芭芭拉用高傲、虚荣掩盖的狭隘和自我轻贱。四奶、妈妈、婆婆、芭芭拉以及芭芭拉的女儿乔安等身边的女性所遭遇的情感困境和人生坎坷让谢晶晶对女性命运的悲剧性轨迹生发出巨大的困惑，由此也对自己的婚姻产生了极大的不信任。因此，她克制着对丈夫的情感需求而暂时与西蒙分居，住到了老法官家中，试图理清思绪。

《天生作妾》的两个叙述者都是中产阶级知识女性，她们同为华人移民，都处在与丈夫分居的婚姻困境中。作者透过她们的叙事眼光，多角度地呈现出在东方与西方、贵族与平民、知识女性与小脚女人等多组对比中所观察到的女性的自我认知和人生路径选择是如何被传统、道德、母性和情感依赖性重重绑缚的。作品虽然在结构上是五个女人的故事，但事实上所涉及的不止五个女人，谢晶晶父亲的第一个妻子刘香香、谢家的邻居太太们、洛丝的母亲、芭芭拉的母亲、芭芭拉的女儿乔安、洛丝家的店员林达等许多女性的故事，共同参与构建了作品关于女性自我认知的思考。四奶和刘香香以及谢家的邻居太太们，都是被中国传统道德形塑的女性，她们不假思索地认同传统文化对于女性社会角色的定位，以安分守己的贤妻良母作为自己的价值追求，视名分为个体身份的标签。为此，四奶时刻提醒自己要谨记妾室身份，决不"贪福"；刘香香宁肯守活寡也要保住原配正室的名分，她将承认佩珊的合理存在视作自己作为原配的大度和贤德。佩珊尽管接受的是新式教育，还积极参与到社会工作中，但面对被迫陷入的妾室身份，她选择将母职置于女性的个体尊严之上，从此一生为之所苦。洛丝的母亲与丈夫感情不睦，但却始终没有勇气背弃婚姻，长期生活在丈夫制造的羞辱感中，即使在生死危急时刻，她仍然拘囿于传统和道德的约束而拒绝了情人罗德医生对她一家的救助，结果夫妻双双殒命，留下女儿洛丝独自忍受种族迫害的残酷境遇。而洛丝在严重的战争创伤之下丧失了独自面对世界的勇气，她明知自己与本杰明存在文化修养和生活观念上的差距，但为了摆脱往昔的噩梦，而执意追随本杰明远赴澳洲。直到三十年后，她才真正领悟罗德医生的暗示。但是，长期形成的对丈夫的身心依赖，使她已经无法再独自前行。因此，她自我欺骗地容忍情敌林达，在获知丈夫与林达的感情原委后，甚至以服药自杀来试图达到独自拥有丈夫的目的。芭芭拉的母亲在贵族教育中成长，举手投足、甚至夫妻性爱都要保持着含蓄、矜持的贵族风范。最后，她和丈夫为了贵族的高傲而宁肯选择自杀也不逃离故土开始新生活。她用同样的礼仪规矩来约束女儿，虽然遭到女儿的反叛，但依然潜移默化地形塑了芭芭拉的道德观、价值观和审美观，使得芭芭拉终生未能冲破这种贵族阶层的观念拘囿，在身心分裂中伤人伤己，无法真正享受生命的愉悦。芭芭拉的女儿乔安虽然终于摆脱了贵族教育，但母亲多年的严苛导致了她严重的自卑，在与以获取绿卡为目的而追求她的华人高平结婚后，遭遇高平前女友的挑衅，但因为怀孕也选择忍耐。这些女性没有一个能够灵肉一致地体味生命的美好，都有一桩"黑暗中的婚姻"——自欺欺人的不完美婚姻。只不过蒙蔽她们的眼罩各有不同而已。

叙述者心理医生谢晶晶试图以心理学的确认学说来解释外部世界对于人的自我认知的重要影响，确认学说认为："人天生具有确认他人是什么样子的能力。因此也总是期待着别人的确认。实际上，人一出生就生活在由来自外界各个角度的确认所形成的一个框架之中。……大多数人爱以常规作为生活的依据，因为他们害怕个人会作出错误的选择。……所谓错与对很大程度上是由周围的确认意识判定的。"[1] 但她也承认，这种学说对人的自我确认、自我选择的力量考虑不够，更没有充分估计到爱的非理性和顽固性。因此，对于如何在自我确认与外部确认之间获取平衡，最终她也没有得出明确的结论。这种没有结论的思考对应着作者毕熙燕在《天生作妾》的序言中对"妾"的内涵的解说："这里的妾字是不能直译的，它是'逆来顺受'

———————————

① 毕熙燕：《天生作妾》，上海文艺出版社 2003 年版，第 189 页。

这个概念的形象化解释。而这个'逆来顺受'不是指对某一个人，而是指人对命运的服从。这种服从有时是有意识的、有时是无意识的；服从的程度有时候深、有时候浅。但服从却是无一例外的。""在我看来，天生作妾这样的被动接受意识，不分男女，存在于每个人的性格之中。……由于历史的及社会文化的种种因素，这种被动意识往往在女性身上体现得更深刻。……我感到最重要的是通过人物的塑造去发现人是如何在这种被动意识的驱使下在自己的生活误区中越陷越深的，而不是去评价对与错。"① 没有结论的、不评价对错的思考，正如作品中洛丝的回忆录《黑暗中的婚姻》在扉页上所引用的基尔凯戈尔的箴言："生活始终朝着未来，而悟性则经常向着过去。"那么，生活中的很多悲剧恐怕就是无解的了，因为人只有回顾过去时才能领悟人生选择的对错，但在生活的进行时中却只能懵懂向前。作者的这种思考虽然为我们提供了一种特别的经验，其中也不乏人生洞见，但显然溢出了几缕对人性的悲观。

女性如何走出传统，在自我确认和外部确认之间建立平衡，如何使个体的精神自由、尊严、情感与传统观念体系在博弈中共处，都是女性在确立自我认知的同时无法回避的、甚至是终生伴随的难题。而这些难题对于华人移民中的中产阶级女性而言更具思考的空间，因为这些问题常常在移民的历程中被放大，同时移民又使得她们获得了与不同文化的相遇、相较，因而在互相激荡之中衍生出了更深刻的思索。

## 第二节　中产阶级的职场风云

中产阶级女性努力挣脱婚姻和家庭的束缚、追求自我实现的立足点之一就是职场。在这个社会空间中，女性不仅依然需要面对自我价值评估和社会角色认同，而且还要与男性一起在办公室政治的厮杀中博取事业发展的成果。

---

① 　毕熙燕：《天生作妾》，上海文艺出版社 2003 年版，第 4 页。

　　就移民而言，随着时间推移，在身体上、身份上化为居住国的一分子是较为自然的过程。但作为第一代移民，居住国的文化依然是具有一定异质性的。新移民对异质文化的接纳终须经历自己母体文化的过滤和甄别才能最终融会一体。这一历程可能会贯穿他们移民生活的始终，遍布他们移居生活的各个场景。职场是这些场景中相当重要的一个。因为职场是移民母体文化与定居地主流文化直接交接的社会空间。在新世纪以来的新移民文学中，出现了不少职场主题的作品，譬如秋尘的《盲点》（载《钟山》2005 年长篇小说 A 卷）、裔锦声的《华尔街职场》、文章的《剩女茉莉》、孟悟的《逃离华尔街》、董晶的《实验室的风波》（载《芳草》2011 年第 4 期）等。这些作品中的职场覆盖了金融、药企、科研机构、市政管理等多个领域，为国内读者展现了海外职场的风云变换和办公室政治的多彩画面。

　　我们考察新移民文学中的职场叙事，首先必须与近年国内盛行的类型小说中的职场小说区分开来。国内职场小说重视的是消遣性和实用性，是书商、出版机构为迎合图书市场的实用性阅读需求而刻意炮制的"职场指南"。如"某某升职记"之类的作品，致力于展示职场斗争的黑暗，揭示潜规则，给职场新人提升职场技能和斗争策略，在价值取向上通常较为推崇庸俗成功学。这种类型小说的产生有着一定的时代背景："在经济迅速发展的中国，伴随中产阶层、白领队伍的不断壮大，关注职场生涯的读者群在不断扩大，而伴随着金融危机的发生、企业的裁员减薪、大学生的就业难等一系列的当代社会的焦点问题，可以为职场中人和职场边上人答疑解惑的职场小说也就应运而生。"[①] 不过，对于职场小说是属于纯文学还是通俗读物，学术界尚有诸多争议。

　　在区分的同时，我们也发现，新移民小说中的职场叙事与国内职场小说经常构成一种场景上的并置。国内职场小说的发生场景常常设置为外企，有不少的外籍管理人员，因此主人公所经历的"办公室政治"的斗争虽然发生在国内，却事实上勾连着中西方两种文化，主人

---

公所学习的职场规则与潜规则中有不少是源自西方职场文化的。而新移民文学中的职场叙事发生的场景虽然是海外的企业或者研究机构、政府机构等，但这些职场中的业务却常常与中国发生着关联，譬如《逃离华尔街》涉及中国国企的海外上市，《华尔街职场》涉及中国香港的分公司业务，《剩女茉莉》涉及加拿大的公司与中国的业务往来，《盲点》涉及主要人物的中国职业经历等。这一情节元素既是跨国主义时代新移民生活场景的折射，也是处于经济高速发展、日益融入世界经济秩序的中国与外部世界密切交接的现实折射。

虽然存在场景上的关联性，题材上的相似性，但是新移民文学中的职场主题的作品，本质上是移民文学，有着移民文学固有的叙事立场和叙事追求，着力表现的是华人移民在海外职场上对中西文化交融与冲突的深刻感悟。文学性、审美性仍是这些作品最根本的价值追求。

## 一　职场文化：规则与潜规则

任何一种社会空间，本质上都隐藏着特定的社会关系和权力结构，职场也是如此，它是资本和权力共舞的场所，"追求的是效率，要求的是奋斗和努力，承载的是各种利益和竞争，它是一个将现代人的生存彻底工具化的名利场和技术场。人性的各种内容诸如道德、情感等在此都要接受工具理性的考验"[1]。最能展示职场空间的社会关系和权力结构的，就是职场上的"办公室政治"。这是所有职场人士必须面对、不得不介入的，"谁能躲得了税、死亡和办公室政治？"[2] 而"办公室政治"中当然也就充斥着各种规则与潜规则。

职场首先是一个层级结构严格的空间，因此有许多明确的规则，如严格的程序性、责权利的明晰性、公私事务的明确分野等。也有一些政治不正确的潜规则，譬如对上司的绝对服从、越级汇报的禁忌，以及在程序正义之下的利益内耗等。对新移民群体而言，职场伦理还存在一个很重要的方面，那就是对公司的忠诚与对故国的忠诚之间的

---

① 周丽娜：《繁华背后是什么——谈近年来的"职场小说热"现象》，《文艺评论》2011 年第 7 期。

② 裔锦声：《华尔街职场》，世界知识出版社 2003 年版，第 65 页。

矛盾。这些规则与潜规则在新移民文学的职场主题中均有清晰的
展示。

　　孟悟的《逃离华尔街》以华尔街投资银行为展示舞台，通过主人
公何霜从千辛万苦进军华尔街到最终心灰意冷逃离华尔街的经历，对
华尔街投行如何运用低价收购、设计错综复杂的金融衍生品等隐秘金
融手段套利圈钱的内幕进行了辛辣揭示，剥下华尔街金融精英的华丽
外衣，暴露出他们"金融恐怖分子"的一面。同时由何霜经手的一起
国内企业黄海集团海外上市的案例，也将近年频频出现的国有资产流
失海外的内幕和运作细节呈现在读者面前。何霜初进职场，就因不谙
职场规则得罪了上司，沦落成公司里的打杂人员。进入华尔街投行
MGS 后，何霜靠每周工作 90 个小时来拼命证明自己的能力和价值。
在她终于站稳脚跟的同时，也在案头的金融报表中看到了越来越多的
灰色数据，逐步见识到华尔街投行的贪婪和欺骗。于是，在感受着高
强度工作带来的精神压力的同时，何霜还备感"良心的不安，灵魂的
挣扎"。在黄海集团的项目中，何霜曾以为是凭借自己的中国身份和
文化优势而签下了大单，后来却愕然发现自己其实只是被 MGS 的高
层亨特、布瑞、HQ 投行的陈小劲和黄海集团的王总等各方势力利用
的前台棋子。在历经了阴谋、背叛、利益交换、利益共享等一系列惊
心动魄、波诡云谲的职场战争之后，何霜联手朋友刘田王以合法的手
段从高铁项目中分到了一杯羹。

　　何霜在黄海集团的案例中，感受到了双重身份带来的精神困扰：
一方面她实现了当初的职业梦想，成为世人眼中的金融精英，收入丰
厚，志得意满；但另一方面，她真切地认知到自己的所谓成功其实是
作为华尔街投行的金融特工在参与对祖国的金融掠夺，为此她满心负
疚。而充满阴谋和背叛的办公室政治、职场潜规则更加深了她的痛苦
和惶惑，促使她最终放弃了数年拼搏得到的职场成就返回中国，归于
平淡的家庭生活之中。

　　通过何霜、刘田王、陈小劲等人物，小说聚焦跨国主义时代在母
国与居住国之间穿梭往来的新移民职场精英群体，揭示出他们在面对
自身职业发展与故国国家利益之间冲突时的不同面目：既有陈小劲这
样的利用双重文化优势、合谋国内贪腐分子掠夺国家资产的"金融恐

怖分子"，也有刘田王、何霜这样的虽然同样在利用双重文化优势逐利，但终究能够守住做人底线的普通金融从业者。可贵的是，小说没有过度美化主人公何霜，没有把她塑造成为充满爱国之情的"海归"，而是客观呈现了一个普通的职场人士的价值选择。她没有参与对黄海集团的金融掠夺，不仅仅是出于良知，很大程度上也是由于办公室政治中的阴谋和背叛所致。她在签下离职协议的时候，也放弃了对 MGS 投行损害中国经济利益的揭露可能，选择了保全自身，接受了职场的潜规则。虽然这样的人物形象并没有那么光彩夺目，但却更接近全球化时代的生活本来面貌。

此外，董晶的《实验室的风波》主要描写的也是大公司中的潜规则对员工的精神伤害。女主人公王小娅在一家生物制药公司中被打击报复的经历，正是由于直言指出上司的专业错误而触犯了职场潜规则，之后又因不堪忍受打击而越级向更高层进行情况汇报，再次触犯潜规则。在一个仅有 14 人的实验室中，王小娅的同事却来自印度、巴基斯坦、智利、波兰、伊朗、厄瓜多尔、菲律宾、中国和美国等九个国家，是一个非常典型的种族与文化的混杂化社会空间。作者董晶在一个短篇的容量中，对每一个同事都有着墨，刻画了不同文化背景的职员在办公室政治中采取的各式姿态，充分体现了美国作为一个移民国家的文化杂烩性。

文章的《剩女茉莉》也通过新移民茉莉的职场故事对职场的规则和潜规则作了精彩而充分的揭示。小说主要围绕供职于加拿大能源部绿色能源研究中心的茉莉与自己的上司、研究员拉夫曼的工作冲突展开，辅之以茉莉的爱情和婚姻寻觅，通过大量的细节展现出华人新移民在海外职场上的苦乐成长。茉莉上班不久，就因擅自帮助同事秦天进行采样工作而被拉夫曼训斥。同事季雨就此告诫她加拿大政府部门责权分工的严格界限。茉莉由此领悟：原来"各人自扫门前雪"反而是最简单有效的工作方式。当拉夫曼与秦天在合作课题的论文署名问题上发生龃龉时，茉莉诚惶诚恐，为求自保，选择站在上司拉夫曼的一边。但秦天按照程序层层上诉，最终通过裁决夺回了署名的排位。茉莉在这次冲突中第一次认识到了西式的程序与公正。而且冲突之后，二人并未反目成仇，反而在后续的研究中继续进行了合作。这令茉莉对西式的公私分明印象深刻。当然，在规则之外，茉莉也看到了潜规则。比如，几个研究员由于与所长的私人关系不同而使得课题申请的结果有别，从而在工作上忙闲不均，让她看到了政府部门的消极内耗。在对规则与潜规则的认识和了解中，茉莉在不断成长着，终于学会使用规则来改善自己的职场处境。

这些"办公室政治"的样本，虽与国内的职场小说有着一定的相似性，但本质上依然是移民作家面对文化冲击的特有思考，有着移民文学固有的叙述底色。因此，新移民文学的职场叙事，除了聚焦规则与潜规则，更对文化冲突与交融保持了最大的兴趣。

## 二 海外职场：文化冲突与交融

职场，本身已经是充满权力和关系运作的复杂社会空间，而对新移民而言，除了"办公室政治"中不得不面对的人际冲突，更有在人际冲突中所裹挟的文化冲突。这也是新移民文学与生俱来的叙事追求。

裔锦声的《华尔街职场》也是以华尔街的投资银行作为展示舞台，但叙事的逻辑却是与孟悟的《逃离华尔街》完全相反的。主人公陆乔靠不断战胜自己、改变自己源自母体文化的思维方式和行为方式，努力融入美国文化，重塑自我，最终在华尔街获得了事业成功。

陆乔毕业于麻省理工学院，供职于世界最大的金融机构之一美洲集团 AFG 总部，作为高级程序编译员，从事信用风险监控系统的管理和开发工作。他最初对自己的工作和待遇十分满足，在职场上谨言慎行，少说话、多干活、不惹是非、不惹老板、更不会自我表扬。虽然他知道，"在美国，沉默不是金"，但是源自民族文化的行为习惯很难改变。这种与世无争的态度，使他成为别人眼中的 Mr. Nice Guy——好好先生。当美洲集团与大西洋银行合并时，因两个公司各自都有自己的风险监控系统，势必要放弃其中之一。如果美洲集团的系统被放弃，陆乔所在的部门就面临着被裁撤的风险。陆乔的直接领导赛布丽娜为了保住职位，大力推进原有系统 CRMS 的升级改造，并力主由陆乔负责这个项目。从不敢出头的陆乔倍感压力，犹豫不决，全靠同事威廉的劝说才接受任命，决定直面风险。但他的这一选择也使自己在不自觉中陷入到了"办公室政治"的漩涡。赛布丽娜希望利用陆乔的能力保住自己的位置；上司莎莉则希望借助这个项目的成功，让陆乔将来取代赛布丽娜；而威廉认准了陆乔是好好先生，想顺利地将自己入股的"影像储存"公司作为系统升级改造的数据库提供商；于是，在各方利益的推动下，在没有准确评估系统升级的技术难度的情况下，项目匆匆上马。不善于发言、不善于拒绝的陆乔尽管心存忐忑，终究没有开口向上级指出完成期限的不合理及其财务风险。结果，即便陆乔拼命加班，筋疲力尽，项目仍然进展缓慢，人员一再增加，经费严重超支，时间在无限拖延。最终，管理层无法承受压力，宣布中止项目。项目负责人陆乔明显将成为项目失败的代罪羔羊，成为办公室政治的牺牲品。是威廉再一次帮助陆乔认清了自己的价值和能力。对自我认知的刷新给了他直面挑战的勇气。于是，在项目总结会上，从不主动发言的陆乔第一次勇敢地陈述了项目失败的全部原因，拒绝充当替罪羊，当场辞职，跳槽到瑞士银行。后来，陆乔终于用自己的技术成功地开发出了新的风险管理系统。他证明了自己的能力，也在华尔街建立起自己的职业根基。陆乔是在海外金融行业打拼的华人移民群体的一员，高学历、高收入、良好的职业声誉使这个群体一向被视为融入主流社会的代表。但在融入主流社会的过程中，他们的心路历程却少有人关注。陆乔从一个奉行中国文化谨慎做人信条的"好好先生"成长为一个不惧风险、不惧改变的华尔街新生力量，正是新移民在中西文化冲突中不断调适自身，努力融入居住国文化的普遍历程。他们在这个历程中的得失与感悟，其实也是中国作为现代化后发国家在加入到国际经济秩序的过程中必然会经历的文化冲突、策略调整和观念转变。

《剩女茉莉》在揭示海外职场规则与潜规则的同时，也通过茉莉的苦乐成长反映出中西文化在职场上的冲突与交融。茉莉初到研究所，就聆听了两个同胞秦天和季雨的职场教导。季雨告诫她正视海外华人在职场上面对的玻璃天窗。而秦天的教导则完全相反："哪有什么玻璃天窗，它就是一些华人 loser（失意者）的心魔。有人不成功，就指责社会不公。华人在海外混得不好，最好的借口就是种族歧视。""文化差异是有的，但诚信、敬业、合作等职场人品，哪里都一样。"

当茉莉通过据理力争，获得了研究所的正式雇员职位时，同事中有人非议，茉莉想当然地认为是种族歧视。但秦天再次教导茉莉："别动不动种族歧视，……据理力争是对的，为自己辩护是西方文化的精髓，但一定不要带着一种受欺负的心态。"① 在第六章"企业文化"中，茉莉参加关于"职场冲突与人际关系"的培训，培训员通过一个动画片和大家的相关讨论，让茉莉懂得：在职场的利益冲突中，除了中国文化教给她的"鹬蚌相争""螳螂捕蝉"等两败俱伤的结局，还可以有利益共享的方案。茉莉的爱人季雨与拉夫曼和秦天两任老板都相处不睦，他认为拉夫曼是"西式的傲慢"，而秦天是"中式欺压"。后辈茉莉经过几次中西文化冲突后有所感悟，反过来教导季雨"用西方的思想来解决问题"。茉莉从恭听季雨的职场指点，到反过来指明季雨的职场症结，显示出她在职场的磕磕绊绊中开始真正理解了中西文化的差异，冲破了基于族裔视角而产生的被迫害心态。而她与同事戴娜和老板拉夫曼之间从激烈冲突、无法相容到放下揣测腹诽、坦率沟通合作，意味着茉莉真正融入了加拿大的职场文化之中。

　　秋尘的《盲点》则更侧重表达中西文化的和谐交融。《盲点》围绕一个"911"报警系统的测试和运行，构建出一个十分复杂的职场关系网络。女主人公凌丹刚刚应聘到加山市政府工作，就遇上了市政府重要的"911"项目的经理辞职。由于过硬的技术和极高的工作效率，她临危受命，被上司内森推上了项目经理的位置，负责在系统测试阶段协调市政府、项目发包公司、软件开发公司、警察、火警等各方代表之间的矛盾。凌丹身处多方利益的纠葛之中，虽然颇为惶惑，但她充分运用了中国文化中的以柔克刚、刚柔相济的法则，既尽力满足基层警务人员的合理要求，扫清验收阻力，也利用自己的东方魅力调节办公室氛围，巧妙平衡各方情绪。最终，系统得以顺利开通。在新移民书写中，大多强调中国民族性格中内敛、谦让在西方文化氛围中的不合时宜，但秋尘却挖掘出这一特性在西方语境中的正面价值，展示出文化差异和冲突之外的良性互动，彰显出真正的文化自信。另外，围绕着主人公凌丹的是一个包括白人、犹太人、阿拉伯人、华人

---

① 文章：《剩女茉莉》，青岛出版社 2015 年版，第 58、86 页。

等的多族裔群体，不同族裔在办公室政治中的不同应对方式，使得这部作品较为充分地呈现出美国多元文化之中的职场生态。

### 三　职场困境：移民女性的自我评估与角色认同

检视新移民女作家们的职场叙事，可以看到这些作品天然地具有女性视点和审美上的女性偏好，在主题上往往是职场叙事与情爱叙事共生，办公室政治与办公室恋情双线推动。故事最终的结局或是主人公情爱与事业两皆成功，或是主人公放弃职场前途回归婚姻家庭。如《盲点》《逃离华尔街》最后的结局都是女主人公暂离职场，回归家庭；《剩女茉莉》的结局是爱情事业同圆满；《华尔街职场》的结局是主人公事业成功，婚外暧昧情感归于平静。在双线推动的叙事中，职场线与爱情线之间的交织与冲突就成为作品中叙事的主要推动力。

职业成就与家庭及个体情感的矛盾几乎是一切职场女性都必须面对的困境。在这几部职场主题的作品中，几位作者的叙事追求并没有指向对这一困境的细致表述，因此也就较少对性别规范、性别政治的思考。但在作品的辅线——爱情线上，几位作者不约而同地为主人公安排了符合女性传统社会角色和价值认同的情感选择。波伏瓦在《第二性》中就曾经审视过职业女性的自我认知："她把自己职业上的成功，变成丰富自己形象的价值……在职业遇到挫折的情况下，女人激动地在爱情中寻找避难的地方。"[①] 数十年过去，这种职场上的自我评估和角色认同仍然是职业女性的重要人生选项，这可以说从一个侧面映射出她们在精神上的某种自我认知。

在《逃离华尔街》中，何霜原本与丈夫韩辉恩爱有加，但为了实现留学美国的梦想，她放弃了婚姻和孕育中的孩子，造成了心中的多年隐痛。在美国的金融职场上，除了才华，她还要靠拼命的加班来获取职业上的成就，身心极度疲惫。正是由于对工作的过度投入，在与情人武威同居期间，何霜无法对家务投入精力，以至于为了一顿晚餐，两个相爱的人就闹起了分手。"9·11"事件发生时，武威正是为了找何霜修好才去了世贸大厦，结果葬身其中，成为何霜又一次的情

---

① 西蒙娜·德·波伏瓦：《第二性Ⅱ》，上海译文出版社 2014 年版，第 559 页。

感之痛。当何霜在办公室政治中受到精神重创、在故国利益和个人成就之间难以抉择时，与前夫韩辉的鸳梦重温，适时地为她的职场困境提供了一个出口，促使她最终放弃了曾经削尖脑袋才得以侧身其中的跨国金融企业，回归家庭，回归到妻子和母亲的社会角色之中。

在《盲点》中，作者秋尘设置了非常复杂的感情线索来推动叙事的进行：一方面女主人公凌丹同时面临着一对异母兄弟泰德和内森的追求，而她的丈夫石天阳也处在出轨的边缘；另一方面，在围绕"911项目"的各色人等中，作者几乎为每个人都设置了情感纠葛，客观地说，在一部小说中设置如此之多的爱情元素使得作品的主题在明晰性上稍有不足。就凌丹而言，尽管她凭借自己的技术能力以及利用中国文化精髓处理职场关系的情商获得了很好的职业成就，但面对夫妻两国分居、矛盾丛生的家庭困境，凌丹最终选择辞去工作，与丈夫一起回国，将人生的重心放在家庭之上。

何霜与凌丹都是高学历的职业女性，且在职场上都已站稳脚跟，获得了一定的职场地位。但面对传统的家庭与职业的冲突时，或者是在职场上遭遇挫折时，她们的选择都是回归家庭、放弃或暂时中止事业的发展。这说明在她们的自我认知中，对女性为妻为母的社会角色的价值评估是大于女性个人的职业发展的。这一点在《剩女茉莉》中体现得更为鲜明。茉莉虽然博士毕业，但她唯一看重的其实就是一个稳定的饭碗而非职场成就。与职业前景相比，她对自己的婚姻前景更为重视。她最终击败情敌、获得季雨的爱情，根本上是由于她对困境中的季雨伸出的援助之手，而这些援助都是传统的女性家庭角色的功能化呈现：照顾孩子、孝敬老人、用可口的饭菜温暖病中的男人，等等。显然，对这些职业女性来说，职场成就与职业前景依然是一个次于家庭责任的人生选项。而这种选择，无疑是符合男性对于女性的社会角色要求的。因此，不期然间，"将女人确定为他者的男人，会发现女人扮演了同谋的角色"①。《华尔街职场》的主人公陆乔虽然是男性，但作为女性的作者裔锦声在作品中也为陆乔安排了他与大学同学兰邦丽之间的情感暧昧作为小说的辅线。故事的结局是陆乔最终战胜

① 西蒙娜·德·波伏瓦：《第二性Ⅰ》，上海译文出版社2014年版，第15页。

了自己的情感波动，选择忠实于妻子和家庭，与兰邦丽回归到朋友的相处模式。这几乎是女性读者对成功男性最好的期许，也是传统女性家庭观念的自然呈现。

女性的文学书写同时也是女性性别建构的体现，体现着女性的审美价值判断。"从女性主体的角度来说，女性意识可以理解为包含两个层面：一是以女性的眼光洞悉自我，确定自身本质、生命意义及其在社会中的地位；二是从女性的角度出发审视外部世界，并对其加以富于女性生命特色的理解和把握。"① 而上述作品中所彰显的女性自我认知显示，作者的心理空间尚不够宽阔，其创作中也未能体现出移民生活对女性性别意识发生的影响，无论是在理解自我还是在表现女性的生存本相的深度上都还有一定的拓展空间。

新移民作家的职场叙事，是新移民作家对华人新移民群体职场生存空间的勾勒，是对移民生活进行时的书写，有着鲜活真切的现场感。同时，这些职场叙事也是与新移民文学发展历程相共生的，其间所呈现的文化冲突与交融，以及新移民女性的个体价值认知等是移民文学的题中之意。它们以其富于质感的叙述，在新移民文学的文化视域中拓出了一道新的小径，建构出不一样的意义空间。

## 第三节　中产阶级的社会观察

由于华人新移民移居的目的国主要集中于欧洲、北美、澳大利亚和日本、新加坡等发达国家，这就决定了他们的移民过程必然是要体验两种截然不同的国家体制。巨大的制度差异是新移民感受到的文化震撼之一。因此在新移民文学中对于移居国的制度观察是散文、随笔写作的重要主题，林达、薛涌、李雾、沈宁等，都有许多作品问世，也产生过巨大反响。在新移民小说中，以制度观察为主题的书写虽然还不够多，但也有一些作品涉及了对于政治选举、法律体系、金融体系、医疗体系、教育体系等社会基本制度的介入式观察，如吕红的

---

① 乔以钢：《论中国女性文学的思想内涵》，《南开学报》2001 年第 4 期。

《美国情人》，陆蔚青的《乔治竞选》，余曦的《安大略湖畔》，施雨的《刀锋下的盲点》，抗凝的《金融危机 600 日》，陈思进和雪城小玲合著的《心机》，黄宗之、朱雪梅的《破茧》《藤校逐梦》等。

## 一　对社会基本制度的观察

　　华人移居北美的历史已有百余年，华人移民群体由于文化传统、生存压力以及历史上所受的排挤等因素，曾经在很长的时间里倾向于独善其身、积聚财富、远离政治，因而常被称为"沉默的模范种族"，"经济上的巨人，政治上的侏儒"。虽然从 20 世纪 30 年代即有华人当选州众议员、州众议员议长等，60 年代还有如陈香梅女士这样通过政治委任的方式参与政治活动的第一代移民，但总体上为数较少。20 世纪 90 年代以来，华裔竞选州议员的成功率越来越高，华裔参政的热情、政治捐款数量等都在同步走高。① 这说明随着中国经济崛起而增强了世界政治格局中的话语权，华裔族群的民族自信也在加强，在移居国的社会影响力不断提升。而大批高素质移民的增加，更是推动了这一进程。美国杜鲁门大学历史系令狐萍教授在其论著《圣路易斯华人——从飞地到文化社区》中通过大量统计数据指出，当下居美的华人移民已经开始积极参与政治活动，在目前任职于各级各类政府、议会、司法机构的亚裔美国人中，也有相当一部分是华裔。其中女性参政者也为数不少。在《美国硅谷 60 女性经典》② 这本书中，就可以看到对美国国会首位华裔女性众议员赵美心、美国首位华人女部长赵小兰、加州众议员马世云、加州核桃市首位华裔女市长王秀兰、美国第一个华裔女法官郭丽莲等等诸多涉足政坛的华裔女性的介绍。华人移民作为少数族裔，在多元文化、民族熔炉与种族歧视并存的国度，如何参与当地的政治生活，如何提升华裔族群的政治地位、维护族群的正当权利，都直接关系到整个族群在移居地的生存和发展，因此是他们移民生活中极为重要的内容。

　　树明的《漩涡》是第一部具体展示美国选举政治的新移民小说，

---

① 参见万晓宏《试析当代美国华人参与选举政治的方式》，《华侨华人历史研究》2006 年第 1 期。

② 唐春敏、明瑛：《美国硅谷 60 女性经典》，中国妇女出版社 2009 年版。

它通过一个中餐馆老板刘剧阴差阳错的竞选市长的过程，对美国地方选举的程序、运作方式做了一定的呈现。刘剧在竞选过程中遭遇的黑帮恐吓、对手陷害，以及种族主义者的强烈敌视，揭示了多元文化之中少数族裔参政的艰难。

吕红的《美国情人》虽然是以华人新移民女性在异域的爱情追寻以及生存挣扎为叙事线索的，在题目和故事框架上都带有新移民女性作家的写作惯性，但与其他的类似作品不同的是，作者的视线没有单纯集中于爱情的一波三折，而是在叙说情爱纠葛的同时，透过美国华文报刊这个特殊渠道，向读者展现了美国华人社区政治生活的斑斓生态。

故事开端于一个政要云集的大型派对中，华裔州长候选人、白人市长候选人、地区检察官候选人、助选的华人社团领袖、市政府的官员在第一时间纷纷登场，为女主人公之一芯的美国爱情铺展出一个与众不同的场景。作为旧金山湾区华文报纸记者的芯，其主要的日常活动就是采访华人社区的各种政治、经济集会和专访政要名流。于是，在芯的生存挣扎和爱情波折的间隙之中，读者伴随着她的匆忙脚步，也渐次瞥见了旧金山华裔族群的诸多政治生活片段。德高望重的侨领，经济实力雄厚的专业精英，在种族主义、男权社会的挤压中顽强拼搏、机智周旋的华裔女议员，为了华裔族群的选票和捐款而不遗余力的白人政客等各色人等纷纷现诸于作者的笔下。中华文化中心、华商总会、市政府、市议会等旧金山代表性的政治场所，侨界精英为自己支持的政客筹款的派对、候选政客的各种形式的助选造势大会等最体现选举政治的场景，交错地闪现在主人公芯的爱情波澜之中，成为独具特色的背景。这些面目各异的政治人物和频繁变换的政治场景连缀在一起，为读者勾勒出一幅美国地方选举政治运行的简约图景。而芯的"美国情人"皮特正是律师出身的政客，现任市长的助手，两人的恋情也就更加不可避免地与地方政治绞结在一起。于是，美国选举政治的独特背景设置，使得几段本无出奇之处的异域情感故事呈现出一种与众不同的色彩，也使这部作品最终没有淹没在大量的"情人"叙事之中。

旧金山是华人在美国最早的落脚地，目前也是美国最大的华人聚集区域之一。华裔族群作为旧金山人口数量较大的移民群体之一，越来越为历届政客所重视，是候选政客不遗余力争取的选票源。名目繁多的拜票活动，使得华人族群身不由己地直接卷入到地方的政治活动之中。另一方面，华人侨领和各种华人社团也越来越认识到参与所在国政治活动对族群发展的重要性，因而积极地助选华裔参选者或者对华裔族群友好的政客。作品中出现的那位深谙两种文化的差异、并在其间游刃有余的华裔女议员显然是那些叱咤美国政坛的杰出华人女性的一个缩影。

由于作者本人多年在美国的华文媒体中打拼，对这一领域的运作和从业人员的酸甜苦辣了然于胸。因此，作者选取华文报刊这个自己最熟悉的职场，既透过这个华人参与美国政治的前沿地带展现了华裔族群为争取自己的生存权利和更多、更深地融入主流社会而做的政治努力，也为读者真切描摹出美国华人报刊内部的世相百态，成为我们了解美国华人移民生活状态的一个视窗。

居住国的华文媒体是新移民在异域生活中最先着落的精神停泊地。他们通过华文报刊和华语电视节目，既可以解决寻找工作机会、承租房屋等一系列的实际生活困难，也能够及时获得中国两岸四地政治经济形势的变化信息，更可以通过投书报章，抒发异域生活的感慨。因此，华文媒体在新移民的移居生活中扮演着极其重要的角色。各个华文报刊更是新移民文学最早、也是最重要的发表园地。对新移民文学而言，细致描摹这一自己成长于其间的园地，原是题中应有之义。不过，除了程宝林的《美国戏台》外，我们很少见到具体描绘这一领域的新移民小说。因此，《美国情人》为故事所选取的这一独特的发生场景，将爱情的发生设置在美国华人社区政治生态与华文媒体内部人事纠结的背景之上，让非爱情元素渗透爱情故事其间，使《美国情人》挣脱了这个通俗的题名为之笼罩的暧昧色彩，在新移民小说中找到了属于自己的特别位置。

陆蔚青的短篇《乔治竞选》是一次对加拿大基层选举的观察。作品通过在蒙特利尔的纽曼街上开杂货店的华人刘翔的视角，见证了邻居乔治投入一场竞选纽曼区区长的选举过程。乔治是希腊移民，娶了菲律宾移民娜娜，夫妻俩一起经营一个小小的希腊餐馆。乔治很懒散，总是以各种方式逃避干活，把餐馆的经营都压在妻子娜娜身上。他听说当选区长能有十多万的年薪，比餐馆收入多多了，于是决定加入前市长布克的团队，竞选纽曼区的区长。他认为："搞政治其实也是一个生意。"① 竞选开始后，他带着两个店员一起组成自己的竞选团队，开始满大街拉票。而此时，他居然还没有任何政治理念、施政纲领和竞选口号。他和布克市长的竞争对手艾米莉承诺要修一条新的地铁，另一个对手则承诺当选后公交免费。因此，他的街头拉票收效甚微。后来，他受到街上的居民威廉的启发，决定以修理纽曼街上的一个直径一米的大坑作为自己的施政纲领。经媒体报道后，"乔治的大坑"成为当地的笑料。乔治为了选票，在自己的餐馆发放免费早餐券和折扣餐券，吸引居民到餐馆来听他的竞选演讲。"乔治的早餐"虽然成为纽曼街的名牌，但他"因为政治行为激发的经济行为"却打破了纽曼街上的生意平衡，直接导致了本就生意萧条的热狗店的垮台。乔治14岁的女儿也因为忙于餐馆生意而长期旷课，几乎辍学。尽管如此兴师动众，但乔治追随的布克团队最终还是输给了承诺修地铁的艾米莉团队，纽曼街上很多吃过免费早餐的人都没有信守承诺投票给乔治，刘翔夫妻俩也因为艾米莉承诺的地铁项目把票投给了她。失败的乔治备受打击。赢得选举的艾米莉在当选后第一天就通过记者招待会说明预算不足，根本不可能修地铁。"但绝大多数的选民并不知道这个说明。他们依旧做着粉红色的地铁梦。纽曼街上的人们也绝大多数投了粉红色艾米莉的票。艾米莉靠着子虚乌有的一条地铁线，把纽曼街乃至蒙特利尔的人民带入了虚幻之中。……乔治曾经试图填一个大坑，这个大坑没有抵抗住地铁梦，却是可能达到的。而艾米莉欺骗了所有选民。在记者会上，当有人提出问题时，她很优雅地转动着身体说，每一个人都需要学习。我们正在学习呢。"②

　　乔治的竞选过程多少有一点儿戏，这打破了读者的阅读期待，让通常只是通过电视新闻了解西方国家政治选举的中国读者忍俊不禁。一心把政治当生意的乔治，虽然竞选动机不纯，但是从一个小店主的

---

① 陆蔚青：《乔治选举》，《山花》2019年第5期。
② 陆蔚青：《乔治选举》，《山花》2019年第5期。

生活理念出发，提出的是自己可以实现的微小施政目标，实实在在，没有投机，却远没有那些天花乱坠的宏大施政纲领吸引选民。艾米莉这样的职业政客，深谙选举游戏的潜规则，因此不惮于信口开河，靠欺骗选民赢得竞选。这场过程与结局都充满戏谑的选举，从一个小的切口对加拿大基层的选举政治作了十分有趣的展示。

　　余曦的《安大略湖畔》较之以上几部作品更具有细节上的丰赡。作品通过多伦多莱克星顿公寓楼内的业主反对管理费上涨的斗争，将加拿大的公寓管理的运作过程和公寓法的部分律条等都进行了细致的流程性展示。莱克星顿公寓是交付刚过一年的高级公寓，楼内住户超过半数是华裔。但是在第一次召开全体业主大会选举公寓董事局成员时，因语言障碍等因素，华裔住户参加会议的却寥寥无几。医生出身的华人穆求思因此阴差阳错地当选了董事局成员。他本以为这个不领薪水的义务工作是个负担，会耽误他自己的工作，因此打算尽快辞职。但在第一次董事局会议上，穆求思惊讶地得知这栋公寓大楼是一个财政独立的实体，是在安大略省政府注册的非营利公司。而全楼280户住户每年上交的管理费高达120万元之巨，因而董事局管理这栋大楼相当于管理一个中型公司，在聘请保安公司、物业管理公司、园艺公司、机修公司和管理员等事务上有着很大的权力。而第一次董事局会议的议题居然就是要增加住户的管理费，且上涨幅度达69%。穆求思奇怪地发现，其他四名董事局成员似乎存在私下的利益勾连，都同意增加管理费，他的存在只是一个摆设而已。穆求思意识到董事局与公寓大楼的承建商之间很有可能存在利益输送，通过大幅度增加管理费来暗地弥补承建商按法律规定第一年亲自运营而产生的亏损。那么表面上义务服务的几个董事局成员很可能暗中收受了承建商的贿赂。清白无辜的他将不得不一起背上这个黑锅。于是，在公寓内几个华人住户爱丽丝、林莺、刘有道、姜梅英、杰夫理等人的支持下，穆求思展开了一系列反对增加管理费、继而推动罢免董事局的维权斗争。

　　他们通过挨家挨户征求签名、要求查看上年账目、聘请精通公寓法的律师等一系列的行动，最终迫使董事局下台，重新成立了新的董事局，也赶走了假公济私的管理员迈克。虽然由于仓促之中推选出来的新的华人代表顾继佐人品堪忧，使得华人业主们仍然忧心忡忡，但新当选的董事局成员、希腊裔移民雷切尔的表现又让他们觉得斗争没有白费，未来可期。更重要的是，原本因为语言障碍和胆小怕事而对公寓的公共事务漠不关心的华人业主们，通过这次的"反腐"行动，都在一定程度上改变了观念。不善言辞的郝永福为了抗议管理费上涨，自然地按照中国的处理办法拒交管理费，结果收到了巨额罚单，由此懂得了依法维权的重要，不再躲避参与公寓事务，而且他在这次的行动中还增强了自信，开始利用自己虽拙于口语、却擅长写作的特点获得了职业上的进一步发展。生活富裕的姜梅英虽然不需要打工谋生，但因为语言能力不足，与社会非常疏离，生活并不愉快，由于积极参与这次维权行动，她无形中提高了口语水平，于是决定走出家庭，从事普通的保洁工作，以求真正融入社会。一直生活在惊惶中的逃犯尤杰通过参与这次集体行动，开始重新审视生命的意义，虽然最后他因车祸逃离医院的奇怪行为而被警察识破身份，即将遣返中国，但他仍以救助邻居老人、慷慨解囊支持维权行动的义举而得到了公寓内华人朋友的尊重，事实上获得了精神上的重生。维权行动的领导者穆求思也在住户林莺的鼓励下通过了医生执业资格考试，有了重新拿起手术刀的前景。这部小说以一栋公寓大楼为叙事空间，具体而微地揭示了加拿大华人移民在移居地的日常生活中所可能遭遇的法律难题，以及移民因语言障碍、法律知识匮乏等特有的能力短板在维权时的重重艰难。其翔实的细节铺陈显示这是对移民生活的真正介入式观察，绝非道听途说、向壁虚构，是一幅精彩的移民生活的现实画卷。

抗凝的《金融危机600日》以极大的篇幅和耐心将2007—2009年美国金融危机前后股票市场的疯狂作了细致的描绘。作品描写了华尔街哥本森股票交易中心的华人股票经纪人林与同事罗森、陈彼得等人通过跟风交易、联手坐庄、内幕交易等手段买卖股票、操纵股价来获利的运作过程。但金融危机将他们的如意算盘彻底打破，狂泄的股价裹挟着所有的人。不正常的交易还引起了证监局的调查。最终，林亏掉了五年挣到的全部收入，罗森入狱，彼得离婚，华尔街屹立了十年的股票老手委福简在受到证监局调查期间自杀身亡。在这个用数字搏杀的"21世纪圈地运动"中，他们都输得两手空空。只有凭借敏锐的判断力看空次级房贷的"犹太人"赚得巨利,安全脱身。《金融危机600日》通过对美国股票交易市场的运行方式的展示将金融行业的黑暗和人性的贪婪作了较为深刻的揭示,但是过于细致的细节铺排也导致小说偏离了其作为文学作品的写作轨道,人物塑造较为模糊,情节结构也比较简单。

陈思进和雪城小玲合著的《心机》在诸多涉及金融行业的小说中是格局比较阔大的一部,它既没有以金融的外壳包裹太多的通俗情爱,也没有因过度专业化而失去了小说本身的文学特质,而是通过主人公韩昭阳及其家人和朋友的生活,将华尔街的金融运作内幕与中国的民营企业在对外开放过程中面临外国资本嗜血猎杀的困境并置,对于中国的改革开放政策从金融领域进行了思考,提出了一些建设性的意见,并对美国如何通过发行美元和制造大量金融衍生品来操控、绑架世界经济、掠夺民众财富的金融体系的运行逻辑进行了解读。韩昭阳在纽约大学毕业后,入职菲勒证券公司,负责公司的风险监控系统的开发,亲眼见证了证券公司为了谋取利润而故意将金融衍生产品的风险通过复杂的数学计算隐藏起来,以蒙骗客户购买的贪婪和无耻。在菲勒证券被巴莱证券兼并后,他在新公司继续从事设计房贷的风险控制模型工作。在华尔街频发的衍生产品丑闻引发美国政府监管收紧的大背景下,华尔街的资本大鳄将贪婪的目光转向了对这些金融把戏知之甚少的新兴市场中国,开始把美国禁止销售的高风险衍生证券输送到中国,并注资中国的房地产业,还大肆低价收购知名品牌,通过控股后再高价卖出以牟利。韩昭阳的同事、也是他的大学同学萧燕的丈夫陆达龙就充当了跨国资本开拓中国市场的急先锋。韩昭阳的父亲韩元清在杭州经营着一家知名的饮料公司百远集团,品牌影响力很大。韩元清的父亲20世纪40年代曾在上海经营面粉厂,被英国人通过资本运作夺走了控制权,倾家荡产。家族的伤痛历史让韩元清给百远集团立下"不合资不注资不上市"的"三不"原则。但在外资大举进入中国后,被外资收购的同行业品牌扩张迅速,甚至炒高了供应链上所有原材料的收购价格,对百远集团构成了巨大的经营压力,资金十分紧张。在焦虑之下,韩元清的次子韩晓阳购买了陆达龙推销的、号称稳赚不赔的金融衍生产品KODA,结果赔光了百远集团的半

个家底。韩昭阳在前同事西蒙和哈佛教授耶瑟夫帮助下，找到了 KO-
DA 的法律漏洞，通过诉讼讨回了损失。金融海啸来了，巴莱证券也
自食恶果，被迫破产重组。多年研究美国金融体系的韩昭阳决定离开
这个行业，从事财经写作，全家离开美国，移居到了香港。

除了《心机》和《金融危机 600 日》以外，裔锦声的《华尔街
职场》、孟悟的《逃离华尔街》等也都涉及华尔街的金融行业，从不
同的角度将美国金融业的运行方式进行了较多的细节上的呈现。《华
尔街职场》主要涉及了银行内部的信用风险监控系统的开发和管理，
《逃离华尔街》也揭露了华尔街投行通过金融衍生品套利圈钱的内幕。

此外，施雨的《刀锋下的盲点》通过华人移民医生叶桑与土生华
裔律师王大卫携手对抗市长纳尔逊，查明一起医疗事故真相、最终挽
救了自己的职业声誉的斗争，展现了美国医疗界不同利益团体之间的
博弈。主人公叶桑是达拉斯市立医院的整形外科医生，医术精湛，全
身心地热爱整形工作，并幸运地成为著名整形外科专家安德森的徒
弟。就在叶桑刚刚完成整形专科训练、被正式聘用后的第一个月，她
却遭遇了一起医疗事故——市长夫人纳尔逊太太死在了她的手术台
上。在遭到各方质疑和排斥、并可能面临诉讼的日子里，叶桑见识到
政客市长、保险公司和医院之间冷酷的利益博弈。各方利益集团达成
"商业性协定"，将叶桑弃之不顾，独自面对听证会。最后，华裔律师
王大卫的出手相助，以及老师安德森出于良知而说出的真相，终于胁
迫市长取消听证会，叶桑才得以解脱困局。作者以自己的医生执业经
验，独特地选取了美国医患纠纷的题材，深刻揭示了在美国民主体制
之中所暗存的利益博弈，为读者打开了一扇探寻美国医疗体制和法律
运作的窗户。在紧张的情节中，虚伪的政客纳尔逊，以吸毒和不停整
容来应对情感孤独的市长太太珍娜，正直的安德森医生，对种族隔膜
与华裔归化问题感触良多的华裔律师王大卫，都刻画得有棱有角，跃
然纸上。

这些新移民小说作品对留居国政治、法律、医疗、金融等领域的
观察和分析尽管在深度和明晰性方面水平参差不齐，但都提供了很有
价值的思考。

### 二　教育焦虑下的理念重塑

对于主要依靠各种专业化技能而跻身中产阶级的白领群体而言，能够接受高等教育是他们获取当下安稳生活的开端。因此，这一阶层通常对子女教育会投以极大关注。教育既是可以保证后代能够维持阶层稳定的必要保障，也是后代有可能继续跃升阶层的推进剂。而素有"万般皆下品，唯有读书高"理念的华人更是将子女教育视作人生诸事的重中之重，甚至很多人移民的初衷便是为了子女的教育前景。因此，子女教育问题在华人移民的日常生活中占据着核心地位。华人移民的教育焦虑也格外强烈。在新移民作者的随笔类文章中，有许多涉及中西教育方式和理念的比较，但多为浮光掠影的片断感怀，真正聚焦移民群体的教育焦虑并由此展开对西方教育体系运行的深度观察的作品为数尚少。黄宗之、朱雪梅夫妇的《破茧》和《藤校逐梦》是其中较为出色的作品。

《破茧》算得上是新移民文学中第一部深度切入西方教育体系运行的小说。作者的写作初衷颇有对中国教育改革提供参照的殷切之心。《破茧》通过安妮塔、巍立、婷婷等几个小移民的成长过程，特别是安妮塔和巍立的对比，详尽展现了美国从小学到高中的教育运行模式，特别是不同阶段、不同学区的个性化教育管理方式以及背后的教育理念。

安妮塔和巍立是两种截然不同的成长路径。

巍立的父母张远鸿和蓝紫是为了儿子的教育而移民美国的，他们放弃了在国内的小康日子，变卖家产，花费了数十万费用来到美国。但由于英文水平太差，只能从事体力劳动。张远鸿在搬家公司工作，蓝紫先后做过住家保姆、中餐馆帮厨等工作。巍立10岁来到美国与父母团聚后，从中学就开始给父亲的搬家工作做帮手。虽然张远鸿夫妻一再嘱咐儿子努力学习，考上大学，将来有份好工作，不要重复父辈的辛苦。但初到异国的巍立语言不通、学习吃力，更受到同班学生的排挤和欺负，心情十分郁闷。在参加免费英语班的时候，巍立接触到"童子军"组织，生性好动的他立即要求参加。抱着让儿子学好英语的目的，远鸿夫妻俩同意了。没想到巍立在童子军中不仅学习了很多文化、历史、科技、政治和军事课程，性格也变得积极开朗。高中时，巍立除了继续参加童子军的训练，还成为学校橄榄球队的队长，参与很多社团活动，但对学校的基础课程的学习始终兴味索然，成绩也比较差，只喜欢选修与童子军晋级考试有关的汽车维修、军事之类的课程。张远鸿夫妻劝说无效后，无奈决定让儿子自己选择人生道路。最终，巍立经过六年的不懈努力，通过了童子军的全部七级、22个项目的晋级考试，拿到了59枚荣誉奖章，获得了"依戈尔少年猎鹰奖"。但较差的学习成绩使得巍立只能放弃了参加SAT考试，入读社区学院。巍立开始意识到自己不应辜负父母的期望，于是在社区学院期间，不仅废寝忘食地学习，还凭借童子军活动锻炼出来的能力竞选上了学校的学生会主席，又因为做学生会主席的优异表现而被加州政府的教育总监任命为加州第九区的学生代表，负责洛杉矶和圣地亚哥地区十几所社区学院的学生工作。社区学院毕业后，他申请转学到哈佛大学。面试教授在听完他的生活经历后，认为："根据你的学习成绩，你不具备到哈佛大学读书的条件。但是，我从你的身上看到了哈佛大学的学生应该具备的品质。你在短短的两年多时间里，走过了许多人要花很长时间才能走完的路，这说明你具备哈佛大学所要求的学习能力，并能够担当起一位哈佛学生应该对社会承担的义务和责任。"① 巍立最终被哈佛大学录取。

安妮塔的父母李欣宇和白梅都在南加州大学做医学研究，属于知识分子阶层，收入稳定。安妮塔五岁到美国后，就被纳入父亲精心计划好的培养计划。李欣宇夫妇把培养孩子走向成功作为自己人生的一项最大的任务。李欣宇通过自己的受教育历程和大量教育类图书的影响形成了自己明确的教育思想：极为重视孩子的阅读能力和兴趣的培养，业余时间则用钢琴和芭蕾舞等艺术教育填满，即使女儿后来已经对反复的钢琴练习生厌，他也以磨炼意志力的理由坚持要女儿考完所有的等级考。他密切关注女儿的学习状态，极力推动女儿在学校跳级。甚至为了女儿能生活在哈佛等名校的周围、以便将来更可能考取名校而试图举家迁往波士顿。巍立热情参与的童子军活动，则被他认

---

① 黄宗之、朱雪梅：《破茧》，人民文学出版社2009年版，第265页。

为是有碍学习的时间浪费。他反复对女儿的教导就是："人这一辈子教育是根本，有了好的教育就会有好的工作，有了好的工作就会有好的收入，有了好的收入才会有好的生活。"① 女儿考试得 95 分，他就问为什么不争取拿 98 分、100 分；拿了 A，就问为什么没有拿到 A ＋。为了有时间督促女儿的学习，他放弃了在大学里的研究工作，选择去薪水更多的制药公司。他为了追求事业成功来到美国，却在美国为了孩子的学习放弃了事业发展。在李欣宇的精心培养下，安妮塔在学习上一直都表现优异，被很多人夸为"天才"。但李欣宇并不满意，因为他总是拿朋友家更优秀的孩子来与女儿比较，使女儿感到很大的精神压力。为了保证安妮塔把所有精力都用在学习上，他使尽浑身解数阻止女儿参与学校的各种课外活动，剥夺她的各种爱好，导致父女之间冲突不断，关系日渐疏远。青春期的逆反和恋爱使得安妮塔成绩开始下降，李欣宇焦虑、愤怒，却无计可施。父女俩面对的不仅是代沟，还是中美两种文化的冲突。李欣宇动辄声称全家是为了女儿的前途才选择移民美国，而安妮塔却认为父亲眼睛里只有考试和分数，根本不考虑她的感受，她愤怒地抗议："既然你要按中国那一套来管我，当初就不应该把我带到美国来读书！"② 僵持许久之后，李欣宇在安妮塔的英语老师贝蒂、小学时的校长艾贝尔和自己公司的同事帕崔克的启发下，终于放下了中国式的"唯分数论"，而开始真正理解和接受美国教育体制对学生潜能的开发、对社会责任感的培养、对团队合作精神的培育。而巍立成功转学哈佛大学的经历和一向被他视为全优生的朱利娅未能入读常青藤名校的实例更是深深触动了他，使他开始反思自己的教育理念，尊重女儿的自由选择。最后，安妮塔虽然未能像他期望的那样考入哈佛大学，而是选择了加州大学洛杉矶分校，但是女儿对自己的专业和未来都有了明确的规划。

　　安妮塔和巍立都是所谓"一代半"移民，安妮塔到美国才五岁，巍立也不过十岁。他们的成长都没有完全按照父母期望的方式，各自经历了不同的曲折。在他们破茧成蝶的过程中，家长的中国教育观念

---

① 黄宗之、朱雪梅：《破茧》，人民文学出版社 2009 年版，第 99 页。
② 黄宗之、朱雪梅：《破茧》，人民文学出版社 2009 年版，第 303 页。

和美国的学校教育方式存在着激烈的冲突和磨合。中国文化中的道德评价、人格塑造方式与美国个体主义文化背景既有排斥又有契合的复杂互动，是发人深思的。李欣宇在体味过陪伴女儿成长的酸甜苦辣之后，才最终领悟到："给孩子一个健全的人格和健康的人生，让他们有正确的人生态度和明确的生活目标，才是我们教育的真正目的。"①

2018 年，黄宗之、朱雪梅夫妇又推出了长篇小说《藤校逐梦》，再度聚焦教育问题。与《破茧》着力于中学教育不同，《藤校逐梦》关注的是大学教育中的方向选择问题，也可以说是对《破茧》中所关注的教育问题的一个后续拓展。

随着中国经济实力的与日俱争，普通中国人的触角正越来越多地缠绕进全球化网络中，赴外留学人数屡攀新高，中国已经成为世界第一大留学生输出国。如此庞大的留学人潮，自然会衍生出丰富生动的悲欢离合故事。美国作为中国学生赴外留学的一个主要目的国，是一个观察留学生活的绝佳窗口，而从形形色色的留学生身上所发生的故事中又折射着中国当下教育模式的问题所在。因此，《藤校逐梦》的叙事追求是富有意味的。新移民文学在发轫之初，曾被称为"留学生文学"，因此有大量作品是出自留学者本人的笔下。不过，这些作品的故事情节尽管多变，视角却是一致的。这使得读者对留学生活的理解较为单一。而近年来，随着留学生的低龄化渐成趋势，从外部视角聚焦留学生活，思考留学教育、乃至教育本身的意义成为新移民文学的一个更重要的书写角度。因此，《藤校逐梦》可以说是华人新移民文学在新世纪以来砥砺前行的一个清晰足印。而小说中几个家庭在追逐"名校梦"中所感受的痛苦和迷惘，是极具共鸣性的。

小说通过几个华人家庭中的子女求学问题，引发的是读者对于教育真义的思考。文森属于低龄留学群体，中学时代就被父母送到美国，虽如愿考上名校却因自身的学习能力和心理承受能力不足而迭受打击，于是逃学、吸毒、自我放弃，终被哥伦比亚大学开除。如果不是自杀之前偶遇流浪汉约翰，获得精神上的帮助，金门大桥上又会记录一桩人生悲剧。他历经波折，重回哥大，修正了人生的方向，也挽

---

① 黄宗之、朱雪梅：《破茧》，人民文学出版社 2009 年版，第 346 页。

回了女友琳达的爱。苏珊是从国内到美国一路名校读下来的，收入丰厚，社会地位优越，可以说是光环灿烂。但不当的家庭养育养成的只是一个精致的利己主义者，冷漠而自私，不仅没有给予父母和亲人多少回报，自己也从未体味到生活的美好。仅仅是由于一点婚恋波折，就服药自杀。一大摞的名校证书，只能是凄凉的陪葬品。留给父母和亲人的只有思念和悔恨。琳达出生在美国，但被母亲的名校情结以及对人生的功利主义考量所裹挟，不得不与父母签下合约，入读名校的无趣专业。但她经历几年的成长后，终于确认人生的真义所在，宁愿背负沉重的贷款也要重修喜爱的电影专业。经过不懈的努力，最终获得了全美大学生奥斯卡影视大赛的最佳原创剧本奖。而她获奖的短片就是以文森的故事为蓝本的。这一情节，富有深意，引人深思。几个名校生求学和生活之路上的种种波折和痛苦，都是与各自家庭的教育理念和人生观相生相伴的。文森的父母送儿子到美国求学，为的是将来儿子能有丰厚的收入和可堪炫耀的社会地位；苏珊的父母溺爱女儿、努力供养她读名校，也是因为女儿让他们脸面有光，而对于学业平平的大女儿朱莉娅则漠不关心；琳达的母亲自己没有实现名校梦，就拼命在儿女身上补偿，软硬兼施地威逼女儿去读名校，为此负债累累，心力交瘁，夫妻关系、母女关系都陷于紧张之中。这份紧张甚至险些导致丈夫刘韬滑入受贿的泥淖。这些父母为了子女的教育可谓备尝心酸，不仅在经济上竭尽全力、甚至不惜负债累累，精神上也始终为儿女紧张焦虑，没有自我、没有梦想。"名校梦"的背后，乃是两代人的累累痛楚。炫目的"名校"光环之下，尽皆虚荣与功利、迷惘与痛苦。

　　刘韬最后辞去国内的大学副校长职务，回到美国，与家人共同面对家庭的经济困难。他放下了知识分子的身段，挣脱了"名校光环"的虚荣负担，在建筑工地上与一些过去从不会交往的草根工人一起从事着蓝领工作。在拼命追逐"名校梦"的功利主义者看来，这些底层工人是典型的"loser"，没有财富和地位加持的人生何谈幸福呢？然而，正是在这些收入不高、从不谈论"名校"和"成功"的草根工人中，刘韬却看到了真正发自内心的明朗笑容。那些为了帮助贫困家庭而自愿在廉价限售房屋的建设工地上努力工作的义工们，更使刘韬进一步思考人生的价值，他们脸上纯净平和的笑容诠释了"幸福"的真正内涵。

　　这部小说揭示的问题是今天在每个中国家庭以及海外华人家庭中都无法回避的，那就是我们如何做父母，我们要给孩子什么样的教育。中国式父母之爱的表达，有两个很重要的关键词："权威"和"牺牲"。在儒家文化"尊卑有序"的伦理框架中，"父母之命"曾经是许多儿女的可怕梦魇。他们在这个沉重的"命"之压迫下，常常要放弃爱情、放弃梦想，不等飞翔翅膀就折断了，最终飞翔的功能也退化了。时代的发展，迫使"父母之命"换了新的呈现方式，那就是通过预先的"牺牲"来实现自己的"权威"。这种以辛苦和放弃为主调的巨大"牺牲"，制造出浓浓的"心酸"感，使得大多数孩子的成长历程都伴随着一份沉重。他们始终背负着双份的人生期许，永远亏欠着父母一份恩情。而做父母的，因为有了这份巨大"投入"，便自认为拥有了干预儿女生活选择的权力——虽然这份投入是未经儿女同意就自行决定的。这使得中国式的亲情中往往裹挟了太多"爱"之外的元素，它隐含着投资回报、精神控制和人身依赖等等不属于爱的东西。早在1911年，鲁迅在《我们现在怎样做父亲》中就言辞激烈地批判过封建家庭教育中的"恩威"思想。然而百年过去，今天的许多父母仍然不愿松开这根爱之绳索，给孩子和自己一份自由。《藤校逐梦》通过几个名校生的人生悲喜剧，更是清楚地告诉我们：对精致的利己主义者和心理脆弱的自我中心主义者的培养是从家庭中开始的。当一个人的教育在初始就已经走上歧途时，即使最终闯入世界级名校，也未必能够获得人生的圆满。这中间的扭转需要痛苦的精神挣扎。

　　华人新移民文学在新世纪以来的发展呈现出的一个很重要的趋势就是在书写中更擅长展示中产阶级生活图景和表达中产阶级的心声，其文化表述、文化姿态等都彰显着自身的阶层特性。按照法国著名思想家布尔迪厄的观点：人们在日常消费中的文化实践，从饮食、服饰、身体直至音乐、绘画、文学等的鉴赏趣味，都表现和证明了行动者在社会中所处的位置和等级。虽然如同中国当代文学一样，在华人移民文学中，也存在着一部分作品，无关现实的痛痒，麻木地向读者推销模式化的伪浪漫故事，充斥着金钱、情欲的纠葛，以及消费社会的各种欲望符码，缺少对人类生存意义的探寻，更没有对民族、种族发展路径和前途的思考。这些作品代表着通常意义上的、被批判的中产阶级审美趣味和精神向度。但是，这类创作在华人移民文学中并非主流。相反，尽管中产阶级在西方社会中是地道的"大众"和"社会主流"，但华人移民中产阶级群体由于较为深厚的知识分子背景，事实上始终具有一定的精英意识。他们的写作中更加重视对个体精神世界的挖掘和探寻，也更关注周遭世界的复杂运行逻辑，乐于参悟一切社会关系和人际纠葛背后的文化脉络，在社会批判和自我反思中建构叙事空间。因此，这种中产阶级话语具有其不能抹杀的精神冲击力。

# 结　语


　　新移民文学的发生是新移民群体对自己跨域生活经验的表达，他们的创作"既有群体趋同性，更有内部差异性"①，这使得新移民文学的面貌极为复杂，也因此对新移民文学的各种特质、趋势和发展阶段的概括可能都有不可避免的片面性。譬如，研究者阐释新移民文学时常常会以乡愁、漂泊等作为内涵上的标签，对于移民文学而言，这通常是比较突出的文字底色。早期的华人移民由于历史、政治的原因而追求落叶归根，于是，在他们生活在异域的大部分时间里，身体安置在异国，灵魂却始终不曾落地，而是处在随时起身携带身体回归故国的预备状态。这使得相关的文学表述格外强调乡愁与漂泊。这种表征不仅在 19 世纪中叶到 20 世纪前期的华人移民文学中存在，而且在以白先勇、於梨华等为代表的"台湾留学生文学"中也是色彩浓烈的存在。但在新移民文学中，虽有许多文本、尤其是以新移民初抵异国的打工求生为主题的作品中弥漫着乡愁和漂泊感，但更多作品的叙述立场是推崇落地生根的，新移民视移居国为"继母"或者"养父"，努力成为所在国的模范族裔，努力融入所在国的文化，并使自己的子女成为主流社会的中坚力量。因此，乡愁和漂泊感总体上是不断淡化的。在新世纪、特别是近十年以来，伴随着互联网的蓬勃发展，地球村日益成为现实，曾经由于空间分隔、通讯不便而被阻隔开来的世界各地的华人移民，在互联网上逐渐聚集，形成了虚拟空间中的各类社群。高度发达的通讯，早已将地球两端连接得近乎无缝接合。在这种

---

① 黄万华：《"出走"与"走出"：百年海外华文文学的历史进程》，《中山大学学报》2019 年第 1 期。

时代氛围中，如果说乡愁和漂泊感是新移民群体的共同精神属性，恐怕是值得质疑的。尤其中青年作家，很多是最近十年之内移居他国的，他们是互联网改变世界的最直接受益者，而且由于持续性的经济高速增长，中国与发达国家之间的经济差距已经大大缩小，中国在世界舞台上的话语权也越来越强，这都使得他们在移民之初已经具有了更多的经济与文化自信，对于族裔文化与所在国的主流文化之间的共处有了更为通达的心态。但是，也不能否认，依然会有一部分人在体味着乡愁与漂泊感。因为作家个体的生活方式是千差万别的，既有很多"海归"或"海鸥"呈现跨国生存状态，也有人身体"落地生根"在移居国，但精神通过微信、微博等社交工具深度间入中国当下现实生活，有可能"身在国家领土边界之外，却在想象的民族边界之内"①，当然也还会有一部分人维持双向疏离状态，他们与所在国文化保持一定的距离，他们认知中的故国也凝固在离开的时刻。对后者而言，乡愁与漂泊感也许是永远的个体情感。因此，漂泊与乡愁的标签，对新移民作家而言是需要审慎地个体化区分的。所以，本研究中观察到的新移民小说主题嬗变的发生或许不是源于内生性的、必然的循序渐进，不是绝对的阶段性变化，而是由创作者的现实生活状态而促发的。这些新的特质并不会覆盖、取代或超越之前的文学主题。尤其对于华文写作而言，几乎永远是第一代移民在创作，必然始终存在着一些由迁徙而产生的相似情绪，也就必然始终在生产一些对这些情绪进行具象化表达的作品，那也就很难摆脱一些常规的书写模式。

　　新移民作家在异域空间中书写，我们作为隔离在那个空间之外的研究者，最关注的是新移民群体如何立体地呈现自己的行进历史，如何为自己的异域生存和发展作证，如何传达移民群体的生活况味，如何多维度呈现移民生活的粗糙和丰满，如何捕捉移民群体中芜杂而又生机勃勃的追梦之音，从而为华人/华文文学提供新的文学经验。这是新移民文学立身之所在，也是研究者研究的价值之所在。因此，在书写的主题与叙事的风貌上，新移民文学必然应具有其独有的特质，

----

①　吴前进：《跨国主义的移民研究——欧美学者的观点和贡献》，《华侨华人历史研究》2017 年第 4 期。

这是除了作者身份之外，我们判断、界定新移民文学的依据。但是，
在研究过程中，笔者也时常产生许多困惑与犹疑。我们所认定的这些
特质是否经得起推敲呢？以几篇近年阅读过的小说来说，它们在作品
主题与叙事风貌上几乎与新移民文学别无二致。譬如南翔的《洛杉矶
的蓝花楹》、於可训的《移民监》、唐颖的《上东城晚宴》，都是在美
国发生的华人故事。《洛杉矶的蓝花楹》是中国访问学者与洛杉矶当
地的货车司机之间的爱情故事和文化碰撞。《移民监》是随子女移居
国外的老年华人移民在美国生活的精神不适与观念解放。《上东城晚
宴》虽然本质上是一场都市中的情爱迷失，但通过短暂旅居在纽约的
上海剧作家里约的视角所展开的纽约华人艺术家群体的生存百态却是
刻画得入木三分，同时随着里约在纽约的漫游，将纽约的咖啡馆文化
以及纽约这个世界艺术之都所特有的多族裔艺术家汇聚在一起而氤氲
出的自由、颓废和挣扎的迷离气息营造得极为精彩。这种传神和精
彩，我们甚至很少在真正的新移民小说中读到。从这几篇作品来看，
如果具备一些国外生活的基本经验，那么国内作家创作的风貌类似、
甚至更具水准的海外华人题材小说在描摹华人移民的生活质感上是毫
不逊色的。南翔与於可训都是教授作家，多年的文学研究赋予了他们
足够开阔的文学视野，南翔早前就已有《东半球·西半球》涉及移民
题材。唐颖向来被视为当代都市小说的重要作者，但通过她的非虚构
作品《与孩子一起留学》来看，她其实是在中国生活的“美国绿卡
持有者”，或许可以算是一类特殊的跨国华人。与一般的华人移民在
定居多年后“海归”的历程不同，她虽然早已拥有美国绿卡，但在陪
同孩子留学之前，家庭生活并没有发生根本变化，一直定居在中国。
《与孩子一起留学》所描写的正是她作为陪读家长与儿子一起面对
“文化休克”的过程。但是，唐颖之前从未被视为新移民作家。如何
界定其身份和创作，是一个令人有些困惑的问题。

　　在这种对照下，新移民作家如何体现出自己独特的叙事立场呢？
新移民小说作为中国当代小说的特殊局部的特质又该如何界定呢？这
些都是非常值得思考的。不过，新移民文学仍处在变化发展过程之
中，具有多种的生长可能。因此，这一疑问也许可以暂且搁置，留待
观察更好。随着大批的新移民成为“跨国华人”，他们的跨域经验一

定会更加丰富，移民可能只是他们"跨越国界流动的人生轨迹中的某一个停留点"。因为"跨国迁移可以是多次的、循环的和反复的"①。在循环往复的迁移中，移民的多次文化冲突和对世界、对人性的探寻都应该会形成更多、更新鲜的经验，进入新移民文学的书写领域。所以，跨国华人群体的扩大，使得新移民文学所赖以生长的土壤也将发生变化，新移民文学或许不会再是当初异域时空下寂寞而热忱的文字怀乡，而是在连通着多国时空的"第三文化"空间中纵横捭阖的现代舞蹈。

但同时，我们也需冷静地看到，跨国主义是一个过程，既包括移民保持跨国联系的过程，也包括移民游离于母国的过程。跨国华人在构建"第三文化"空间时如果缺乏清醒的自我意识和开阔的精神境界，那么所谓"对两个国家、两种文化的同步嵌入"也可能只是表层的，是虚浮无根的，而双向疏离却会加深。譬如新移民文学中的中国书写多呈回溯式，对中国当下现实生活的表现不仅数量少且较为浮泛，多是撷取了社会新闻中的片段敷衍而成。在这些片段背后真实的社会生活，作者其实缺乏感同身受的理解，一般是通过采访、采风等短暂的了解作为现实支撑。有些作品虽有大量篇幅是以当下中国为背景的，但笔墨更集中于个人之间的情感纠结而非中国的烟火人生，有隔窗看景的视野局限。因此，在作品的写作过程中，作者不自觉地还是会回到自己固定的精神理路上，并不是对现实真正的介入式观察。正如评论家张定浩所说："这些案例和事件其实只是大海表面的泡沫和漂浮物，它们的壮观、疯狂和奇异，是由宁静深沉的海洋作为底子的，一旦这些泡沫和漂浮物被单独打捞出来，放在堪供展览的瓶子里，虽可吸引观光客的注意，但假如他们就此谈论起大海，渔夫和水手是都会报以轻笑的。"② 另一方面，新移民作家对所在国的介入式观察和文化关切虽有很大推进，但也尚有局限。虽然新移民文学是所在国的族裔文学，以族群的自我表达为主要的叙事追求，但作为移居者，理解所在国本土居民的思想脉络、族裔冲突，关注人类的共同命

---

① 郭世宝：《从国际移民到跨国离散：基于北京的加拿大华人研究的"双重离散"理论建构》，《华侨华人历史研究》2017 年第 3 期。

② 张定浩：《职业和业余的小说家》，山东文艺出版社 2017 年版，第 204 页。

运、共同的情感诉求与共同的精神创伤也应是新移民作家写作的价值旨归。以"9·11"事件来说，是一个巨大的群体性创伤事件，但在美国华人移民作家的笔下极少得到深刻的展现，他们在作品中涉及这一事件时，通常的关联方式是设置一个情人、伴侣或朋友，用他/她死于"9·11"来完成主人公的一次情感历程，或者将作品中的某个人物死于"9·11"作为主人公人生选择发生重大改变的契机。在新移民文学中，不曾产生一部类乎《特别响，非常近》这种深刻表达"9·11"创伤体验的作品。这是部分新移民作家在一定程度上疏离于所在国现实生活的一个折射。

这种在一定范围内存在的双向疏离、双面滑脱的状态提示我们，跨国华人构建"第三文化"的过程是复杂的，是朝向多种可能性的，从目前新移民文学的发展现状来看，与社会学家、移民史研究学者从政治、经济领域中得到的观察未必完全一致。如何认知和理解跨国主义时代的新移民文学仍是需要持续追踪和思考的课题，本研究只能是一己之管见，尚无法全面把握新世纪以来新移民小说的全貌，期待同行专家明以教我。

# 附　录

新世纪以来出版的部分新移民小说（限中文版，以作者姓名首字母排序）

## A

阿心（捷克）：《爱按门铃的劳尤什太太》（河南文艺出版社 2019 年版）。

安苇（美国）：《拉斯维加斯的中国女人》（中国对外翻译出版公司 2006 年版）；
《拉斯维加斯的中国女人：欲望城市》（中国对外翻译出版公司 2007 年版）。

## B

毕熙燕（澳大利亚）：《天生作妾》（上海文艺出版社 2003 年版）。

## C

陈谦（美国）：《覆水》（广西人民出版社 2004 年版）；
《爱在无爱的硅谷》（上海文艺出版社 2004 年版）；
《望断南飞雁》（新星出版社 2010 年版）；
《谁是眉立》（鹭江出版社 2016 年版）；
《无穷镜》（江苏凤凰文艺出版社 2016 年版）；
《特蕾莎的流氓犯》（上海文艺出版社 2017 年版）；
《我是欧文太太》（太白文艺出版社 2017 年版）；
《哈蜜的废墟》（广西师范大学出版社 2020 年版）。

陈河（加拿大）：《沙捞越战事》（作家出版社 2010 年版）；
《布偶》（北京十月文艺出版社 2011 年版）；
《黑白电影里的城市》（花城出版社 2011 年版）；

《红白黑》（作家出版社 2012 年版）；

《在暗夜中欢笑》（上海文艺出版社 2013 年版）；

《米罗山营地》（天津人民出版社 2013 年版）；

《女孩和三文鱼》（作家出版社 2014 年版）；

《甲骨时光》（北京十月文艺出版社 2016 年版）；

《去斯可比之路》（作家出版社 2016 年版）；

《外苏河之战》（人民文学出版社 2018 年版）；

《义乌之囚》（北京十月文艺出版社 2018 年版）。

陈永和（日本）：《一九七九年纪事》（《收获·长篇专号》2015 秋冬卷年版）；

《光禄坊三号》（江苏凤凰文艺出版社 2018 年版）。

陈九（美国）：《挫指柔》（作家出版社 2016 年版）；

《卡达菲魔箱》（作家出版社 2019 年版）。

陈思进、雪城小玲（加拿大）：《闯荡北美》（现代教育出版社 2007 年版）；

《绝情华尔街》（北京大学出版社 2009 年版）；

《心机》（安徽人民出版社 2014 年版）。

曹桂林（美国）：《纽约人在北京》（人民文学出版社 2014 年版）。

常琳（加拿大）：《雪后多伦多》（中国华侨出版社 2000 年版）；

《迷失在多伦多》（中国文联出版社 2006 年版）；

《北京青年》（中国华侨出版社 2012 年版）。

陈友敏（美国）：《鹭岛博士》（花城出版社 2001 年版）；

《纽约女孩》（花城出版社 2005 年版）。

## D

戴思杰（法国）：《巴尔扎克与中国小裁缝》（北京十月文艺出版社 2003 年版）；

《无月之夜》（北京十月文艺出版社 2011 年版）。

戴舫（美国）：《猎熊之什》（华东师范大学出版社 2009 年版）。

董晶（美国）：《七瓣丁香》（上海远东出版社 2015 年版）。

大陆（澳大利亚）：《悉尼的中国男人》（湖北人民出版社 2006 年版）。

丹娃（美国）：《穿梭魔域》（作家出版社 2004 年版）。

## E

二湘《美国》：《狂流》（北京十月文艺出版社 2017 年版）；

《暗涌》（北京十月文艺出版社 2019 年版）。

恩丽（德国）：《永远的漂泊》（布拉格文艺书局，2017 年版）。

《上海王》（长江文艺出版社 2003 年版）；

《绿袖子》（上海文艺出版社 2004 年版）；

《上海之死》（山东文艺出版社 2005 年版）；

《鹤止步》（山东文艺出版社 2005 年版）；

《康乃馨俱乐部》（江苏文艺出版社 2005 年版）；

《上海魔术师》（上海人民出版社 2006 年版）；

《好儿女花》（江苏人民出版社 2009 年版）；

《罗马》（重庆出版社 2019 年版）。

黄宗之、朱雪梅（美国）：《阳光西海岸》（百花文艺出版社 2001 年版）；

《未遂的疯狂》（百花文艺出版社 2004 年版）；

《破茧》（人民文学出版社 2009 年版）；

《平静生活》（百花文艺出版社 2014 年版）；

《藤校逐梦》（作家出版社 2018 年版）；

《幸福事件》（广西师范大学出版社 2020 年版）。

黄鹤峰（美国）：《西雅图酋长的谶语》（九州出版社 2013 年版）。

黑孩（日本）：《樱花情人》（百花文艺出版社 2012 年版）；

《惠比寿花园广场》（上海文艺出版社 2020 年版）。

海云（美国）：《冰雹》（九州出版社 2012 年版）；

《与西风共舞》（九州出版社 2012 年版）；

《金陵公子》（四川人民出版社 2017 年版）。

海娆（德国）：《远嫁》（署名蕙，人民文学出版社 2002 年版）；

《台湾情人》（重庆出版社 2004 年版）；

《早安，重庆》（重庆出版社 2012 年版）。

哈若英（美国）：《男人的泪》（上海文艺出版社 2001 年版）；

《曼哈顿的中国村》（署名婴子，宁夏人民出版社 2006 年版）。

哈南（日本）：《北海道》（作家出版社 2015 年版）；

《猫红》（海峡书局，2018 年版）。

洪梅（美国）：《梦在海那边》（中国青年出版社 2012 年版）。

## J

江岚（加拿大）：《合欢牡丹》（鹭江出版社 2016 年版）。

## K

抗凝（澳大利亚）：《金融危机 600 日》（花城出版社 2012 年版）。

# L

李彦（加拿大）：《嫁得西风》（文化艺术出版社 2000 年版）；

　　　　　　　　《羊群》（上海人民出版社 2008 年版）；

　　　　　　　　《红浮萍》（作家出版社 2010 年版）；

　　　　　　　　《海底》（人民文学出版社 2013 年版）；

　　　　　　　　《吕梁箫声》（商务印书馆国际有限公司 2015 年版）；

　　　　　　　　《尺素天涯：白求恩最后的情书及其他》（商务印书馆国际有限

　　　　　　　　公司 2015 年版）；

　　　　　　　　《不远万里》（上海文艺出版社 2018 年版）。

李凤群（美国）：《大风》（北京十月文艺出版社 2016 年版）；

　　　　　　　　《大野》（北京十月文艺出版社 2019 年版）。

李小牧（日本）：《歌舞伎町案内人》（中国友谊出版公司 2005 年版）。

林湄（荷兰）：《天望》（长江文艺出版社 2005 年版）；

　　　　　　　《天外》（新世界出版社 2014 年版）。

柳营（美国）：《姐姐》（北京十月文艺出版社 2019 年版）。

老木（捷克）：《新生》（布拉格查理书局出版社 2016 年版）；

　　　　　　　《义人》（布拉格文艺书局，2018 年版）。

凌之（澳大利亚）：《海鸥南飞》（中国文联出版社 2004 年版）；

　　　　　　　　　《半壁家园》（蓝山书坊，2013 年版）。

凌岚（美国）：《离岸流》（广西师范大学出版社 2020 年版）。

刘索拉（美国）：《女贞汤》（海峡文艺出版社 2003 年版）；

　　　　　　　　《迷恋·咒》（作家出版社 2011 年版）。

林涧（美国）：《一号汽车：旧上海的故事》（［美国］双语学院出版社 2018

　　　　　　年版）。

刘澳（澳大利亚）：《澳洲黄金梦》（群众出版社 2004 年版）；

　　　　　　　　　《网上新娘》（作家出版社 2011 年版）。

刘维隽（新西兰）：《荒漠玫瑰——我的人生故事》（中国工人出版社 2007

　　　　　　　　年版）。

刘加蓉（美国）：《幸福鸟》（新疆美术摄影出版社 2007 年版）；

　　　　　　　　《洛杉矶的中国女人》（新疆人民出版社 2009 年版）。

刘瑛（德国）：《不一样的太阳》（鹭江出版社 2016 年版）。

刘宇昆（美国）：《杀敌算法》（四川科技出版社 2015 年版）；

　　　　　　　　《奇点移民》（中信出版社 2017 年版）。

刘茜（美国）：《筑梦洛杉矶》（海天出版社 2009 年版）。

吕红（美国）：《美国情人》（中国华侨出版社 2006 年版）；

　　　　　　　《午夜兰桂坊》（长江文艺出版社 2010 年版）。

卢新华（美国）：《紫禁女》（长江文艺出版社 2004 年版）；

　　　　　　　　《伤魂》（上海文艺出版社 2013 年版）。

鲁鸣（美国）：《背道而驰》（中国社会出版社 2005 年版）。

陆秋槎（日本）：《元年春之祭》（新星出版社 2016 年版）；

　　　　　　　　《当且仅当雪是白的》（新星出版社 2017 年版）；

　　　　　　　　《樱草忌》（新星出版社 2018 年版）；

　　　　　　　　《文学少女对数学少女》（新星出版社 2019 年版）。

## M

牧童歌谣（美国）：《北美枫情》（新华出版社 2018 年版）。

穆紫荆（德国）：《情事》（布拉格文艺书局，2018 年版）；

　　　　　　　　《活在纳粹之后》（布拉格文艺书局，2019 年版）。

孟悟（美国）：《乔治亚往事》（美国轻舟出版社 2005 年版）；

　　　　　　　《逃离华尔街》（河南文艺出版社 2011 年版）；

　　　　　　　《拐点》（贵州人民出版社 2012 年版）；

　　　　　　　《雾城》（九州出版社 2013 年版）；

　　　　　　　《彼岸紫薇》（九州出版社 2014 年版）；

　　　　　　　《橡树下的诱惑》（贵州人民出版社 2017 年版）。

木愉（美国）：《夜色袭来》（四川文艺出版社 2002 年版）；

　　　　　　　《黑白美国》（九州出版社 2012 年版）。

木心（美国）：《爱默生家的恶客》（广西师范大学出版社 2009 年版）；

　　　　　　　《温莎墓园日记》（广西师范大学出版社 2013 年版）。

米娜（新西兰）：《永久居留权》（中国对外翻译出版公司 2006 年版）。

## N

倪湛舸（美国）：《异旅人》（上海文艺出版社 2018 年版）。

南希（美国）：《娥眉月》（作家出版社 2017 年版）；

　　　　　　　《足尖旋转》（河南文艺出版社 2019 年版）。

倪娜（德国）：《一步之遥》（纽约商务出版社 2017 年版）。

## O

欧阳昱（澳大利亚）：《淘金地》（江苏文艺出版社 2014 年版）。

欧阳海燕（法国）：《巴黎，一张行走的床》（春风文艺出版社 2005 年版）；

　　　　　　　　　《假如巴黎相信爱情》（中国电影出版社 2014 年版）。

## Q

裘小龙（美国）：《红英之死》（上海文艺出版社 2003 年版）；

　　　　　　　《石库门骊歌》（上海文艺出版社 2005 年版）；

　　　　　　　《外滩花园》（上海文艺出版社 2005 年版）；

　　　　　　　《红尘岁月》（香港中文大学出版社 2008 年版）；

　　　　　　　《红旗袍》（新星出版社 2012 年版）。

秋尘（美国）：《时差》（中国文联出版社 2004 年版）；

　　　　　　《九味归一》（《钟山·长篇小说》2004 年版 A 卷）；

　　　　　　《盲点》（《钟山·长篇小说》2005 年版 A 卷）；

　　　　　　《青青子衿》（《当代·长篇小说选刊》2018 年第 5 期）。

秦无衣（美国）：《女人三十不愁嫁》（中国文联出版社 2005 年版）；

　　　　　　　《黑卡》（《收获·长篇专号》2008 春夏卷年版）；

　　　　　　　《血茶》（上海文艺出版社 2010 年版）。

虔谦（美国）：《玲玲玉声》（鹭江出版社 2017 年版）。

乔乔（美国）：《我在纽约十八年》（人民文学出版社 2003 年版）。

## R

融融（美国）：《素素的美国恋情》（中国青年出版社 2002 年版）；

　　　　　《夫妻笔记》（世界知识出版社 2005 年版）；

　　　　　《爱情忏悔录》（秀威资讯科技股份有限公司 2018 年版）。

## S

沙石（美国）：《玻璃房子》（河北教育出版社 2009 年版）；

　　　　　《情徒——一个中国人的美国故事》 （大众文艺出版社 2012 年版）。

少君（美国）：《少年偷渡犯》（中国青年出版社 2002 年版）；

　　　　　《人生自白》（江苏文艺出版社 2003 年版）。

山飒（法国）：《围棋少女》（春风文艺出版社 2002 年版）；

　　　　　《柳的四生》（上海书店 2011 年版）；

　　　　　《裸琴》（人民文学出版社 2015 年版）。

沈宁（美国）：《百世门风》（中国青年出版社 2007 年版）；

　　　　　　《泪血尘烟》（成都时代出版社 2006 年版）；

　　　　　　《刀口上的家族》（新星出版社 2008 年版）；

　　　　　　《牢记》（江苏凤凰文艺出版社 2015 年版）；

　　　　　　《别基小姐》（江苏凤凰文艺出版社 2016 年版）。

施玮（美国）：《放逐伊甸》（中国电影出版社 2007 年版）；

　　　　　　《红墙白玉兰》（中国广播电视出版社 2008 年版）；

　　　　　　《世家美眷》（九州出版社 2013 年版）；

　　　　　　《叛教者》（美国南方出版社 2016 年版）；

　　　　　　《日食·风动》（鹭江出版社 2017 年版）；

　　　　　　《故国宫卷》（花城出版社 2019 年版）。

施雨（美国）：《纽约情人》（百花文艺出版社 2004 年版）；

　　　　　　《上海海归》（文汇出版社 2010 年版）；

　　　　　　《下城急诊室》（中国华侨出版社 2011 年版）；

　　　　　　《刀锋下的盲点》（中国华侨出版社 2011 年版）。

石小克（美国）：《美国公民》（中国戏剧出版社 2001 年版）；

　　　　　　　《基因之战》（昆仑出版社 2002 年版）。

苏炜（美国）：《迷谷》（作家出版社 2006 年版）；

　　　　　　《米调》（花城出版社 2007 年版）；

　　　　　　《磨坊的故事》（美国南方出版社 2016 年版）。

苏立群（英国）：《混血亚当》（作家出版社 2003 年版）。

孙博（加拿大）：《男人三十》（文化艺术出版社 2000 年版）；

　　　　　　　《茶花泪——一个跨国风尘女的心灵跋涉》（中国青年出版社
　　　　　　　2001 年版）；

　　　　　　　《回流》（中国青年出版社 2002 年版）；

　　　　　　　《小留学生泪洒异国》（群众出版社 2004 年版）；

　　　　　　　《中国芯》（与曾晓文合著）（百花洲文艺出版社 2019 年版）。

树明（美国）：《寂寞彼岸》（江苏文艺出版社 2001 年版）；

　　　　　　《暗痛——两个中国男人在美国》（江苏文艺出版社 2001 年版）；

　　　　　　《好莱坞的中国女人》（江苏文艺出版社 2001 年版）；

　　　　　　《邪舞》（江苏文艺出版社 2002 年版）；

　　　　　　《漩涡》（江苏文艺出版社 2003 年版）。

孙康青（美国）：《解码游戏》（北京十月文艺出版社 2018 年版）。

沈理然（美国）：《长岛火车》（中国工人出版社 2002 年版）。

沈志敏（澳大利亚）:《动感宝藏》（上海人民出版社 2006 年版）。

邵薇（美国）:《文化鸟——在纽约寻找我》（光明日报出版社 2000 年版）。

**T**

童峥（美国）:《生死纽约》（昆仑出版社 2005 年版）；

《威廉斯堡有雾》（昆仑出版社 2010 年版）。

**W**

文章（加拿大）:《情感危机》（作家出版社 2007 年版）；

《失贞》（九州出版社 2012 年版）；

《剩女茉莉》（青岛出版社 2015 年版）。

王瑞云（美国）:《戈登医生》（广西人民出版社 2004 年版）。

王芫（美国）:《路线图》（太白文艺出版社 2017 年版）。

王琰（美国）:《落日天涯》（上海文艺出版社 2006 年版）；

《归去来兮》（江苏文艺出版社 2009 年版）；

《我们不善于告别》（九州出版社 2012 年版）；

《双面佳人》（九州出版社 2012 年版）。

王蕤（美国）:《哈佛情人》（花山文艺出版社 2003 年版）。

王海伦（加拿大）:《枫叶为谁红》（鹭江出版社 2016 年版）。

邬红（美国）:《美国围城》（时事出版社 2000 年版）。

吴越（美国）:《最寒冷的冬天是旧金山的夏季》（人民文学出版社 2006 年版）；

《当时已惘然》（人民文学出版社 2007 年版）。

吴帆（美国）:《二月花》（花城出版社 2010 年版）。

吴民民（日本）:《世纪末的晚钟》（群众出版社 2003 年版）；

《海狼》（社会科学文献出版社 2019 年版）。

文惠（日本）:《背叛的诱惑》（上海人民出版社 2004 年版）。

韦敏（澳大利亚）:《巴黎爱情——底层华裔女性的爱与欲》（长江文艺出版社 2005 年版）。

为力（美国）:《天堂无需等待》（美国溪流出版社 2006 年版）。

**X**

薛忆沩（加拿大）:《通往天堂的最后那一段路程》（花城出版社 2009 年版）；

《不肯离去的海豚》（上海文艺出版社 2012 年版）；

《流动的房间》（上海文艺出版社 2013 年版）；

《出租车司机》（华东师范大学出版社 2013 年版）；

《首战告捷》（华东师范大学出版社 2013 年版）；

《空巢》（华东师范大学出版社 2014 年版）；

《十二月三十一日》（华东师范大学出版社 2015 年版）；

《希拉里、密和我》（华东师范大学出版社 2016 年版）；

《与狂风一起旅行》（生活·读书·新知三联书店，2016
年版）；

《深圳人》（华东师范大学出版社 2017 年版）；

《遗弃》（华东师范大学出版社 2017 年版）；

《"李尔王"与1979》（《作家》2020 年第 3、4、5 期）。

薛海翔（美国）：《长河逐日》（《收获·长篇专号》2019 年版夏卷）。

笑言（加拿大）：《没有影子的行走》（时代文艺出版社 2002 年版）；

《香火》（北方出版社 2008 年版）。

夏儿（澳大利亚）：《望鹤兰》（上海文艺出版社 2008 年版）。

谢凌洁（比利时）：《双桅船》（花城出版社 2017 年版）。

欣力（美国）：《纽约丽人》（作家出版社 2001 年版）。

瞎子（美国）：《无法悲伤》（安徽文艺出版社 2005 年版）；

《咒语》（花城出版社 2006 年版）。

小汗（美国）：《医生杜明》（作家出版社 2005 年版）；

《麒麟传》（人民文学出版社 2007 年版）；

《医生杜明之苏绣旗袍》（中国画报出版社 2010 年版）。

萧蔚（澳大利亚）：《澳洲的树熊，澳洲的人》（中国工人出版社 2001 年版）。

西楠（英国）：《纽卡斯尔·幻灭之前》（重庆大学出版社 2012 年版）。

# Y

严歌苓（美国）：《穗子物语》（广西师范大学出版社 2005 年版）；

《一个女人的史诗》（湖南文艺出版社 2006 年版）；

《金陵十三钗》（中国工人出版社 2007 年版）；

《第九个寡妇》（陕西师范大学出版社 2008 年版）；

《小姨多鹤》（作家出版社 2008 年版）；

《谁家有女初长成》（陕西师范大学出版社 2008 年版）；

《寄居者》（新星出版社 2009 年版）；

《吴川是个黄女孩》（陕西师范大学出版社 2009 年版）；

《赴宴者》（陕西师范大学出版社 2009 年版）；

《陆犯焉识》（作家出版社 2011 年版）；

《霜降》（陕西师范大学出版总社有限公司 2011 年版）；

《幸福来敲门》（花山文艺出版社 2011 年版）；

《补玉山居》（陕西师范大学出版总社有限公司 2012 年版）；

《毕业歌》（江苏文艺出版社 2013 年版）；

《妈阁是座城》（人民文学出版社 2014 年版）；

《老师好美》（天津人民出版社 2014 年版）；

《床畔》（长江文艺出版社 2015 年版）；

《舞男》（上海文艺出版社 2016 年版）；

《芳华》（人民文学出版社 2017 年版）；

《穗子的动物园》（人民文学出版社 2019 年版）。

严力（美国）：《母语的遭遇》（上海文艺出版社 2002 年版）；

《遭遇 9·11》（上海文艺出版社 2002 年版）。

袁劲梅（美国）：《月过女墙》（中国工人出版社 2004 年版）；

《忠臣逆子》（中国书籍出版社 2012 年版）；

《青门里志》（北京十月文艺出版社 2012 年版）；

《父亲到死，一步三回头》（长江文艺出版社 2013 年版）；

《疯狂的榛子》（北京十月文艺出版社 2016 年版）。

元山里子（日本）：《三代东瀛物语》（花城出版社 2017 年版）；

《我和他的东瀛物语》（花城出版社 2019 年版）。

原志（加拿大）：《不一样的天空：陪读十年纪事》（群众出版社 2003 年版）。

叶周（美国）：《美国爱情》（署名叶舟，江苏文艺出版社 2001 年版）。

《丁香公寓》（上海文艺出版社 2014 年版）。

叶莹（德国）：《德国婆婆中国妈》（南方日报出版社 2015 年版）。

亦夫（日本）：《无花果落地的声响》（人民文学出版社 2019 年版）。

裔锦声（美国）：《华尔街职场》（世界知识出版社 2003 年版）。

殷茵（美国）：《纽约的天空》（花城出版社 2002 年版）。

郁秀（美国）：《太阳鸟》（江苏文艺出版社 2000 年版）；

《美国旅店》（江苏文艺出版社 2004 年版）；

《不会游泳的鱼》（作家出版社 2006 年版）；

《少女玫瑰》（海天出版社 2015 年版）。

岳韬（荷兰）：《一夜之差》（花城出版社 2019 年版）。

应帆（美国）：《有女知秋》（长江文艺出版社 2003 年版）。

应晨（加拿大）：《再见，妈妈》（浙江文艺出版社 2002 年版）。

余泽民（匈牙利）：《匈牙利舞曲》（作家出版社 2006 年版）；

《狭窄的天光》（百花文艺出版社 2007 年版）；

《纸鱼缸》（江苏凤凰文艺出版社 2016 年版）。

余曦（加拿大）：《安大略湖畔》（作家出版社 2005 年版）。

于仁秋（美国）：《请客》（人民文学出版社 2007 年版）。

于疆（美国）：《苏北利亚》（花城出版社 2012 年版）。

尧尧（加拿大）：《你来我走——一个中国女人的移民日记》（新星出版社 2009
年版）。

# Z

查建英（美国）：《留美故事》（花山文艺出版社 2003 年版）。

张翎（加拿大）：《交错的彼岸》（百花文艺出版社 2001 年版）；

《邮购新娘》（作家出版社 2004 年版）；

《尘世》（广西人民出版社 2004 年版）；

《盲约》（花城出版社 2005 年版）；

《雁过藻溪》（成都时代出版社 2006 年版）；

《金山》（北京十月文艺出版社 2009 年版）；

《睡吧，芙洛，睡吧》（北京十月文艺出版社 2012 年版）；

《生命中最黑暗的夜晚》（九州出版社 2012 年版）；

《一个夏天的故事》（花城出版社 2013 年版）；

《唐山大地震》（花城出版社 2013 年版）；

《阵痛》（作家出版社 2014 年版）；

《流年物语》（北京十月文艺出版社 2016 年版）；

《劳燕》（人民文学出版社 2017 年版）；

《胭脂》（长江文艺出版社 2018 年版）；

《死着》（长江文艺出版社 2018 年版）；

《余震》（长江文艺出版社 2018 年版）。

曾晓文（加拿大）：《梦断得克萨斯》（百花文艺出版社 2006 年版）；

《白日飘行》（法律出版社 2010 年版）；

《夜还年轻》（法律出版社 2010 年版）；

《苏格兰短裙和三叶草》（九州出版社 2012 年版）；

《移民岁月》（百花洲文艺出版社 2013 年版）；

《爱不动了》（鹭江出版社 2016 年版）；

《重瓣女人花》（太白文艺出版社 2017 年版）；

《中国芯传奇》　（与孙博合著，百花洲文艺出版社 2019 年版）。

钟宜霖（英国）：《伦敦单身日记》（宁夏少年儿童出版社 2009 年版）；

《伦敦爱情故事》（北方妇女儿童出版社 2010 年版）；

《北京，北京》（上海文艺出版社 2013 年版）；

《唐人街：在伦敦的中国人》　（江苏凤凰文艺出版社 2015 年版）；

《在伦敦》（江苏凤凰文艺出版社 2018 年版）。

章平（比利时）：《红皮影》（澳大利亚原乡出版社 2006 年版）；

《天阴石》（澳大利亚原乡出版社 2006 年版）；

《桃源》（澳大利亚原乡出版社 2006 年版）；

《楼兰秘史》（新世界出版社 2010 年版）。

郑洪（美国）：《南京不哭》（译林出版社 2017 年版）。

张惠雯（美国）：《两次相遇》（上海文艺出版社 2013 年版）；

《一瞬的光线、色彩和阴影》　（北京十月文艺出版社 2015 年版）；

《在南方》（北京十月文艺出版社 2018 年版）。

张辛欣（美国）：《我的好莱坞大学》（花城出版社 2003 年版）；

《我 BOOK1》（北京十月文艺出版社 2011 年版）；

《我 BOOK2》（北京十月文艺出版社 2012 年版）；

《选择流落》（江苏文艺出版社 2016 年版）；

《IT84》（江苏凤凰文艺出版社 2018 年版）。

张朴（英国）：《轻轻地，我走了》（作家出版社 2003 年版）。

张琴（西班牙）：《地中海的梦》（国宝印社，2000 年版）。

子鹏（美国）：《追赶西沉的太阳》（百花文艺出版社 2011 年版）。

# 参考文献

## 一 专著、论文集

阿莱达·阿斯曼：《记忆空间：文化记忆的形式和变迁》，潘璐译，北京大学出版社 2016 年版。

安东尼·吉登斯：《超越左与右———激进政治的未来》，李惠斌译，社会科学文献出版社 2009 年版。

安东尼·吉登斯：《现代性的后果》，田禾译，译林出版社 2000 年版。

安妮·怀特海德：《创伤小说》，李敏译，河南大学出版社 2011 年版。

巴赫金：《巴赫金全集》，晓河译，河北教育出版社 1998 年版。

巴赫金：《陀思妥耶夫斯基诗学问题》，生活·读书·新知三联书店 1988 年版。

陈晓明：《无法终结的现代性——中国文学的当代境遇》，北京大学出版社 2018 年版。

弗吉尼亚·伍尔芙：《伍尔芙随笔全集Ⅲ》，中国社会科学出版社 2001 年版。

哈拉尔德·韦尔策：《社会记忆：历史、回忆、传承》，季斌、王立君、白锡堃译，北京大学出版社 2007 年版。

哈罗德·伊罗生：《群氓之族——群体认同与政治变迁》，邓伯宸译，广西师范大学出版社 2008 年版。

泓峻：《文艺缀思录》，安徽文艺出版社 2015 年版。

胡适：《胡适谈世相》，文化艺术出版社 2012 年版。

黄子平：《"灰阑"中的叙述》，上海文艺出版社 2001 年版。

霍尔姆斯·罗尔斯顿：《环境伦理学》，杨通进译，中国社会科学出版社 2000 年版。

霍尔姆斯·罗尔斯顿：《哲学走向荒野》，刘耳等译，吉林人民出版社
　　2000 年版。

江少川：《海山苍苍——海外华裔作家访谈录》，九州出版社 2014
　　年版。

孔飞力：《他者中的华人》，李明欢译，江苏人民出版社 2016 年版。

李云雷：《新世纪"底层文学"与中国故事》，中山大学出版社 2014
　　年版。

利奥波德：《沙乡年鉴》，舒新译，北京理工大学出版社 2015 年版。

令狐萍：《亚裔美国人：历史与文化百科》，中国出版社集团世界图书
　　出版公司 2016 年版。

刘宏：《战后新加坡华人社会的嬗变：本土情怀、区域网络、全球视
　　野》，厦门大学出版社 2003 年版。

鲁迅：《鲁迅全集》第 3 卷，人民文学出版社 2005 年版。

米兰·昆德拉：《小说的艺术》，上海译文出版社 2004 年版。

莫里斯·哈布瓦赫：《论集体记忆》，毕然、郭金华译，上海人民出版
　　社 2002 年版。

塞姆·德累斯顿：《迫害、灭绝与文学》，何道宽译，花城出版社
　　2012 年版。

申丹：《叙述学与小说文体学研究》，北京大学出版社 2004 年版。

唐春敏、明瑛：《美国硅谷 60 女性经典》，中国妇女出版社 2009
　　年版。

唐纳德·沃斯特：《自然的经济体系：生态思想史》，侯文蕙译，商务
　　印书馆 1999 年版。

陶东风、周宪：《文化研究》（第 11 辑），社会科学文献出版社 2011
　　年版。

陶东风、周宪：《文化研究》（第 30 辑），社会科学文献出版社 2017
　　年版。

托多罗夫：《巴赫金、对话理论及其他》，蒋子华、张萍译，百花文艺
　　出版社 2001 年版。

王庚武：《天下华人》，广东人民出版社 2016 年版。

王诺：《欧美生态文学》，北京大学出版社 2003 年版。

西蒙娜·德·波伏瓦：《第二性》，上海译文出版社 2014 年版。

徐贲：《人以什么理由来记忆》，吉林出版集团有限责任公司 2009 年版。

张定浩：《职业和业余的小说家》，山东文艺出版社 2017 年版。

张秋：《中产阶级的审慎魅力》，江西教育出版社 2010 年版。

赵林：《西方文化概论》，高等教育出版社 2018 年版。

周宪、陶东风：《文化研究》（第 31 辑），社会科学文献出版社 2018 年版。

## 二　论文

曹惠民：《华人写作在日本》，《常州工学院学报》2007 年第 6 期。

潮龙起：《跨国华人研究的理论和实践——对海外跨国主义华人研究的评述》，《史学理论研究》2009 年第 1 期。

潮龙起：《移民史研究中的跨国主义理论》，《史学理论研究》2007 年第 3 期。

陈庆妃：《抵达之途——薛忆沩论》，《文艺争鸣》2014 年第 4 期。

陈庆妃：《通往"白求恩"的旅程——加拿大华文作家李彦的精神溯源》，《文艺报》2016 年 12 月 23 日第 5 版。

陈庆妃：《作为方法的"战争"——薛忆沩"战争"小说论》，《当代作家评论》2015 年第 4 期。

陈思和：《旅外华语文学之我见——兼答徐学清的商榷》，《中国比较文学》2016 年第 3 期。

陈思、季亚娅：《涉渡与回返——评〈人民文学〉"新海外华人专号"》，《文艺争鸣》2010 年第 2 期。

丁月牙：《论跨国主义及其理论贡献》，《民族研究》2012 年第 3 期。

丁月牙：《全球化时代移民回流研究理论模式述评》，《河北大学学报》2012 年第 1 期。

傅小平：《袁劲梅：文人对社会的责任在于"进谏"》，《文学报》2012 年 8 月 16 日第 3 版。

郭全照、布莉莉：《文学如何触摸历史——评〈金陵十三钗〉〈南京安魂曲〉中的大屠杀叙事》，《中南大学学报》2012 年第 4 期。

郭世宝：《从国际移民到跨国离散：基于北京的加拿大华人研究的"双重离散"理论建构》，《华侨华人历史研究》2017 年第 3 期。

何可人：《虎兕出于柙——读陈谦新作〈虎妹孟加拉〉》，《北京文学》2016 年第 11 期。

何卫华：《创伤叙事的可能、建构性和功能》，《文艺理论研究》2019 年第 2 期。

黑孩：《我与陈永和》，《文学自由谈》2018 年第 4 期。

洪治纲：《集体记忆的重构与现代性的反思——以〈南京大屠杀〉〈金陵十三钗〉和〈南京安魂曲〉为例》，《中国现代文学研究丛刊》2012 年第 10 期。

黄万华：《"出走"与"走出"：百年海外华文文学的历史进程》，《中山大学学报》2019 年第 1 期。

黄万华：《第三元：百年海外华文文学经典化的一种视角》，《中国现代文学研究丛刊》2013 年第 10 期。

黄子平：《革命・历史・小说》，《当代作家评论》2001 年第 2 期。

江少川、李彦：《用中文写作，真有一种回家的感觉——李彦访谈录》，《华文文学》2013 年第 3 期。

杰弗里・C. 亚历山大：《迈向文化创伤理论》，《文化研究》2011 年第 11 辑。

金理：《罪的自觉、生命的具体性与机能化的文学》，《小说评论》2008 年第 4 期。

雷鸣：《生态文学研究：急需辩白概念与图谱》，《福建师范大学学报》（哲学社会科学版）2012 年第 2 期。

李建军：《文贵好而不贵多》，《文艺报》2009 年 3 月 31 日。

李良：《祛魅与复魅之间——新移民文学视域中的"南京大屠杀"叙事》，《当代作家评论》2018 年第 6 期。

李明欢：《国际移民的定义与类别——兼论中国移民问题》，《华侨华人历史研究》2009 年第 2 期。

李明欢：《国际移民研究热点与华侨华人研究展望》，《华侨华人历史研究》2012 年第 1 期。

李明欢：《中国的全球化与跨国的福建人》，《读书》2005 年第 8 期。

李锐：《自由的行魂，或者史铁生的行为艺术》，《读书》2006 年第 4 期。

林岗：《集体记忆中的遗忘与想象——60 年来白求恩题材的作品分析》，《扬子江评论》2007 年第 3 期。

刘登翰：《华文文学的几个理论问题》，《文艺报》2019 年 7 月 26 日。

刘宏：《当代华人新移民的跨国实践与人才环流》，《中山大学学报》（社会科学版）2009 年第 6 期。

刘经南、陈闻晋：《论培养"有根"的世界公民》，《中国高教研究》2008 年第 1 期。

刘浏：《论中国非虚构文学的命名及其流变》，《当代文坛》2019 年第 1 期。

刘小波：《张翎〈劳燕〉：毁灭我们的不是战争，是人性》，《文学报》2017 年 4 月 27 日第 22 版。

鲁太光：《重建当代中国的文学想象——2009 年中短篇小说创作概述》，《文艺理论与批评》2010 年第 1 期。

罗玉华：《新移民文学的原罪与原味——重评〈北京人在纽约〉和〈曼哈顿的中国女人〉及其历史影响》，《宁波大学学报》2019 年第 1 期。

聂伟：《〈泥鳅〉：知识分子的原始正义与都市民间的弱势言说》，《杭州师范学院学报》（社会科学版）2003 年第 1 期。

彭贵昌：《祛魅与重构——论加拿大新移民华文文学中的"白求恩书写"》，《中国比较文学》2017 年第 1 期。

钱中文：《复调小说及其理论问题——巴赫金的叙述理论之一》，《文艺理论研究》1983 年第 4 期。

乔以钢：《论中国女性文学的思想内涵》，《南开学报》2001 年第 4 期。

三好将夫：《没有边界的世界？从殖民主义到跨国主义及民族国家的衰落》，汪晖、陈燕谷：《文化与公共性》，生活·读书·新知三联书店 2005 年版。

申霞艳：《当代作家的身份构成与薛忆沩——兼及〈流动的房间〉》，《艺术广角》2007 年第 1 期。

施战军：《〈南京安魂曲〉阅读札记》，《南方文坛》2012 年第 2 期。

施战军：《一个文学史难题与三个现状层面》，《文学教育》（上）
　　2010 年第 9 期。

汤俏：《北美新移民文学中的家国寻根与多重认同》，《当代文坛》
　　2020 年第 3 期。

唐小兵：《让历史记忆照亮未来》，《读书》2014 年第 2 期。

唐云：《在大地的裂痕深处痛苦地穿行——评陈谦的小说〈特蕾莎的
　　流氓犯〉和〈下楼〉》，《香港文学》2011 年第 11 期。

陶家俊：《创伤》，《外国文学》2011 年第 7 期。

万晓宏：《试析当代美国华人参与选举政治的方式》，《华侨华人历史
　　研究》2006 年第 1 期。

王彬彬：《"中产阶级气质"批判——关于当代中国知识者精神状态的
　　一份札记》，《文艺评论》1994 年第 5 期。

王红旗、李彦：《新移民文学女性经验的独特诠释——旅加中英文双
　　语作家李彦访谈录（上）》，《名作欣赏》2016 年第 10 期。

王诺：《"生态整体主义"辩》，《读书》2004 年第 2 期。

王文胜：《创伤与医治——论海外新移民作家陈谦的创伤小说》，《扬
　　子江评论》2016 年第 4 期。

王晓华：《后现代主义话语谱系中的生态批评》，《文艺理论研究》
　　2007 年第 1 期。

吴前进：《当代移民的本土性与全球化——跨国主义视角的分析》，
　　《现代国际关系》2004 年第 8 期。

吴前进：《跨国主义的移民研究——欧美学者的观点和贡献》，《华侨
　　华人历史研究》2017 年第 4 期。

吴前进：《跨国主义：全球化时代移民问题研究的新视野》，《国家观
　　察》2004 年第 3 期。

吴晓东：《鲁迅第一人称小说的复调问题》，《文学评论》2004 年第
　　4 期。

向荣：《想象的中产阶级与文学的中产化写作》，《文艺评论》2006 年
　　第 3 期。

项静：《如何处理劫后余生的生活》，《收获·长篇专号》2015 年秋

冬卷。

肖向东：《论中国当代战争文学——基于"战争文化"与"人学"视角的考察》，《江海学刊》2013 年第 6 期。

徐贲：《中国国民启蒙的前景与困境》，《社会科学论坛》2016 年第 3 期。

徐刚：《因爱之名的历史叙事》，《南方文坛》2016 年第 4 期。

徐学清：《多元文化语境中的华文文学的杂糅——与陈思和商榷》，《中国比较文学》2016 年第 3 期。

严歌苓：《悲惨而绚烂的牺牲》，《当代·长篇小说选刊》2011 年第 4 期。

扬·阿斯曼：《什么是文化记忆》，陈国战译，《国外理论动态》2016 年第 6 期。

杨剑龙、叶周、黄宗之等：《海外华文文学创作的现状与困境》，《世界华文文学论坛》2017 年第 4 期。

杨庆祥、沈闪：《"非虚构"与"体制化"——"非虚构写作"对谈》，《当代文坛》2019 年第 1 期。

余蓝、郭世宝：《跨国移民时代加拿大多元文化课程建构——基于跨国主义与跨文化主义》，《比较教育》2019 年第 7 期。

袁劲梅：《创作谈：〈九九归原〉》，《北京文学（中篇小说月报）》2007 年第 10 期。

翟永明：《文学的社会承担和"底层写作"》，《光明日报》2008 年 4 月 11 日第 11 版。

张福贵：《"世界华文文学"学科性的三个概念》，《江汉论坛》2013 年第 9 期。

张翎：《浴火，却不是凤凰》，《中篇小说选刊》2007 年第 2 期。

张清华：《持续狂欢·伦理震荡·中产趣味——对新世纪诗歌状况的一个简略考察》，《文艺争鸣》2007 年第 6 期。

张若西：《李彦访谈札记》，《华文文学》2018 年第 5 期。

赵静蓉：《创伤记忆：心理事实与文化表征》，《文艺理论研究》2015 年第 2 期。

赵庆庆：《风起于〈红浮萍〉》，《世界华文文学论坛》2010 年第

1 期。

赵世瑜:《"小历史"与"大历史"》,《清华大学学报》2008 年第
　　4 期。

赵小建:《美国华人社会的阶级研究》,《华侨华人历史研究》2009 年
　　第 1 期。

周丽娜:《繁华背后是什么——谈近年来的"职场小说热"现象》,
　　《文艺评论》2011 年第 7 期。

周聿峨、郭秋梅:《跨国主义视角下的华人环流思考》,《八桂侨刊》
　　2010 年第 3 期。

朱崇科:《台湾经验与张贵兴的南洋再现——兼及陈河〈沙捞越战
　　事〉》,《中山大学学报》2012 年第 5 期。

朱骅:《离散研究的学术图谱与理论危机》,《世界民族》2018 年第
　　3 期。